Wenn dem Morgen graut

Heinrich Veh

Wenn dem Morgen graut

Kriminalroman aus Franken

Impressum

Die Deutsche Nationalbibliothek
Bibliografische Information der Deutschen Nationalbibliothek
Die Deutsche Nationalbibliothek verzeichnet diese Publikation in der Deutschen Nationalbibliografie; detaillierte bibliografische Daten sind im Internet über http://dnb.d-nb.de abrufbar.

Veh, Heinrich:
Wenn dem Morgen graut

2. Auflage

Umschlaggestaltung: Storch Design, Lauf
Druck und Bindearbeiten: Scandinavianbooks

ISBN 978-3-942251-15-0

Für meine Frau

Sehr früher Samstagmorgen

Da war ein lästiges Geräusch. Sein Unterbewusstsein versuchte, es geschwind in einen Alptraum einzubauen. Es ließ ihn eine Zeit lang in einem dunklen Tunnel herumirren, in dem beharrlich ein Telefon läutete. Plötzlich schoss ihm der Gedanke durch den Kopf: „Das ist mein Telefon!"

Es folgte ein Adrenalinstoß, der bewirkte, dass er versuchte, schnell aufzuwachen und gleichzeitig aus dem Bett zu springen. Er taumelte wie blind ein paar Schritte und stieß prompt heftig mit einer Zehe an die Kante der halb offenen Türe seines Schlafzimmers. Der Schmerz jagte vom Fuß durch das Bein hinauf in sein Hirn. Er fing an zu jammern und zu fluchen. Seine Augen begannen spontan zu tränen, sodass er im Moment auch schlecht sehen konnte. Mit einer Hand hielt er sich am Türrahmen fest, mit der anderen wischte er seine Augen trocken. Dann massierte er seine lädierte Zehe, bei all dem hörte er immer noch sein Telefon auf dem Flur penetrant läuten. Er schaltete das Licht an und humpelte stöhnend zu dem Störenfried hin.

Als er den Hörer abgehoben hatte, sagte eine monotone Stimme: „Das ist eine Meldung Ihrer Alarmanlage. In Ihre Kirche wird gerade eingebrochen. Rufen Sie bitte die Polizei!" Die Ansage wurde wiederholt. Er lauschte ungläubig, dann begriff er endlich, worum es ging: ein Einbruch in die Gumbertuskirche, jetzt! In diesem Moment!

Pfarrer Harro von Weinheim hatte einen solchen Anruf noch nie bekommen. Dennoch schaltete er nun schnell. Er legte den Hörer auf und wählte die Einhundertzehn. Als sich am anderen Ende der Leitung ein Polizeibeamter mit „Hier Polizei, Notruf!" meldete, antwortete er: „Hier Pfarrer Harro von Weinheim. Ich bekam gerade von unserer Alarmanlage die Mitteilung, dass in die Gumbertuskirche eingebrochen wird. Bitte schicken Sie gleich eine Polizeistreife her. Ich erwarte Ihre Kollegen mit dem Kirchenschlüssel vor dem Haupteingang."

„Wir kommen sofort! Bitte unternehmen Sie nichts auf eigene Faust, das könnte gefährlich werden", mahnte der Diensthabende. Harro beteuerte, dass er vorsichtig sein würde, und legte den Hörer auf. Noch immer etwas schlaftrunken tappte er hinkend in das Schlafzimmer zurück. Im Licht der Flurlampe schaute er nach seiner Freundin und Geliebten Maria, die selig schlafend, vollkommen eingemummt, auf der anderen Seite des Doppelbettes lag. Von dem Anruf hatte sie offensichtlich nichts mitbekommen.

Harro brachte es nicht fertig, Maria zu wecken. Schließlich hatten sie seit gestern zwei frühere Schulkameraden zu Besuch und es war gefühlt erst eine Stunde her, dass sie zu Bett gegangen waren. Auch ihr Besuch schien in ihrem Gästezimmer fest zu schlafen.

Harro drückte die Lichttaste seines Weckers. Es war gegen drei Uhr. So schnell und so leise es mit dem Fuß ging, der schrecklich wehtat, suchte er seine Kleider zusammen und zog sich hastig an. Als er, mehr auf einem Bein hüpfend als gehend, auf Strümpfen zur Wohnungstür ging, schnappte er sich mit einer Hand seinen Schlüsselbund. Aus dem Schuhschrank holte er sich ein Paar Sandalen, weil er befürchtete, dass sein geschwollener Fuß in keinen Schuh mehr passte.

Wahrscheinlich war er bei ihrem Anziehen irgendwie aus dem Gleichgewicht geraten, jedenfalls fand er sich plötzlich auf dem Boden wieder. Zu seiner Zehe tat ihm jetzt auch noch sein rechtes Knie weh. Er rieb daran herum und knurrte dabei vor sich hin. Dann zog er sich stöhnend irgendwo hoch. Schließlich war er so weit, um die Wohnungstüre aufzusperren. So gut es mit seinen Schmerzen möglich war, hopste er die Treppe hinab.

Vor der Haustüre erwartete ihn eine laue Nacht. Die Sichel des Mondes leuchtete zwar noch über den dunklen Straßen, aber der Himmel darüber schien schon leicht erhellt.

„Wenn dem Morgen graut!“, kam ihm das launige Motto einer morgendlichen Radiosendung in den Sinn.

Noch wäre es ziemlich still gewesen in der Innenstadt von Ansbach, wenn nicht das Gejaule der Alarmanlage eigensinnig vor sich hin getobt hätte. Von der B 14, die an der Residenz vorbeiführte, hörte er ab und zu ein Kraftfahrzeug vorbeifahren.

An der anderen Seite der Kirche war auch ein Rotlicht angebracht, das im Falle eines Einbruchs blinken sollte, aber das konnte er in diesem Moment natürlich nicht sehen.

Ihm war bewusst, dass die Rückseite der Schwanenritterkapelle komplett eingerüstet war. Das staatliche Hochbauamt, das die Baupflicht des bayerischen Staates an der Kirche zur Ausführung brachte, war dabei, diesen Teil des Gebäudes zu renovieren. Vor einigen Tagen war auch im Innern der Kapelle, direkt neben dem wertvollen Kelterbild, ein schmales Gerüst aufgestellt worden. Es war gerade so breit, dass es etwas über das länglich nach oben strebende Feld eines Seitenfensters hinausragte. An seinem oberen Ende konnte man damit ein Fenster erreichen, das auch reparaturbedürftig war, so hatte ihm der Leiter des Amtes zumindest gesagt.

Harro lief humpelnd entlang der Häuserzeile über den Johann-Sebastian-Bach-Platz. Seine Zehe schmerzte mehr und mehr. „Ob ich mir die gebrochen habe?“, überlegte er besorgt.

Seine Aufmerksamkeit lenkte er dann jedoch bewusst weg, hin zu der großen Kirche auf der anderen Straßenseite. Er sah weder ein verdächtiges Licht im Kirchenraum noch hörte er irgendein Geräusch, das ihm verraten hätte, dass sich Einbrecher im Innern des Gebäudes zu schaffen machten.

Nun war er endlich in der Nähe des Hauptportals angekommen. Er stellte sich so hin, dass er drei Kircheneingänge beobachten konnte. Sein Blick wurde in dem Moment jedoch gerade von einem Polizeiwagen abgelenkt, der mit lautem Motorengeräusch vom Schlosstor her heranpreschte.

Er winkte in Richtung des Streifenwagens, um sich bemerkbar zu machen. Das Auto hielt vor ihm an. Drei uniformierte Polizisten stiegen aus. Einer stellte sich ihm als Oberkommissar Herklotz vor und lief unterm Sprechen schon eilig in Richtung des Hauptportals. Im Laufen bat er den Pfarrer um den Kirchenschlüssel. Mit einem Blick über die Schulter sah Harro, dass einer der Beamten beim Auto stehen geblieben war. Von dort aus hatte er den ganzen Platz vor der Kirche im Auge. Der dritte rannte die Straße vor, wohl um den Kircheneingang am Gumbertusplatz zu bewachen.

Mit einem größeren Schlüssel sperrte der Polizist zunächst das Gittertor auf, das den kleinen Platz vor der Kirchentüre von der Straße abtrennte, dann öffnete er mit dem Sicherheitsschlüssel das Portal.

Bevor sie in den Kirchenraum eintraten, wies der Beamte Harro an: „Bleiben Sie ab jetzt unmittelbar hinter mir und gehen Sie sofort in Deckung, wenn irgendetwas Ungewöhnliches passiert. Ich möchte nicht, dass Sie zu Schaden kommen. Gleich werden weitere Kollegen von mir eintreffen, denn ich kann die große Kirche natürlich nicht alleine absuchen. Die ist ja wie ein Fuchsbau mit ihren Treppen, Gängen und Nischen. Wir gehen erst mal vorsichtig in Richtung Schwanenritterkapelle. Dort ist die Alarmanlage installiert. Schließlich soll sie vor allem das wertvolle Gemälde an der Wand schützen."

„Natürlich, das sogenannte Kelterbild!", kam es Harro in den Sinn. Der Polizist öffnete langsam und ganz vorsichtig die große Türe. Vorher hatte er seine Dienstwaffe gezogen und entsichert und dabei gemurmelt: „Für alle Fälle, man weiß nie ...“

Harro wurde es beim Anblick der Pistole etwas mulmig. Das konnte tatsächlich gefährlich werden. Unwillkürlich duckte er sich und schlich, sozusagen im Windschatten des Beamten, hinter ihm durch den Vorraum und die von ihm ganz leise geöffnete Windfangtüre in den riesigen, noch ganz düsteren Raum hinein. Überall konnte sich hier jemand versteckt haben. Wie leicht konnten sie zu Zielscheiben für einen schießwütigen oder verzweifelten Verbrecher werden. Harros Herz klopfte mittlerweile heftig. Er sah sich nach allen Seiten um und überlegte, wohin er sich flüchten konnte, wenn es gleich krachen sollte.

Aber zunächst passierte gar nichts. Völlige Stille beherrschte den Raum. Harro atmete den vertrauten Geruch des Kirchenschiffes, eine unverwechselbare, aber auch völlig undefinierbare Mischung von Geruchsmolekülen. Die beiden hatten sich bis unter das Ende des schützenden Daches der Empore vorgewagt. An dieser Stelle gab der Polizist Harro ein Zeichen, still stehen zu bleiben. Beide lauschten. Kein Ton. Nicht einmal das Knarren eines Holzteils war zu hören. Plötzlich ein Geräusch hinter ihnen. Harro fuhr herum. Aber es waren nur drei weitere Polizisten, die mit gezogenen Schusswaffen vorsichtig die Kirche betreten hatten. Schnell huschten zwei von ihnen die Treppe zur Empore hoch. Ein dritter verschwand in der Sankt-Georgs-Kapelle, die sich mit ihren drei Altarnischen, von einer Mauer abgetrennt, links vom Kirchenschiff entlangzog.

Es dauerte nicht lange, dann hörte Harro Schritte über ihnen. Die Polizisten hatten die Empore erreicht und waren dabei, sie zu durchsuchen.

Vom Vorderausgang der Sankt-Georgs-Kapelle her erschien nun der Beamte, der den schlauchförmigen Raum mit seinen Gruftnischen abgesucht hatte. Er gab ihnen einen Wink. Der Polizist, der vor Harro stand, setzte sich sofort in Bewegung und lief zu den Stufen des Altarraumes vor. Von einer Treppe seitlich des Altars kamen nun auch die beiden herab, die die Empore abgesucht hatten. „Niemand gefunden!", meldete einer von ihnen. Alle vier wandten sich jetzt der Türe der Schwanenritterkapelle zu. Sie war verschlossen.

Mit Harros Generalschlüssel sperrte der Polizist auf. Schnell war klar, dass der mittelalterliche Gottesdienstraum ebenfalls leer war. Das wertvolle Gemälde hing unversehrt an der Wand.

Auch die anschließende Durchsuchung der Sakristei und des Raumes, in dem früher der jeweilige Markgraf mit seiner Familie dem Gottesdienst beigewohnt hatte, des sogenannten Fürstenstands, ergab das gleiche Bild. Nirgendwo ein Einbrecher. Mit dem Gefühl einer großen Erleichterung schaltete Harro die Alarmanlage ab. Die Polizisten erklärten ihm, dass eine Auslösung des Bewegungsmelders den Alarm durch einen ganz harmlosen Grund aktivieren konnte. Schon der schnelle Wechsel von Licht und Schatten genügte. Zum Beispiel, wenn eine Wolke kurz den Mond verdunkelte. Oder wenn eine Fledermaus daran vorbeiflog. „Es gibt noch einige andere Ursachen dafür, die einfach nicht zu erklären sind", meinten sie.

Harro hörte diese Mitteilungen gar nicht gerne. Er dachte mit einigem Missmut an die gestörten Nächte, die noch vor ihm liegen mochten.

Jetzt spürte er auch seine heftig schmerzende Zehe wieder und verlagerte sein Gewicht innerlich aufstöhnend ganz auf den anderen Fuß.

Die Polizisten und Harro verließen die Kirche und

sperrten sie wieder ab. Harro bedankte sich bei ihnen und verabschiedete sich.

Müde und unter Schmerzen humpelte er zu seiner Wohnung im ersten Stock des Pfarrhauses zurück. Als Erstes würde er in seinem Badezimmer nach einer Salbe suchen, um seinen Fuß zu versorgen. Oben angelangt fand er dann tatsächlich im Wandschrank des Badezimmers eine Salbe zur Behandlung von Sportverletzungen. Seine Zehe sah blau, rot und sehr geschwollen aus. Bei dem Versuch, sie zu bewegen, durchfuhr ihn ein scharfer Schmerz, sodass er den Versuch sofort wieder abbrach.

Vorsorglich warf er noch eine Schmerztablette ein, sonst würde er womöglich gar nicht mehr zur Ruhe kommen.

Die Uhr im Badezimmer zeigte kurz nach vier Uhr an. Er hoffte inständig, dass es ihm möglich war, noch ein wenig Schlaf zu finden. In spätestens zweieinhalb Stunden musste er aufstehen und mit Hilfe von Maria das Frühstück für sie beide und ihre zwei Gäste vorbereiten. Er humpelte ins Schlafzimmer, in dem Maria immer noch genauso eingemummt schlief, wie er sie verlassen hatte.

Harro dachte an das Paar, das bei ihnen zu Besuch war: Rüdiger Knoll und seine Frau Rosemarie. Beide wollten gleich nach dem Frühstück wieder nach Hause fahren. Sie waren kinderlos und hatten berichtet, dass sie seit einigen Jahren in Hamburg lebten. Dort führte Rüdiger ein großes Import/Exportgeschäft. Er hatte ihnen stolz berichtet, dass er Waren aller Art kaufte und verkaufte. Er handelte mit Geschäftsfreunden in aller Herren Länder, hatte er mit scheinbar gleichgültigem Gesicht begleitet von einer lässigen Handbewegung gesagt. Nach ihrem überraschenden Anruf und ihrem schnellen Eintreffen am gestrigen Nachmittag erklärten beide Knolls, dass sie sich auf der Rückreise vom Urlaub in Italien spontan entschlossen hätten, bei Harro und Maria eine Zwischenstation einzulegen. Braungebrannt und elegant gestylt waren sie wie zwei Mitglieder der Schickeria bei ihnen aufgeschlagen. Rosemarie hatte mit der Farbe, mit der sie ihr Gesicht bemalt hatte, allerdings ziemlich übertrieben.

Bei den trotz allem auf die Besuchten etwas befremdlich wirkenden Begleiterscheinungen fiel die Begrüßung herzlich aus. Die beiden Gastgeber luden Rüdiger und Rosemarie ein, bei ihnen zu übernachten. Beide nahmen dieses Angebot sofort freudig an. Ebenso, dass sie ihr Fahrzeug für die eine Nacht in die Durchfahrt zum alten Klosterhof unterhalb ihrer Wohnung stellen könnten. Das wurde zwar von allen Mitbewohnern rund um den sogenannten Beringershof offiziell als verboten angesehen, merkwürdigerweise stellte aber jeder mal sein Auto oder das seiner Gäste darin ab. Rüdiger rangierte also seinen großen, dicken BMW X6 in das düstere Gewölbe hinein.

Bei Kaffee und eilig besorgtem Kuchen tauschte man zunächst heiter-besinnliche Erinnerungen aus der gemeinsamen Schulzeit aus.

Danach waren alle vier zu einem Rundgang durch die Innenstadt von Ansbach aufgebrochen. Die Gäste kriegten sich gar nicht mehr ein vor Verwunderung, wie sehr und wie positiv sich die Stadt verändert hatte, seit sie das letzte Mal hier waren. Und erst das Brückencenter: „Na so was, hier in dieser kleinen Stadt!"

Der darauf folgende Abend war für Harro und Maria dann leider nicht so amüsant verlaufen.

Bei der Beschreibung ihres Geschäftes und ihrer Besitztümer waren sich beide Pfarrer wie in einen früheren Werbespot einer Bank im Fernsehen versetzt vorgekommen, in dem ein Mann vor einem anderen Bilder wie Trumpfkarten auf den Tisch knallte und dabei triumphierend prahlte: „Mein Haus, mein Auto, meine Jacht, meine Frau!“ Und Rosemarie schwärmte an dieser Stelle: „Mein einmaliger, großartiger, unglaublich kreativer und erfolgreicher Mann!“

Wahrscheinlich hatten die beiden Geistlichen bei den Erzählungen von Rüdiger und Rosemarie zeitweilig ähnlich verdutzt dreingeblickt wie der Übertrumpfte im Fernsehen. An Geld schien es ihren Bekannten jedenfalls nicht zu mangeln. Eine ihrer weiteren Trumpfkarten war das Stichwort: „Unsere Reisen!“

Mit ihren überbordenden, langatmigen Beschreibungen hatten die beiden Gäste eigentlich fast den ganzen Abend bestritten und sich bei all dem offenbar sehr wohlgefühlt. Rüdiger hatte eine Kamera aus einer seiner Taschen herausgeholt und fast den ganzen Abend, während er redete, damit Fotos von ihnen gemacht – und natürlich darauf hingewiesen, dass es sich bei der Kamera um ein Super-Superexemplar handelte. Viele Daten und Zahlen sollten das belegen. „Nicht ganz billig, das Ding!“, gab er großspurig an und blinzelte Harro dabei vertraulich zu.

Mit einem Wort, hinter Maria und Harro lagen anstrengende und im Grunde recht langweilige Stunden. Ihre beiden Gäste hatten sie wieder in eine Welt blicken lassen, von der sie sich persönlich ganz bewusst abgewandt hatten.

Harro von Weinheim stammte aus einem alten unterfränkischen Adelsgeschlecht, das seit undenklichen Zeiten dort lebte und dem es durch all die Zeiten hindurch finanziell an nichts gefehlt hatte. Jede Laune der Geschichte geschickt für sich ausnützend, war es ihnen stets hervorragend gegangen. Im Mittelalter waren sie von den Leibeigenen in den Dörfern ringsum gut versorgt worden. Später waren schlecht bezahlte Arbeiter und deren Familien in ihren Betrieben dafür zuständig, für ihr sehr gutes Auskommen zu sorgen. Nach dem Zweiten Weltkrieg hatte sich zwar manches verändert, aber florierende Betriebe und ertragreiche Weinberge waren jetzt immer noch Gewähr dafür, dass die aktuelle Generation ein großartiges Auskommen hatte. Harros älterer Bruder führte nun die Geschäfte. Er selbst hatte für sich aber zum Bedauern seiner Eltern einen ganz anderen Weg eingeschlagen. Er hatte im Blick auf die Familiengeschichte nie ein gutes Gefühl gehabt. Der Gedanke, der Gesellschaft, die seine Vorfahren ständig bestens versorgt hatte, etwas zurückzugeben, hatte ihn nach einigen Versuchen in anderen Richtungen dazu gebracht, Theologie zu studieren. Er war nach dem Studium Pfarrer geworden und wollte nichts anderes sein als eben ein Gemeindepfarrer im Dienst für Gott und dessen Gemeinde.

Während des Studiums war er Maria Sebald begegnet, die ebenso wie Harro aus einer recht wohlhabenden großbürgerlichen Familie stammte und deren Weltsicht mit der ihres Freundes im Großen und Ganzen übereinstimmte.

Die beiden hatten sich schnell ineinander verliebt und liebten sich nach wie vor sehr. Durch allerlei Zufälle waren sie nach Diensten in anderen Gemeinden vor etwa einem Jahr auf den beiden Pfarrstellen von Sankt Gumbertus in Ansbach gelandet.

Viele in ihrem Umfeld wussten, dass sie ein Paar waren. Die Geistlichen hatten zwar jeweils ihre eigene Wohnung, aber sie machten keinen Hehl daraus, dass sie oft nur eine der Pfarrwohnungen Tag und Nacht gemeinsam benutzten.

Die ganz Frommen empfanden es als einen großen Dorn in ihrem Auge, dass ihre Pfarrer noch immer nicht miteinander verheiratet waren und ihre „wilde Ehe“ vor aller Augen und anscheinend mit viel Genuss auslebten.

Dekan Ernst Hase, ihr wertkonservativer Vorgesetzter, war darüber wütend bis zum Anschlag. Er sah diesen Zustand als offenen Skandal an. Unternehmen konnte er nichts dagegen, außer sein Missfallen ab und zu mehr oder weniger laut zu äußern.

Harro und Maria fanden, dass ihr selbst gewählter Status im Moment für sie beide gut und richtig war. Wenn sie Lust dazu hätten, konnten sie ihn doch jederzeit in einen bürgerlichen Ehestand umwandeln.

Samstagmorgen

Harro hatte das Gefühl, sich gerade erst wieder in sein Bett gelegt zu haben, als es an seiner Haustüre Sturm läutete. Er wollte schnell aus dem Bett springen, aber der Gedanke an seinen Fuß ließ ihn zögern. Diesmal weckte er Maria, indem er sie an der Schulter fasste und sanft schüttelte. Maria erwachte brummend. Harro sagte zu ihr: „Bitte geh an die Türe und frag über das Haustelefon, was los ist. Ich habe mir heute Nacht meinen Fuß angestoßen und kann nicht so schnell aufstehen."

Maria war gleich hellwach. Erschrocken fragte sie: „Hast du dich schlimm verletzt?"

„Ja", jammerte Harro, „ich habe mir die Zehe schrecklich an der Türe angehauen, weil mich das Telefon mitten aus dem Tiefschlaf gejagt hat. Ein Fehlalarm aus der Kirche. Bitte geh jetzt schnell an die Türe. Jemand läutet, als würde es brennen. Gleich werden Rüdiger und Rosemarie auch wach sein. Die kann ich jetzt wirklich noch nicht ertragen."

„Ich auch nicht!", bestätigte Maria und sprang schnell aus dem Bett, schlüpfte in ihre Hausschuhe und zog sich schon im Laufen ihren Morgenmantel über. Als sie die Sprechanlage erreicht hatte, nahm sie auch schon wahr, dass sich die Türe zum Gästezimmer geöffnet hatte.

Rüdiger stand barfuß in einem noblen Schlafanzug unter der Türe und fragte verschlafen, was los sei.

Maria beruhigte ihn schnell: „Leg dich nur wieder hin, das ist bestimmt nichts Besonderes. Vielleicht will nur jemand was fragen. Manche Menschen meinen, Pfarrer müssten rund um die Uhr für sie da sein." Kopfschüttelnd und Unverständliches murmelnd, machte Rüdiger kehrt und verschwand wieder im Zimmer.

Als Maria den Hörer abhob, hörte sie eine Männerstimme: „Ich bin Oberkommissar Herklotz von der Ansbacher Polizei. Tut mir leid, Frau Pfarrer, dass ich Sie in dieser frühen Morgenstunde aus dem Schlaf reißen muss, aber in Ihrer Kirche ist ein Mensch ums Leben gekommen. Ihr Mesner hat ihn gefunden, als er die Kirche aufgesperrt hat. Bitte kommen Sie herunter, wir brauchen Sie."

Maria eilte ins Schlafzimmer zurück. Harro saß bleich und aufrecht im Bett und rieb sich mit beiden Fäusten energisch die Augen. Nichtsdestotrotz schaute er sie nach diesem Erfrischungsversuch neugierig an und wartete gespannt darauf zu hören, was los war. „Du hältst es nicht für möglich", berichtete ihm Maria fast atemlos, „in unserer Kirche liegt ein Toter. Ein Polizist war das gerade an der Tür. Er hat gesagt, ich soll gleich kommen, sie bräuchten mich. Komm doch bitte mit."

Harro schwang sofort seine Beine aus dem Bett, um mit nach unten zu kommen. Als er sich hinstellen wollte, fuhr ihm der Schmerz wie ein Blitz durch Fuß und Bein. Er jammerte und stöhnte. Auf einem Bein hüpfend erreichte er dann aber doch seinen Kleiderhaufen auf einem Stuhl und begann, umständlich und leise vor sich hin schimpfend, sich anzuziehen.

Maria hatte sich längst angezogen und rannte schon die Treppe zum Hauseingang hinab. Als sie das kleine hintere Tor des Beringershofes öffnete, blieb sie erst einmal verdutzt stehen und blickte verwundert auf den Gumbertusplatz. Der Platz stand voller Fahrzeuge, auf deren Dächern zum Teil Blaulichter blinkten. Sie erkannte Sanitätswagen, das Auto eines Notarztes, ein Feuerwehrauto mit ausgezogener Leiter, die unterhalb eines offenen Fensters an der Schwanenritterkapelle angelehnt war. Ein vermummter Beamter suchte anscheinend gerade den Rahmen eines schmalen, hoch liegenden Fensters ab.

Neben mehreren Streifenwagen der Polizei entdeckte sie den ihr bereits bekannten dunklen BMW der Kriminalpolizei mit Blaulicht auf dem Dach. Einige neutrale PKW standen da und auch der hellgraue Kastenwagen des Erkennungsdienstes der Polizei, den sie von früheren Ereignissen her bereits kannte.

Der Bereich um die Kirche war weiträumig mit einem rotweißen Band abgesperrt. Mehrere Polizeibeamte hatten sich vor der Sperre postiert, um Schaulustige und Presseleute abzuhalten. Immer wieder traten Gestalten in weißen Overalls aus dem Eingang und gingen zwischen dem Kastenwagen und der Kirche hin und her. Maria wandte sich ziemlich aufgeregt an einen der Beamten und erklärte ihm, dass sie eine Pfarrerin von Sankt Gumbertus wäre. Der Polizist ließ sie daraufhin sofort passieren.

Höflich sagte er: „Gehen Sie in der Kirche bitte zu Herrn Kriminalhauptkommissar Sperber, er leitet die Untersuchungen des Falles." Maria ging die Stufen zum Kirchenportal hinauf und spürte, dass ihre Knie vor Aufregung zitterten. Auch ihre Hände fühlten sich schweißnass an. In der Kirche blickte sie sich um. Am Eingang zur Schwanenritterkapelle stand eine Gruppe Personen in Zivil. Sie erkannte die Kommissare Grollmisch und Grunwald.

Schnell hatte Maria auch Hauptkommissar Wolfgang Sperber entdeckt. Ihm und seinen Mitarbeitern war sie in den letzten Monaten schon oft begegnet. Leider waren ihre Begegnungen auch mehrmals durch schreckliche Ereignisse veranlasst gewesen, in die Maria hineingezogen worden war. Neben diesen entsetzlichen Anlässen hatten Sperber und sie einige Male miteinander Kaffee getrunken und geplaudert. Beide mochten sich und in der verhältnismäßig kleinen Stadt Ansbach war es nun einmal fast unvermeidlich, dass man sich immer wieder einmal über den Weg lief oder sich in einem Café traf.

„Hallo Herr Sperber!", rief Maria dem Kommissar zu,

der sie schon entdeckt hatte und ihr mit ernstem Gesicht ein Stück entgegengelaufen kam.

„Grüß Gott, Frau Pfarrerin. Es tut mir sehr leid, dass wir uns schon wieder wegen eines schlimmen Ereignisses treffen, eine andere Gelegenheit würde ich vorziehen."

Er deutete auf den Eingang der Kapelle: „Dort drinnen liegt ein toter junger Mann. Im Kirchenraum steht ein hohes Gerüst. Von dem Gerüst scheint dieser Mensch heruntergefallen zu sein. Er fiel unglücklich in das alte Chorgestühl und hat sich bei dem Sturz tödlich verletzt. Ich muss Sie bitten, mit mir in die Kapelle zu gehen, um zu sehen, ob es einen Grund für ihn gab, auf das Gerüst zu steigen."

Während Sperber so mit ihr redete, hörten sie hinter sich ein Rufen: „Hallo, lasst mich bitte auch mit!" Harro humpelte mühsam auf sie zu. Offenbar hatte ihm der Polizist abgenommen, dass er ebenfalls Pfarrer dieser Kirche war, und ihn durch die Sperre gelassen. Sperber fragte ihn erstaunt: „Grüß Gott Herr Pfarrer von Weinheim! Sie humpeln ja. Was ist denn Ihnen passiert?"

„Heute Nacht gab es einen Fehlalarm in der Kirche. Beim zu eiligen Aufstehen aus dem Bett habe ich mir, noch ganz verschlafen, eine Zehe schrecklich an der Türe des Schlafzimmers angestoßen."

„Aua, das ist mir auch schon einmal passiert, das tut vielleicht weh!" Mitfühlend sah ihn Sperber an. „Vielleicht hat dieser Alarm etwas mit unserem Verunglückten in der Kapelle zu tun?", überlegte der Polizist nachdenklich, „na ja, sicher werden wir klüger, wenn wir uns Ihre Kapelle von innen ansehen. Ihr Mesner, Herr Weber, hat übrigens einen großen Schock bekommen, als er den Toten bei seinem morgendlichen Rundgang durch die Kirche entdeckt hat. Einer der Notärzte ist noch immer bei ihm in seiner Wohnung und kümmert sich um ihn."

An der Eingangstüre zur Schwanenritterkapelle wurden die drei von einer der weiß vermummten Gestalten aufgehalten, die befahl: „Bevor Sie da reingehen, müssen wir Sie erst ein wenig verhüllen, damit Sie keine Spuren durcheinanderbringen."

Der Kriminaltechniker, um einen solchen handelte es sich bei dem Vermummten, entnahm verschiedenen Kartons weiße Anzüge, Überschuhe, Gummihandschuhe und Plastikhauben. Maria half Harro bei der Verkleidung, bevor sie sich die Schutzkleidung selbst überzog. Sperber hatte sich ebenfalls vermummt.

Zusammen mit den Erkennungsdienstspezialisten betraten sie gemeinsam den Kirchenraum. Sperber wandte sich an die beiden Pfarrer: „Der Mesner hat gesagt, die Türe zu der Kapelle stand offen. Er hatte sie gestern Abend aber ganz bewusst abgeschlossen."

„Heute Nacht habe auch ich sie nach dem Alarm eigenhändig wieder abgesperrt", erinnerte sich Harro. „Nach mir muss sie jemand wieder aufgesperrt haben."

In der Schwanenritterkapelle erblickten Maria und Harro mehrere Kriminaltechniker, die eifrig ihrer Arbeit nachgingen. Auf der rechten Seite sahen sie andere Gestalten, die sich um eine auf dem Boden vor den Bänken liegende Gestalt scharten.

Wie automatisch hoben die beiden Pfarrer ihre Köpfe und suchten das hohe Gerüst ab, das sich an der Fensterfront bis hinauf in das Gewölbe erhob. Neben dem Gerüst hing doch normalerweise das berühmte Kelterbild.

Der Platz neben dem Gerüst war aber leer. Das Kelterbild war weg. „Jemand hat das Kelterbild gestohlen!", sagte Harro aufgeregt zu Wolfgang Sperber und zeigte mit dem Finger auf die leere Stelle an der Wand. Durch diese Nachricht aufs Äußerste alarmiert, fragte Sperber, wie dieses Bild ausgesehen habe, und nach dem vermutlichen Wert. Harro gab ihm mit kurzen Worten eine Bildbeschreibung. Auf die Frage nach dem Wert des Gemäldes wusste er zunächst keine Antwort.

Maria und Harro blickten sich an und zuckten mit den Schultern. Maria erklärte: „Wir sind keine Kenner des Kunstmarktes, aber für ein Bild, das um fünfzehnhundert herum, wahrscheinlich in der Werkstatt von Albrecht Dürer in Nürnberg, gemalt worden ist, wird auf dem Kunstmarkt sicher ein größeres Vermögen bezahlt."

Der Hauptkommissar griff wortlos zu seinem Handy, rief seinen Vorgesetzten, Polizeidirektor Rudolf Dotzauer, an und unterrichtete ihn über den Diebstahl.

Dotzauer war noch zu Hause. Er teilte Sperber mit, dass es ihm an diesem Wochenende unmöglich sei, persönlich am Tatort zu erscheinen oder an einer Besprechung teilzunehmen. Er sei bei einem wichtigen Golfturnier und wäre völlig unabkömmlich. Die regionale und die örtliche Prominenz wären dort anwesend, da konnte er unmöglich fehlen. Sein einziges Entgegenkommen bestand darin, dass Sperber ihn anrufen konnte, wenn sich in dem Fall eine spektakuläre Wendung ergab, sonst mochte er nicht gestört werden. „Ich muss mich hier konzentriert betätigen, das erhoffe ich mir von Ihnen und Ihrer Truppe auch. Ich muss ja nicht immer und bei jedem Routinefall an vorderster Front dabei sein. Wozu werden Sie schließlich gut bezahlt?"

Sperber hielt sein Handy krampfhaft fest, um es in dem Moment nicht an die Kirchenwand zu feuern. Er biss die Zähne zusammen und brachte es fertig, nichts zu sagen.

Dotzauer reagierte auf die Mitteilung, dass das gestohlene Bild so wertvoll war, mit einer gewissen Erleichterung: „Das ist ja wunderbar, bei dem hohen Wert des Bildes ist der Diebstahl nicht unsere Sache. Rufen Sie sofort in München beim Bayerischen Landeskriminalamt an und melden Sie den Fall. Dann können Sie Ihrerseits die Sache mit dem toten jungen Mann in die Hand nehmen. Kümmern Sie sich jetzt vornehmlich um die Aufklärung des Unfalls in der Kirche."

Sperber entgegnete ihm: „Ich vermute, beide Tatbestände gehören zusammen und lassen sich nicht so einfach getrennt sehen."

Dotzauer reagierte ungehalten: „Diese Kunstsache geht uns nichts an, das sollen die Spezialisten machen. Die Bevölkerung will wissen, wer dieser junge Mann ist und warum der tot in der Kirche lag. Die Aufklärung dieser Frage ist jetzt am wichtigsten."

Sperber bemühte sich mit großer innerer Anstrengung um einen neutralen Ton, als er antwortete: „Herr Dotzauer, jetzt am Anfang einer Untersuchung müssen wir zwangsläufig in alle Richtungen ermitteln. Schön, wenn wir dabei Unterstützung von Kollegen aus München bekommen." Damit legte er schnell auf, um seinem Chef keine Möglichkeit zu bieten, ihm nach all den ärgerlichen Aussagen auch noch Beschränkungen seiner Arbeit aufzuerlegen.

Eine kleine Weile stand er noch still da und rang um Fassung. Nachdem er ein paar Mal ganz tief und ruhig durchgeatmet hatte, fühlte er sich etwas besser.

Schon wieder konzentriert, suchte er im Kontaktregister seines Handys nach der Nummer des Landeskriminalamtes. Zum Glück hatte er sie gespeichert. Als weiteres Glück empfand er, dass er kurz darauf einen leitenden Beamten am Apparat hatte, der ihm spontan zusagte, noch an diesem Tag einen oder zwei Spezialisten aus dem Amt nach Ansbach zu schicken, um die Ermittlungen aufzunehmen. Sperber rief die Sekretärin Barbara Robertazzi ausnahmsweise zu Hause an und bat die noch ganz verschlafen Wirkende, zwei Einzelzimmer in einem guten Hotel zu buchen.

Inzwischen waren auch seine unmittelbaren Mitarbeiter in der Kapelle angekommen. Oberkommissarin Konstanze Grunwald, schlank, sportlicher Typ mit kurzgeschnittenem schwarzem Haar und wie immer mit zurückhaltender, aber deutlicher Eleganz gekleidet. Und daneben Kommissar Karlo Grollmisch, schlaksig in jugendlichem Outfit und wie üblich nach allen Seiten abstehenden Haaren. Heute hatte er diese spezielle Eigenschaft wieder mit jeder Menge Gel betont. Damit machte er seinem Spitznamen „Karlo der Glänzende", wie er unter Kollegen grinsend hinter vorgehaltener Hand genannt wurde, alle Ehre. Jetzt steckten natürlich auch sie in weißen Verhüllungen. Beide begrüßten Maria und Harro freundlich.

Sperber wandte sich den jungen Pfarrern mit ernstem Gesicht zu: „Ich möchte Sie bitten, die Leiche des jungen Mannes anzusehen. Es ist kein schöner Anblick, aber vielleicht ist er Ihnen bekannt. In seinen Taschen fanden wir keine Ausweispapiere. Eine Identifizierung durch Sie könnte uns die Arbeit sehr erleichtern."

Harro und Maria nickten betreten und folgten Sperber und seinen beiden Kollegen mit mulmigen Gefühlen.

Neben der am Boden liegenden Leiche hockten der Leiter der Spusi, Gottfried Arpogaus, und Doktor Brigitte Renz, die Gerichtsärztin. Sie besah sich gerade die Kopfwunden des am Boden Liegenden.

Aus Mund und Ohren war ziemlich viel Blut ausgetreten und ein Riss der Kopfhaut war wohl dafür verantwortlich, dass sich eine Blutlache um den Kopf des Mannes auf dem Pflaster ausgebreitet hatte.

„Er muss wohl mit dem Kopf aufgeschlagen sein", meinte die Ärztin ganz ruhig und sachlich in Sperbers Richtung, „sein Genick ist gebrochen. Weitere Brüche hat er sicher auch noch. Beim Zeitpunkt des Todes kann ich mich jetzt schon ziemlich genau auf etwas mehr als eine

Stunde festlegen. Ich sehe mir um elf Uhr alles genau an. Herr Sperber, ich vermute, Sie und Doktor Sauber werden dabei zugegen sein?"

Sperber nickte und versuchte ein Lächeln, das ihm aber gründlich misslang, denn er hasste Obduktionen aus tiefstem Herzen. Ihn grauste schon, wenn er nur daran dachte. Die Ärztin kannte seine Abneigung natürlich, deshalb spielte nun ein leicht diabolisches Lächeln um ihren Mund. „Meinen Bericht bekommen Sie bis spätestens heute am späten Nachmittag. Die Bestatter können ihn von mir aus jetzt mitnehmen. Die wissen ja wohin. Bis später!"

Damit erhob sie sich, streifte mit routinemäßigen Bewegungen ihre Gummihandschuhe ab und warf sie zielsicher in einen bereitstehenden Behälter. Dann verließ sie mit schnellen Schritten und einem kurzen Winken die Kapelle.

Sperber bat nun die beiden Pfarrer, sich das Gesicht des Toten anzusehen. Während Maria sich noch ein wenig im Hintergrund hielt, hatte sich Harro vorgebeugt und blickte auf den blutüberströmten Kopf hinab. Seine Stimme klang belegt, als er sich zu Wolfgang Sperber umwandte und sagte: „Ich kenne ihn, das ist Mario Kobilke. Er gehört zu einer Clique, die in der Stadt schon öfter von sich reden gemacht hat durch allerlei Unsinn. Ich meine exzessive Saufereien, Schlägereien, Sachbeschädigung und so weiter. Bestimmt haben Sie eine Akte über ihn und seine Kumpels. Einen Kunstraub in dieser Art und Weise hätte ich denen allerdings nicht zugetraut. Dass bei der Aktion etwas schiefgelaufen ist, das passt schon zu dieser Gruppe."

Nun wagte auch Maria, einen Blick auf den jungen Mann zu werfen: „Ja, das ist Mario Kobilke. Ich erkenne ihn auch. So ein junges Leben!" Sie schüttelte den Kopf. Tränen rannen ihr über ihre Wangen.

Harro sagte zu Sperber: „Ich möchte ein Vaterunser für Mario beten und ihm einen Segen zusprechen."

Sperber nickte. Die drei beteten gemeinsam. Im Anschluss daran sprach Harro den sogenannten „Valet-Segen" über Mario, den er bei der Aussegnung eines verstorbenen Menschen immer sprach.

Anschließend verließ der Kommissar mit den beiden Pfarrern die Schwanenritterkapelle. Im großen Kirchenraum angekommen, fragte er: „Können Sie mir Namen von anderen Cliquenmitgliedern nennen?"

Harro überlegte: „Mir fällt spontan Kevin Döbrich ein, der ist wohl so etwas wie ein Rädelsführer. Ein unangenehmer Junge mit einer schrecklichen Ausdrucksweise und immer irgendwie aggressivem Auftreten. Ich vermute, er schüchtert mit seiner Art die anderen Jugendlichen ganz schön ein. Außerdem ist Patrik Gensch oft in seiner Nähe zu beobachten. Ein Mitläufertyp, würde ich sagen, der sich gerne an einen Stärkeren anlehnt. Geistig kommt er mir ein wenig minderbemittelt vor. Es gibt noch einige Jungs, die ich immer wieder mit den dreien zusammen gesehen habe. Aber von denen kenne ich keine Namen. Einige Mädchen habe ich auch ab und zu mit denen beobachtet. Ich kenne nur eines der Mädchen mit Namen. Sie heißt Saskia Binder. Ihr Großvater ist erst vor kurzem gestorben, daher weiß ich ihren Namen. Stammkneipe der Clique ist, wie mir unser junger Kirchenvorsteher Florian Meusel gesagt hat, die Gaststätte ‚Wilder Markgraf' in der Endresstraße."

„Damit haben Sie uns sehr geholfen", dankte ihm Sperber, „jetzt können wir nach den Jugendlichen suchen und sie befragen. Der oder die Täter scheinen einen Schlüssel zur Kirche zu haben. Ich vermute, bei der Schließanlage handelt es sich um eine Version, bei der man die Schlüssel nur mit einem Berechtigungsschein nachmachen lassen kann?"

Harro nickte. „Wer hat die Unterlagen darüber, welche Personen einen Kirchenschlüssel haben?"

„Die Unterlagen darüber führt das Kirchengemeindeamt", antwortete Harro.

„Gut, damit steigen unsere Chancen, schnell an die Täter heranzukommen."

Wolfgang Sperber sah den beiden jungen Leuten an, wie sehr sie das Erlebte mitgenommen hatte, deshalb sagte er zu ihnen: „Sie haben eine sehr kurze Nachtruhe hinter sich. Ich vermute, Sie sind beide müde. Ich benötige Sie im Augenblick nicht mehr. Wenn ich noch Fragen an Sie habe, melde ich mich wieder."

Sperber gab Maria und Harro die Hand. Beide verabschiedeten sich in Richtung von Harros Wohnung.

Als sie aus dem Eingangstor der Kirche traten, sahen sie, dass sich vor der Polizeiabsperrung eine größere Anzahl Schaulustiger versammelt hatte. Darunter waren auch Kinder und Jugendliche, die von dem interessanten Aufgebot vor der Kirche wie magisch angezogen worden waren und nun gespannt beobachteten, was hier weiter geschah. Natürlich hatten sich auch einige Vertreter der Medien an der Absperrung eingefunden. Die Journalisten versuchten, den Polizisten und den Umstehenden Neuigkeiten zu entlocken. Gleichzeitig wurden Kameras aufgebaut und die Fernsehleute bereiteten alles für ihre Reportage vor.

Eben gelang es einem silberfarbenen Leichenwagen, sich langsam durch die Menge zu schieben. Er fuhr unter dem Absperrband durch, das ein Polizist hochgehoben hatte, und parkte in der Nähe des Treppenaufgangs.

Sie kamen nicht weit. Unter der sich aufgeregt unterhaltenden Zuschauermenge standen Rüdiger und Rosemarie und warteten schon auf sie. Beide sahen bereits geschniegelt und gebügelt aus. Rüdiger rief mit Mitleidsmiene:

„Ihr Armen! Was ist denn euch in dieser frühen Morgenstunde schon zugemutet worden! Wir haben schon gehört, dass ein wertvolles Bild aus der Kirche gestohlen wurde. In der Kirche soll ein toter junger Mann liegen, den habt ihr euch ansehen müssen. Ist ja ganz furchtbar! Ihr seht beide auch sehr mitgenommen aus. Rosemarie und ich haben deshalb beschlossen, euch zu entlasten. Unser Gepäck liegt schon im Auto. Wir fahren sofort los und frühstücken unterwegs. Bitte keine Widerrede, unser Entschluss steht fest! Ihr braucht jetzt erst einmal Ruhe, damit ihr wieder zu euch kommt. Wir haben eine weite Stecke zu fahren und sind froh, wenn wir etwas früher in unserer Wohnung in Hamburg ankommen."

Rosemarie hatte zu allem, was ihr Mann gesagt hatte, eifrig genickt und bemühte sich ebenfalls um einen Anteil nehmenden Gesichtsausdruck. Maria erwiderte mit Erleichterung in der Stimme: „Ich danke euch für euer Verständnis. Ich fühle mich tatsächlich geschockt und innerlich aufgewühlt. Harro hat Schmerzen. Er hat sich heute Nacht seinen Fuß furchtbar angestoßen. Wir müssen einen Arzt aufsuchen, um feststellen zu lassen, ob etwas gebrochen ist. Es ist ganz lieb, dass ihr es auf euch nehmt, uns ohne Frühstück zu verlassen."

„Ist doch selbstverständlich!", antwortete Rosemarie mit einer großzügigen Geste, „wir fahren gleich los und wünschen euch gute Erholung. Besonders dir, Harro! Hoffentlich hat du nur eine Prellung am Fuß, die kann ja auch sehr wehtun!"

Harro lächelte etwas krampfhaft: „Das hoffe ich auch. Ich danke euch auch für euer Verständnis. Ihr tut mir damit gerade einen großen Gefallen. Wir begleiten euch noch bis zu eurem Auto. Schließlich haben wir den gleichen Weg."

Am Pfarrhaus angekommen, fuhr Rüdiger den großen Wagen aus der Durchfahrt. Beide verabschiedeten sich von Maria und Harro mit Umarmung und Küsschen-Küsschen, stiegen ein und starteten zu ihrer langen Heimreise. Maria und Harro winkten ihnen nach, bis der BMW hinter dem letzten Haus in der Straße verschwunden war.

„Komm, lass uns noch eine Kleinigkeit essen, bevor wir ins Krankenhaus fahren, um meinen Fuß ansehen zu lassen. Ich habe Hunger. Wer weiß, wie lange wir in der Notaufnahme warten müssen."

„Mensch Harro!", wunderte sich Maria, „du kannst nach diesen schrecklichen Erlebnissen essen? Wenn ich es nicht besser wüsste, würde ich jetzt sagen: Du hast ein Gemüt wie ein Fleischerhund. Ich glaube, ich bin viel zu aufgeregt und bringe im Moment gar nichts runter."

„Liebste Maria, ich kann dich verstehen und wenn ich es nicht viel besser wüsste, würde ich denken, du bist nicht sehr nervenstark. Wir haben doch schon manches Schlimme erlebt, aber du hast dich meistens als stärker erwiesen als ich. Ich bin natürlich auch richtig durcheinander, verwirrt, entsetzt und mein Fuß tut weh, aber mein Magen meldet auch sein Recht an. Außerdem brauchen wir Kraft, um mit dem fertig zu werden, was vermutlich wegen dieser Sache auf uns zukommt. Ich möchte mich hinsetzen, ein wenig zur Ruhe kommen, etwas essen und mit dir über alles sprechen. Anschließend fahren wir ins Krankenhaus."

„Gut, einverstanden", seufzte Maria. Damit stiegen sie in die Wohnung im ersten Stock des Hauses hoch.

Als sie beim Frühstück saßen, wurde ihnen bewusst, wie geschockt sie von all den Erlebnissen dieses Morgens waren. Besonders der Tod des jungen Mannes hatte sie zutiefst berührt. Sie versuchten, für sich einen Zusammenhang zwischen dem Diebstahl des Bildes und dem Absturz von Mario Kobilke herzustellen.

Maria meinte: „Er und seine Freunde haben den Diebstahl begangen, nehme ich an. Ich vermute, sie haben das schwere Bild der Einfachheit halber von einem Gerüst in der Kirche herunter abgeseilt. Wahrscheinlich ist Mario dabei abgestürzt. Anders kann ich es mir nicht erklären. Seine Freunde werden die Kirche dann verlassen haben. Sie müssen einen Schlüssel haben. Damit haben sie die Kirche wieder abgesperrt. Das Bild haben sie, denke ich, mitgenommen und sind in Panik damit abgehauen, nachdem sie bemerkt haben, dass Mario nicht mehr lebt."

Harro nickte nachdenklich: „So wird es wahrscheinlich gewesen sein. Ich vermute, die Polizei wird sie schnell gefasst haben. Mario wirkt ja geradezu wie ein Wegweiser in ihre Richtung. Ich frage mich nur, woher sie einen Kirchenschlüssel bekommen haben. Aber auch das wird sich wohl schnell aufklären lassen."

Nach dem Frühstück fuhr Maria ihren Freund ins Krankenhaus. In der Notaufnahme zeigte ein Röntgenbild eindeutig, dass sich der Pechvogel beim Anstoßen an die Türe tatsächlich einen Zeh gebrochen hatte. Die Ärzte schienten ihn fachgerecht. Harro konnte daraufhin mit dem Fuß fast schmerzfrei auftreten und auch wieder ganz gut laufen.

Maria und Harro waren froh, das Krankenhaus schnell wieder verlassen zu können. Inzwischen war es bereits halb zehn Uhr geworden. Total erschöpft, legten sich Harro und Maria, wieder in Harros Wohnung angekommen, nochmals ins Bett. Harro schlief, gleich, als er sich hingelegt hatte, fest ein.

Maria konnte nicht zur Ruhe kommen. In ihrem Kopf drehten sich die Gedanken im Kreis. Sie überlegte angestrengt, was jetzt alles zu tun sein würde. Nach einiger Zeit kam sie jedoch zur Ruhe und schlief ebenfalls ein.

In der Zwischenzeit hatte sich bei den Ermittlern viel getan. Gleich nachdem die beiden Pfarrer gegangen waren, erschien Oberstaatsanwalt Doktor Sauber am Ort des Geschehens. Er bat Sperber und seine Mitarbeiter in die Kirche zu einer Besprechung der ersten Untersuchungsergebnisse. Auch der Chef des Erkennungsdienstes, Gottfried Arpogaus, sollte dabei sein.

Als alle in einem Stuhlkreis beisammen saßen, fasste Wolfgang Sperber die bisherigen Erkenntnisse kurz zusammen: „Wir haben zwei Tatbestände. Ein wertvolles Bild wurde aus der Schwanenritterkapelle gestohlen. Dabei scheint es so, als hätten die Täter einen Schlüssel benutzt. Mir scheint auch, als hätten sie vor dem Diebstahl absichtlich die Alarmanlage ausgelöst. Es musste ihnen wohl bekannt sein, dass dieser Typ Alarmanlage nach dem Auslösen erst einmal von einer Spezialfirma neu eingerichtet werden muss. Beim zweiten Eindringen konnten sie also ungestört zu Werke gehen. Dahinter steckt Insider-Wissen. Zweitens: Ein junger Mann ist in der Kirche von einem Gerüst gestürzt und dabei tödlich verletzt worden. Der Mesner hat ihn bei seinem morgendlichen Rundgang entdeckt. Im Moment sieht es so aus, als hätten beide Fälle miteinander zu tun. Nach Aussagen der beiden Pfarrer handelt es sich bei dem Toten um Mario Kobilke, etwa zwanzig Jahre alt, Mitglied einer Clique, die schon öfter negativ aufgefallen ist. Die Pfarrer konnten mir einige Namen aus dem Kreis dieser Freunde nennen, ebenso in welcher Wirtschaft sich diese Clique angeblich immer wieder trifft – im ‚Wilden Markgrafen'. Es ergeben sich jetzt aus meiner Sicht folgende Fragen: Woher bekamen die Täter einen Kirchenschlüssel? Weil diese jungen Leute wohl kaum über die nötigen Verbindungen zum Absatz des Kunstwerkes verfügen, frage ich mich, ob hinter diesem Diebstahl vielleicht jemand ganz anderes steht, der den Wert des Gemäldes kennt und der die ausführenden Täter mit dem Diebstahl beauftragt hat.

Auf welche Weise ist das Bild weggeschafft worden? Wir sollten dazu die Nachbarn befragen und zur Mitteilung von Beobachtungen in den Zeitungen aufrufen. Das Landeskriminalamt habe ich inzwischen von dem Diebstahl in Kenntnis gesetzt. Es wird eigene Ermittlungen einleiten. Ich meine, wir sollten zum gegenwärtigen Zeitpunkt beide Fälle im Zusammenhang sehen. Gottfried, kannst du uns bereits Ergebnisse deines Teams mitteilen?"

Arpogaus räusperte sich: „Wir haben unsere erkennungsdienstliche Arbeit noch nicht ganz abgeschlossen, aber es lässt sich schon sagen, dass die Kirche offenbar mit einem Schlüssel geöffnet wurde, denn an keiner der Türen ist die Spur eines gewaltsamen Eindringens zu erkennen. Die Täter haben den Umstand ausgenutzt, dass in der Kirche, der Renovierung wegen, ein Gerüst ganz in der Nähe des Bildes aufgebaut war. Sie haben das Bild in seiner Gesamtheit von der Wand abgenommen. Dazu braucht es, wegen des hohen Gewichtes, aber auch aus Sicherheitsgründen, mehrere Leute. Sie scheinen es dann ins Innere der Kirche abgeseilt zu haben. Wir fanden keinerlei Fingerabdrücke. Faserspuren, Haare und so weiter werden gesichert und analysiert. Auch die Kratzer, die der Bilderrahmen auf dem Fenstersims und sonstwo hinterlassen haben könnte, werden wir untersuchen. Ich kann mir denken, dass es sich bei dem Absturz von Mario Kobilke um einen Unfall bei der Abseilaktion gehandelt haben könnte. Seine Komplizen wollten mit dem Bild schnellstens verschwinden und haben den Toten einfach liegen gelassen. Wir sind gerade dabei, Spuren eines Transportmittels, vielleicht eines Kraftfahrzeuges, sicherzustellen."

Oberstaatsanwalt Doktor Sauber hatte den Ausführungen von Sperber und Arpogaus aufmerksam zugehört. Jetzt meldete er sich zu Wort und bat Sperber: „Geben Sie mir bitte gleich Bescheid, wenn Sie einen oder mehrere Verdächtige ermittelt haben. In diesem spektakulären Fall bekommen Sie von mir schnellstens einen Hausdurchsuchungsbeschluss und, vorausgesetzt es liegen stichhaltige Beweise vor, auf dem schnellsten Weg einen Haftbefehl. Durch den Diebstahl dieses unersetzlichen Meisterwerkes und den ungewöhnlichen Todesfall haben wir schnell die Aufmerksamkeit des ganzen Landes. Mir liegt darum viel daran, dass wir gut weiterkommen und die Täter überführen. Natürlich hoffe ich, dass wir auch das Gemälde unversehrt und schnell wieder an seinen Platz bringen. Ich werde mich jetzt gleich draußen den Medien stellen, dann ersparen wir uns heute eine Pressekonferenz. Herr Sperber, wir treffen uns später sicher bei der Obduktion von Mario Kobilke."

Sperber nickte bestätigend. Bevor Doktor Sauber ging, bat Sperber ihn: „Herr Doktor Sauber, ich brauche dringend einen Durchsuchungsbeschluss für die Wohnung der Eltern von Mario Kobilke. Er hat nach unseren Unterlagen bis zuletzt mit in der Wohnung gewohnt."

Doktor Sauber versprach, sich sofort darum zu kümmern. Er werde den Durchsuchungsbeschluss schnellstens ins Präsidium senden. Dann erhob er sich, gab jedem die Hand und verließ die Kirche. Gottfried Arpogaus stand ebenfalls auf: „Ich muss mich um meine Arbeit kümmern. Ich wünsche euch viel Erfolg bei euren Nachforschungen." Mit einem kurzen Winken ging auch er hinaus.

Sperber wandte sich seinen beiden Mitarbeitern zu. „Karlo, du befragst bitte zuerst den Mesner, ich denke, er heißt Weber, und dann die Sekretärin, Frau Besendörfer, ob ihnen in den letzten Tagen irgendetwas Ungewöhnliches in und um die Kirche herum aufgefallen ist. Insbesondere natürlich, ob jemand von den Jugendlichen aufgetaucht ist. Im Anschluss daran besuchst du bitte den ‚Wilden Markgrafen' und hörst dich um, wo wir die Mitglieder der verdächtigen Clique am besten finden könnten, ihre Aufenthaltsorte in oder außerhalb von Wohnhäusern. Rufe mich bitte sofort an, wenn du etwas herausbekommst. Wir fahren dann gleich hin und versuchen, sie zu erwischen. Ich selbst bin also um elf Uhr bei der Obduktion. Vorher will ich nochmals ins Präsidium. Konstanze, bitte übernimm die Befragung der Anwohner. Wir brauchen Namen und Adressen von allen, die Kirchenschlüssel besitzen, und ebenso von denen, die Generalschlüssel haben. Am Montagmorgen rufst du bitte beim Kirchengemeindeamt an. Sie sollen schnellstens eine Liste der Schlüsselinhaber erstellen. Dann rufe auch unsere Sekretärin Barbara an und bitte sie, alles, was sie zu den verdächtigen jungen Leuten finden kann, für uns auszudrucken. Außerdem soll sie schon einmal damit beginnen, alle Verdächtigen im Umkreis, die in irgendeiner Weise bisher mit Kunstdiebstahl zu tun hatten, herauszusuchen. Bestimmt wird heute noch ein Beamter vom Landeskriminalamt in München bei uns auftauchen; dem können wir diese Unterlagen dann übergeben. Konstanze, bitte besuche später die Angehörigen von Mario Kobilke. Zwei von den ‚grünen Kollegen' waren bereits dort und haben die Todesnachricht überbracht."

Konstanze nickte mit ernstem Gesicht.

„Karlo, wenn du mit deinen Befragungen fertig bist, gehst du ins Präsidium und hilfst der Sekretärin, damit sie mit ihrer Aufgabe schneller fertig wird."

„Darf ich zwischendurch frühstücken?", wollte Karlo verlegen sein Gesicht verziehend wissen.

„Klar, Frühstück muss sein", antwortete Sperber.

Alle drei standen auf und machten sich daran, ihre Aufgaben zu erledigen.

Als sie vor die Kirche traten, sahen sie, dass der Oberstaatsanwalt, von Vertretern der Medien bedrängt, gerade Rede und Antwort stand. Mikrofone des Bayerischen

Fernsehens, des Franken Fernsehens, von ZDF, RTL, Radio Acht, des Bayerischen Rundfunks und verschiedener anderer Privatsender aus dem Nürnberger Raum wurden ihm entgegengestreckt.

„Woher wissen die alle so schnell, was los ist", wunderte sich Konstanze kopfschüttelnd, „ob die den Polizeifunk abhören?"

Sperber stieg in seinen Dienstwagen und fuhr langsam durch die Menge der Schaulustigen hindurch, die das Medienspektakel entweder fasziniert beobachteten oder sich gegenseitig, lebhaft plaudernd und gestikulierend, ihre Meinungen zu dem Fall mitteilten.

Rückblende: Freitagnacht

Kevin Döbrich, Justin Huber, Mario Kobilke, Patrik Gensch und Saskia Binder lümmelten, trinkend, qualmend und überlaut ihre Musik hörend, schon einige Stunden in Kevins Zimmer herum, das sie in ihrer speziellen Umgangssprache wahrscheinlich normalerweise mit der Bezeichnung „versifft" belegt hätten, wenn ihr eigenes Zimmer zu Hause nicht in einem ganz ähnlichen Zustand gewesen wäre.

So fühlten sie sich hier ebenso wohl wie daheim. Mario und Saskia waren schmusend, mehr aufeinander liegend als sitzend, miteinander beschäftigt.

Die Jungs, zwischen siebzehn und zwanzig Jahre alt, waren durchweg arbeitslos. Nachdem sie in ihrer Schule einzeln oder gemeinsam ihre Spuren von jeder Menge Ärger, Vandalismus und Ängsten unter den Mitschülern hinterlassen hatten, waren sie schließlich alle ohne Schulabschluss von der Lehranstalt abgegangen. Keiner ihrer späteren Lehrherren hatte es lange mit ihnen ausgehalten. So mussten sie sich immer wieder nach anderen Einkommensquellen umsehen. Sie waren von ihrem ganzen Wesen her einfach unsozial, asozial, kriminell und davon war auch ihr Umgang untereinander gezeichnet.

Jeder lebte noch bei seinen Eltern jeweils in einem Milieu, das keine Änderung ihres Wesens zuließ. Ihr Zuhause zementierte vielmehr ihren verwahrlosten Zustand noch.

In der Stadt waren sie berühmt und berüchtigt. Kevin Döbrich war so etwas wie ihr Vordenker. Er dachte sich meist Sachen aus, die sie als „total cool irgendwie" bezeichneten. Andere Menschen wurden dabei aber oft geängstigt und geschädigt. Ihre Jugendstrafen füllten Listen. Ab und zu hatten sie wegen ihrer Untaten „sitzen" müssen. Lehren hatten sie bisher noch nicht daraus gezogen. Im Gegenteil, der Jugendknast hatte für sie einen gewissen Vorteil. Man lernte von anderen etwas dazu, das man dann draußen gebrauchen konnte.

Wenn die vier Jungs, meistens ungepflegt und alkoholisiert, irgendwo auftauchten, gingen ihnen diejenigen, die sie kannten, so schnell wie möglich aus dem Weg. Lediglich der Wirt des „Wilden Markgrafen“ hatte ihnen bisher auf seine Weise Respekt beigebracht. Er, der früher selbst ein Knastbruder war, wusste sie zu nehmen, notfalls auf die knallharte Tour. Seltsamerweise hatten sie ausgerechnet seine Kneipe als ihren Treffpunkt auserkoren. Warum, darüber hätte man sicher eine seitenlange psychologische Begründung schreiben können, aber daran hatte niemand Interesse.

Saskia, momentan das einzige Mädchen in der Gruppe, war erst sechzehn. Sie schwänzte die Schule und der Eindruck, dass ihre Lehrer darüber gar nicht so unfroh waren, war ein offenes Geheimnis. Saskia war seit kurzem mit Mario Kobilke liiert. Jedem, der sich dafür interessierte, wie sie sich kennengelernt hatten, erklärte Mario, dass sie ihm eines Nachts in der Disko zugelaufen sei. Das Mädchen fiel durch seine schwarzrotblau gefärbten Haare und die knappen Kleidungsstücke auf, die sie gewöhnlich trug. Ihr Gesicht zierte überall Piercingmetall. Normalerweise hatte sie sich auch grell angemalt. Sie sah also in den Augen von Menschen mit „gutbürgerlicher“ Einstellung einfach verboten aus. Trotz all der Dekoration blieb es das Gesicht einer Jugendlichen, dem Jungmädchenalter viel näher als dem Erwachsensein.

Saskia war mit sich selbst uneins. Ihre Hände und Arme zeugten davon. Sie waren übersät von Narben. Saskia fügte sich selbst immer wieder Wunden zu. Das wurde in ihren Kreisen „Schlitzen“ genannt. Merkwürdigerweise wurde sie als feste „Braut“ von Mario in der Gruppe toleriert. Normalerweise vertraten die Jungs eher die Auffassung, „solche Tussen füllt man einfach ab, dann konnte die Post mit ihnen abgehen".

Kevin hatte vor einigen Tagen einen anonymen Anruf erhalten. Der Mann am anderen Ende der Leitung schlug ihm ein Geschäft vor. Für den Diebstahl des sogenannten Kelterbildes in der Schwanenritterkapelle von Sankt Gumbertus sollten sie fünftausend Euro erhalten. Dazu eine größere Menge Kokainpulver. Kevin sagte zu unter dem Vorbehalt, dass auch seine Kumpels dazu bereit wären. Er vereinbarte einen neuen Gesprächstermin mit dem Unbekannten.

Die vier Komplizen waren sofort einverstanden, bei dem einträglichen Coup mitzumachen. In einem weiteren Telefongespräch berieten Kevin und sein Auftraggeber die Einzelheiten der Aktion. Alles schien Kevin danach in der Ausführung recht einfach. Ihm war auch gleich eingefallen, wie sie an einen Kirchenschlüssel herankommen könnten.

Heute Nacht trugen alle dunkle Kleidung. Jeder hatte eine Motorrad-Sturmmütze dabei, die bei der bevorstehenden Aktion über das Gesicht gezogen werden sollte. Alle rauchten wie die Schlote. Das Zimmer war schon wie in Nebel gehüllt. Keiner von ihnen hatte Lust, ein Fenster zu öffnen.

Sie tranken Cola mit einem Schuss Wodka darin. Kevin achtete aber darauf, dass niemand zu viel Alkohol zu sich nahm. Sie mussten bei ihrer Aktion einen klaren Kopf haben. Saskia nörgelte: „Hey Kevin, das ist krass, dass du nicht erlaubst, mehr von dem Stoff ins Cola reinzutun. Ich bin so aufgeregt und könnte ein bisschen mehr innere Ruhe vertragen." Sie hatte gerade eine frische Schicht Lipgloss aufgelegt und machte einen Schmollmund beim Sprechen.

„Ej, Mädchen, hör auf mit deinem bescheuerten Gelaber!“, gab ihr Kevin zurück, „wenn du besoffen bist, baust du wieder Scheiße. Davon haben wir schon genug.“

Justin äffte Saskia mit piepsiger Stimme nach: „Ach Kevin, gib mir mehr Stoff, ich brauch das!“

Mario schaltete sich ein, um seine Freundin zu schützen: „Machst du jetzt auf Antialkoholiker, du Loser?“

Saskia fauchte: „Ach lass ihn doch, der ist einfach hohl!“

Justin war jetzt gleich auf der Palme. Höhnisch bemerkte er: „Das ist wieder mal typisch, Mario, der große Frauenversteher! Bei der Fotze hast du dich eingeschleimt, damit sie dich öfter mal drüberlässt oder was?“

Kevin hatte die Nase voll von dem doofen Hin- und Hergequatsche: „Hört zu, ich will, dass ihr wenigstens einigermaßen nüchtern seid. Die Provinzeier in diesem Kaff werden sich schlapp lachen, wenn wir Scheiß bauen und das Ding heute Nacht schiefgeht. Hört auf mit dem blöden Gerede und sperrt eure Lauscher auf, damit ihr wisst, was nachher abgeht. Also, wir lösen so gegen drei Uhr einen Alarm in der Church aus. Was passiert: Die Bullen und der Pfaffe tanzen an. Der Pfaffe schaltet den Alarm aus und wir gehen still und leise wieder rein, wenn alle wieder weg sind, und schnappen uns das Old Graffiti. Nett, dass die uns das Gerüst dafür aufgebaut haben. Den Karren fahren wir in die große Kirche hinein und stellen ihn unterhalb der Treppen vor dem Altar ab. Dann steigen alle Jungs mit mir auf das Gerüst. Also dort oben: Bild abhängen. Ist schwer, also zu dritt anpacken! Auf das Gerüst stellen. Wir packen es gut in die Decken ein und schlingen das Seil rum und machen ein Paket draus. Bei allem müssen wir tierisch vorsichtig sein, das sage ich euch. Wenn das Scheißding einen Kratzer hat, gibt's Abzug! Mario, du gehst vor an den Rand des Gerüstes und dann heben wir es zu dritt hoch und lassen es hinunter. Saskia, du stehst unten an der Eingangstüre und passt auf, ob jemand kommt. Du schaust aber immer wieder zu uns hinauf, wie weit wir sind. Wenn du siehst, dass das Bild herunterschwebt, nimmst du es unten in Empfang."

„Ja, ja, ich hab natürlich wieder den beschissensten Job", maulte Saskia zurück.

„Halt die Fresse, olle Tusse! Du willst schließlich auch deinen Anteil oder?", krakeelte Patrik, um auch mal was zu sagen.

„Bravo, der kann sogar reden, hätte ich gar nicht gedacht", schoss Mario zurück, „warum macht der Unterschichtskanake eigentlich hier mit?"

Patrik sprang mit geballten Fäusten auf und wollte zu Mario hin, um auf ihn einzudreschen, aber Kevin war schneller und schubste ihn auf seinen Stuhl zurück.

„Hört endlich auf, euch dauernd aufzuziehen!", brüllte er in die Runde, „ihr Arschlöcher versaut mir noch alles! Ich möchte wissen, warum ich euch überhaupt mitmachen lasse! Schluss jetzt mit dem Gelaber, sage ich! Ihr habt zu schweigen, wenn ich versuche, euch etwas einzubimsen!" Wütend schaute er Saskia und die Jungs an.

„Also noch mal: Wir lassen vorsichtig – vorsichtig, sag ich – das Bild runter. Saskia, du sorgst dafür, dass es dann an der richtigen Stelle gut unten ankommt. Dann steigen wir vom Gerüst herunter und Moment, alles andere ist easy. Darum, wenn wir so weit sind, dass wir das Bild sicher auf den Karren geladen haben, saust du, Patrik, raus aus der Kirche und schaust, ob jemand kommt oder vielleicht von einem Fenster herunterschaut. Wenn du jemand siehst, der draußen rumhängt, musst du ihn ablenken. Spiel den Besoffenen. Scheuch ihn fort. Notfalls hau ihm auf die Mütze, wenn das nicht funktioniert. Hast du verstanden?"

„Klaro", knurrte Patrik, „mein Werkzeug hab ich dabei.“ Er zog einen Totschläger aus der Jackentasche und grinste schief.

„Okay“, Kevin lachte dreckig, „mit dem Ding kannst du umgehen, habe ich selber schon gesehen.“

„Aber immer und immer öfter!“, knurrte Patrik, weiter grinsend.

Mario war davon weniger begeistert: „Boa! Ich habe nicht gedacht, dass das auf Gewalt nausläuft. Ich habe schon genug auf der Latte. Wenn ich deswegen erwischt werde, sitze ich im Bau, bis ich uralt bin.“

Patrik schnauzte ihn an: „Ej Alter, du bist voll das Mädchen! Scheißst dir immer gleich in die Hose!“

Kevin sagte energisch: „Von nix kommt nix! Der Auftraggeber hat uns fünftausend Euro zugesagt. Für jeden von uns einen Tausender. Dafür kann man schon mal eine Stunde vergeuden, mein ich. Jetz soß hier net rum und flenn net gleich. Es wird schon nix passiern. Des Ganze muss ruck zuck geschehen. Jeder weiß doch, was er machen muss. Wir haben ja das Glück, dass uns der Dusel von Florian den Generalschlüssel überlassen hat, den er der Alten im Sekretariat geklaut hat.“

„Sein Glück, sonst hätten wir den Feigling in kleine Stückchen geschnitten“, grinste Patrik profitgierig.

Saskia wandte ein: „Aber jetzt weiß der über uns Bescheid, da habt ihr nicht dran gedacht. Der hält bestimmt nicht dicht, wenn sie ihn in die Mangel nehmen.“

„Denkst du!“, Kevin grinste wieder sein schiefes Grinsen, „ich hab ihm gesagt: Einen Ton an die Bullen oder sonst wen und deine kleine Schwester ist eine Leiche! Was denkt ihr, wie der die Augen aufgerissen hat, dem ist gleich des Wasser in die Glotzer gestiegen. Feuerrot ist der geworden und dann totenblass, sage ich euch. Der sagt bestimmt keinem was, weil er weiß, dass er seine Schwester nicht vor uns schützen kann.“

„Boa! Total geil gemacht! Respekt, du bist der Größte, Kevin!"

„Das Ganze wird ein Knaller, das sage ich euch, Kevin der Größte!"

Kevin stand auf und warf die Arme in die Luft, dann verbeugte er sich und grüßte nach allen Seiten, wie ein gefeierter Star.

„Des ist der Hammer, total geil!", grölte Patrik, „darauf trink mer ans!"

Kevin wandte sich ihm zu: „So und etz hältst dein Maul! Ich weiß doch, dass dir alles, was man dir sagt, am Arsch vorbeigeht. Wehe, du spielst net richtig mit, dann rauschts obber im Kardong!"

„Ist ja recht!", nörgelte Patrik enttäuscht zurück. Und dann nuschelte er leiser hinterher: „Musst net gleich widder den großen Maker raushängen lassen."

Kevin beachtete ihn nicht weiter. Er sagte verheißungsvoll: „Der echt große Maker hat mir eine Tüte Koks versprochen, wenn alles klappt. Ein bisschen davon hat er mir quasi als Vorschuss gegeben. Bevor wir gehen, zieht jeder eine Line. In der Church gibt's noch mal eine und hinterher rauchen wir noch einen Krack, vorausgesetzt, es klappt alles."

Mit leuchtenden Augen seufzten alle bei dieser Nachricht auf. Saskia säuselte begeistert: „Tierisch geil!"

Kevin wurde wieder sachlich: „Das Bild wird von uns in der Gartenhütte von meinem Onkel in der Schrebergartenkolonie abgelegt. Mein Onkel kommt jedenfalls nicht vor nächster Woche in seinen Garten, weil er gerade verreist ist. Von dort holt der Typ das dann ab. Wann, geht uns nichts an. Vorher gibt er mir dreitausend Euro und das Pulver, so ist es abgemacht. Ich sage ihm dann, wo er es holen kann, und geb ihm den Schlüssel vom Häuschen. Wenn alles okay ist, bekomme ich den Rest vom Geld. Wir gehen erst einmal brav jeder zu sich heim, wenn wir das Kind geschaukelt haben. Jeder schleicht sich in sein Zimmer, damit alle meinen, wir wären heute Nacht vor Mitternacht zu Hause gewesen. Unser Alibi ist sehr wichtig. Die Bullen werden herumschwärmen wie die Hornissen. Wenn die auf uns kommen, muss alles passen. Und jeder hält mir dicht, sonst ist er dran!"

Sein brutaler Gesichtsausdruck und die passende Geste quer über den Hals machten allen klar, was er meinte – und dass Kevin es ernst meinte, daran hatte niemand von ihnen Zweifel.

Er holte eine kleine Tüte mit weißem Pulver darin aus seiner Jackentasche. „Jeder kriegt jetzt einen Streifen. Ihr schnupft und dann ab die Post. Unten steht alles bereit. Im Karren ist ein Kasten Bier. Wenn uns jemand begegnet, nimmt jeder eine Flasche in die Hand und tut so, als würden wir feiernd durch die Stadt ziehen. Aber nicht so laut schreien! Wir wollen ja nicht gleich die ganze Stadt aufwecken. Habt ihr verstanden?"

Einer nach dem anderen nickte gespannt, nur Saskia nörgelte: „Ich möchte schon darum bitten, dass net immer so dahergeredet wird, als wären wir alle Jungs. Immer heißt es ‚jeder'. Ich bin doch auch wer!"

„Du machst mich noch narrisch, du dämliche Kuh!", schnappte Patrik.

„Ekliger, doofer Macho!", keifte Saskia zurück. Sie streckte ihm die Zunge heraus und verdrehte ihre Augen: „Du kannst nur Kacke quirlen, wenn du dein dreckiges Maul aufmachst!"

„Schluss jetzt!", brüllte Kevin, „ihr Dusel rafft nicht, was hier abgeht! Ihr versaut mir noch alles mit eurem dämlichen Gequatsche. Jeder UND Saskia zieht jetzt eine Line hoch, dann machen wir uns auf den Weg. Streckt eure Pfoten her."

Kevin zeichnete mit Geschick und Schnelligkeit auf die ausgestreckten Handrücken eine Linie Kokainpulver.

Sofort war ein allgemeines Schniefen zu hören, danach ein „Aah!“ von allen Seiten. Zum Schluss nahm er sich selber eine Prise und wartete einen Moment auf die Wirkung, dann rief er mit leuchtenden Augen: „Jetzt geht die Post ab! Wir holen uns das große Ding!“

So wandte er sich zur Türe und rappelte die Treppe hinab; die anderen berauscht hinter ihm her. Im nächtlichen Hof stand bereits ein Handwagen, beladen mit Decken, Seilen und einem Kasten Bier. Justin und Patrik packten die Deichsel und starteten. Weil der Karren gummibereifte Räder hatte, ging es verhältnismäßig lautlos durch die nur vom Licht der Straßenbeleuchtung erhellten dunklen Straßen der schlafenden Stadt. Niemand war ihnen bisher auf dem Weg zur Sankt-Gumbertus-Kirche begegnet. Sie durchquerten eine schmale Straße, die zum Rezatparkplatz führte. Dort befand sich unterhalb des Jugendzentrums eine kleine, hübsche Parkanlage. Sie stellten den Karren ab, setzten sich auf die zwei Bänke und holten sich Bierflaschen aus dem Kasten. Jeder trank mit Genuss. Der Alkohol verstärkte sofort die euphorisierende Wirkung des Kokains.

Sie beugten sich vor, sahen sich an und prosteten sich grinsend zu. Alles würde super laufen, da waren sie sich jetzt ganz sicher.

Kevin war inzwischen alleine durch die stille Straße zur Kirchentüre am Gumbertusplatz gegangen, sperrte sie auf und löste in ihrem Inneren den Alarm aus. Er verließ die Kirche schnell wieder und versteckte sich im Schatten eines Mauervorsprungs. Über ihm jaulte eine Sirene. Ein rotes Licht blinkte dazu. „Hoffentlich weckt das Biest nicht die ganze Nachbarschaft auf“, dachte er sich bange. Er sah sich um. Alle Fenster blieben dunkel. Keine Bewegung der Gardinen. „Sie schlafen alle offenbar den Schlaf der Gerechten.“ Ängstlich blickte er sich immer wieder nach allen Seiten um. Alles blieb ruhig. Von seinem Versteck aus konnte er auch die Fenster der Pfarrwohnung sehen. Gleich darauf beobachtete er, dass oben Licht anging.

„Jetzt bekommt der Pfaffe den Anruf. Gleich werden die Bullen anrücken." Er drückte sich tiefer in den Schatten. Es dauerte nicht lange, dann sah er Pfarrer von Weinheim auf der anderen Straßenseite entlanghumpeln. „Der hat was am Fuß", schloss Kevin aus dem Anblick.

Es dauerte nicht lange, dann kam auch schon das erste Polizeiauto. Jetzt war es Zeit für den Beobachter, seinen Platz zu verlassen. Er lief schnell die Pfarrgasse entlang und versteckte sich wieder in einem Mauervorsprung. Kevin sah, wie ein Polizist zur Kirchentüre eilte. Der Pfarrer humpelte hinterher. Die beiden verschwanden in der Kirche. Nun musste er nur noch warten, bis alle die Kirche wieder verließen. „Wenn die Bullenautos weg sind, geht die Chose los", überlegte er angespannt. Das Kokain tat nach wie vor seine Wirkung. Er spürte eine gewisse Vorfreude. Die Ängstlichkeit war verflogen. Kevin fühlte sich stark und überlegen. Der Plan, den er mit seinem Auftraggeber ausgeheckt hatte, war großartig. Es dauerte nicht lange, dann verstummte die Alarmanlage. Kevin atmete erleichtert auf.

Einige Zeit darauf kamen der Pfarrer und mehrere Polizisten aus der Kirche. „Ha! Nichts gefunden!", feixte Kevin und grinste über das ganze Gesicht. Er wartete noch ein wenig, dann verließ er seinen Beobachtungsplatz und schlich zur Ecke der Kirche. Er sah, wie die beiden Streifenwagen wendeten und Richtung Schlosstor wegfuhren. Den jungen Pfarrer sah er ein Stück weiter vorne auf dem Rückweg zu seiner Wohnung.

Kevin lief nun schnell zu seinen Kumpeln. Die waren immer noch von der Droge in aufgekratzter Stimmung. Sie lümmelten, ständig Bier trinkend, sich abwechselnd gegenseitig hochschießend, blöd herumlabernd, kettenrauchend, gelangweilt mit ihren Smartphones herumspielend, auf den Parkbänken. Dabei hörten sie per „Knopf im Ohr“ ihre Musik mit einer Lautstärke, die in jedem Ohrenarzt bei dem Gedanken an seine späteren Einnahmen einen Begeisterungsrausch ausgelöst hätte.

Saskia saß kichernd auf Marios Schoß und er fummelte ziemlich laut schnaufend unter ihrem Pullover und sonstwo herum.

„Los geht's!“, raunte Kevin ihnen leise zu. Alle sprangen auf. Patrik und Justin schnappten sich den Karren. Bei der Kirchentüre angekommen, sperrte Kevin auf.

Die Jungs drängten sich mit dem Handkarren durch die Türe. Kevin sperrte vor ihnen einige Türen auf.

Die Diebe gingen hastig weiter und schließlich kamen sie vor der Schwanenritterkapelle an. Vor der Türe zur Kapelle stellten sie den Karren ab und gingen hinein. Sie blieben einen Moment stehen und schauten zu dem Bild hinauf. Es kam ihnen jetzt ziemlich riesig vor.

„Los, auf das Gerüst!“, zischte Kevin und fing auch schon an, die Leiter hinaufzusteigen. Als sie oben angekommen waren, hoben sie das Bild mit vereinten Kräften aus seiner Befestigung. Sie schnauften schwer, denn es war kürzlich aus denkmalschützerischen Gründen mit einem massiven Kasten umgeben worden. In ihm herrschte ständig eine gleich bleibende Luftfeuchtigkeit, so war das kostbare Gemälde vor äußeren Einflüssen geschützt. Keuchend stellten die jungen Männer das Bild erst einmal auf dem Gerüst ab. Sie umgaben es mit den Decken. Dann schlangen sie es mit Seilen so ein, dass es unmöglich aus seiner Verpackung herausrutschen konnte. Sie hoben es an. Mario stand schließlich ganz vorne gefährlich nahe an einer ungesicherten Kante der Plattform. Er sah zu Saskia hin und winkte das im Türrahmen der Kapelle stehenden Mädchen her. Die Diebe wuchteten das Gemälde auf die Kante des Gerüsts.

Mit beiden Händen hatte Mario das Seil gepackt und zog den Kasten mit Leibeskräften zu sich hin. Die anderen schoben heftig nach.

Da machte Mario einen Fehler. Er drehte sich um und schaute zu Saskia hinunter. In diesem Moment zeigte das Kokain im Verein mit dem Alkohol seine schreckliche Wirkung. Ihm wurde so schwindlig, dass er seinen sicheren Halt am Seil losließ und mit den Händen nach einer Gerüststrebe suchte, um sich abzufangen. Er fasste daneben und stürzte mit einem lauten Schrei die etwa sieben Meter hinab direkt vor Saskia mit dem Kopf voran in das alte Chorgestühl hinein.

Blut spritzte dem Mädchen ins Gesicht. Saskia reagierte geschockt und war zunächst nicht in der Lage, sich zu bewegen. Dann kreischte sie auf und warf sich über ihren Freund. Schluchzend und heulend hielt sie ihn in ihren Armen. Die Jungs hatten nur gesehen, dass Mario plötzlich von der Plattform verschwand. Dann krachte es von unten unheimlich laut. Sie waren zuerst erstarrt, dann redeten sie wild durcheinander. Kevin fasste sich zuerst wieder. Er schlängelte sich an dem Bild vorbei und sah zum Chorgestühl hinab. Entsetzt starrte er das Jammerbild an, das sich ihm bot. Er sah, dass Mario verdreht im Gestühl lag. Sein Kopf war blutüberströmt und irgendwie verdreht. Seine Augen waren starr zum Gewölbe hinauf gerichtet. Rasch wurde Kevin klar, dass Mario tot sein musste. Einen Sturz aus dieser Höhe überlebte man in der Regel nicht. Er fasste sich, rief sich zur Ordnung. Er musste die Situation, sich und seine anderen Kumpels jetzt irgendwie retten. „Los, das Bild muss runter!“, rief er den hinter ihm Stehenden zu.

Die beiden reagierten fast mechanisch. Zu dritt gelang es ihnen unter großer Mühe, den schweren Kasten abzuseilen. Als er neben dem weinenden Mädchen dumpf auf das Holz des Gestühls schlug, wandte sich Kevin zu den anderen um und befahl knapp: „Mario ist tot. Wir packen das Bild auf den Karren und hauen sofort ab. Keine Zeit, den Kumpel mitzunehmen. Das machen andere. Ihr fahrt den Wagen. Ich packe Saskia zusammen und dann so schnell es geht die Fliege machen!"

Stumm kletterten sie in aller Eile die Leiter des Gerüstes hinunter. Die drei Jungs hoben das Bild auf und trugen es zum Karren. Im Gestühl hing Mario schlaff in Saskias Armen, ein Bild, das an das Motiv der Pieta erinnerte, der verzweifelten Mutter Maria, die den toten Jesus im Arm hält.

Justin und Patrik schenkten der Trauernden zunächst keine große Aufmerksamkeit. Als sie das Bild aufgeladen hatten, wandte sich Justin mit kreidebleichem Gesicht an Kevin. „Wir können Mario doch nicht einfach hier lassen!", rief er geschockt.

Kevin funkelte ihn an: „Wenn wir nicht sofort abhauen, erwischen sie uns alle. Er bleibt hier, sage ich!"

Dann lief er zu Saskia zurück. Wortlos zog er das Mädchen hoch. Sie wehrte sich und wollte ihren Freund nicht loslassen. Kevin drehte ihr brutal den Arm auf den Rücken, sodass sie aufschrie. Dann legte er seinen anderen Arm um ihren Hals und zog sie mit einem Ruck hoch. Saskia zappelte und röchelte, aber er hatte es geschafft. Sie hatte schließlich losgelassen. Die Leiche fiel hinter ihnen zu Boden. Nun nahm Kevin Saskias einen Arm über seine Schulter. Mit dem anderen umschlang er ihre Hüften und zwang sie energisch, mit ihm zu gehen. In ihrem Schockzustand gefangen lief das Mädchen schluchzend ganz automatisch neben ihm her.

Die beiden anderen Jungs hatten den Wagen zum Kirchenausgang gebracht und beobachteten durch die um einen Spalt geöffnete Kirchentüre aufmerksam den

Platz vor der Kirche. Bisher war er menschenleer gewesen.

Nun kam der Teil, der das größte Risiko beinhaltete, beobachtet zu werden. Jetzt musste alles ganz schnell gehen. Keuchend schleppten sie den Karren die Stufen hinunter. Unten fuhren sie mit ihrer Beute sofort los. Nur weg von hier! Kevin kam mit Saskia hinterher, so schnell das mit dem weinenden Mädchen möglich war.

Es dauerte eine ganze Weile, bis sie quer durch die Stadt den Schrebergarten von Kevins Onkel erreicht hatten. Kevin wusste natürlich, wo die Schlüssel von Gartentor und Hüttentür versteckt waren. Um diese Zeit waren zum Glück noch keine anderen Schrebergärtner hier.

Er sperrte das Tor auf und sie gingen zur Hütte hin. Kevin öffnete mit dem zweiten Schlüssel die Türe des kleinen Häuschens. Saskia stand tränenüberströmt, starr wie Lots Frau in der Bibel, vor dem Hütteneingang. Offenbar war sie nicht in der Lage, alleine zu laufen. Kevin nahm sie beim Arm und schob sie hinein.

Justin und Patrik stellten den Karren vor die offene Türe, hoben das Bild in die Hütte und stellten es drinnen an die Wand.

Als sie das geschafft hatten, ließen sie sich auf das Sofa fallen, das hinter einem Tisch stand. Patrik schlug die Hände vor sein Gesicht und fing an zu weinen. Justin fluchte verzweifelt kopfschüttelnd vor sich hin. Kevin hatte das jetzt immer wieder aufheulende Mädchen in einen Sessel gesetzt. Saskia hatte ihre Arme um den Oberkörper geschlungen und damit begonnen, sich ständig hin und her zu wiegen. Erst nach und nach wurde sie ein wenig ruhiger.

Kevin war unnatürlich bleich. Man sah ihm an, dass er am Ende seiner seelischen Kraft war. Am schlimmsten waren für ihn die offen stehenden, gebrochenen Augen von Mario gewesen. Dieses Bild würde er nie mehr vergessen, das wusste er. Ihm war so, als wäre er innerlich erstarrt, gefühllos. Irgendwie zu Eis geworden. Auf seine Brust drückte eine Last, die ihn kaum atmen ließ. Als er sich auf einen Stuhl setzte, schnappte er unwillkürlich nach Luft.

Samstagmorgen

Um zirka acht Uhr dreißig läutete Karlo an der Türe der Mesnerwohnung. Es dauerte eine geraume Zeit, bis durch die geschlossene Türe erst Schritte, dann eine mürrische Stimme zu vernehmen waren: „Ja, ja, ich komme schon! Nicht einmal am Samstagmorgen lassen sie einen in Ruhe.“ Der Schlüssel rappelte im Schloss. Vor Karlo stand ein großer, nachlässig gekleideter vierschrötiger Mann mit strubbeligen Haaren, Bartstoppeln im Gesicht und einer griesgrämig-verschlafenen Miene.

„Wer sind Sie und was wollen Sie um diese Zeit von mir?“, fragte er den jungen Kommissar grantig, „wenn Sie Orgel üben wollen, müssen Sie sich den Schlüssel beim Kirchenmusikdirektor abholen, damit habe ich gar nichts zu tun. Ich sage das ununterbrochen, aber immer wieder kommt jemand von euch zu mir damit. Ich habe ja wirklich genug zu tun und kann mich nicht auch noch um jeden Musikschüler kümmern!“

Die Stimme des Mesners war am Schluss immer lauter geworden. Sein grimmiger Gesichtsausdruck und seine Körpersprache hätten jeden sensiblen Menschen an dieser Stelle sofort in die Flucht gejagt.

Karlo grinste ihn spöttisch an. „Neee“, sagte er aufreizend gedehnt, „Orgel spiele ich nicht. Bei mir spielt eine ganz andere Musik, mein Lieber!“ Er zückte lässig seinen Dienstausweis und hielt ihn dem wütenden Mann unter die Nase: „Grollmisch ist mein Name. Ich bin von der Kriminalpolizei Ansbach und habe einige Fragen an Sie.“

Weber nickte: „Es ist wegen dem toten Jungen in der Kirche. Ich habe ihn gefunden.“

Webers Gesicht war mit einem Mal aschfahl geworden. Karlo sah, dass sich im Gesicht seines Gegenübers mit einem Mal so etwas wie Angst abzeichnete.

Polizei, dieses Wort hatte für den Mann, der vor einigen Jahren aus Kasachstan nach Deutschland gekommen war, einen wahrlich bedrohlichen Klang.

Karlo konnte das Verhalten nicht recht deuten. Hatte er hier bereits einen der Täter vor sich? „Erlauben Sie, dass ich eintrete. Ich muss Sie in der Sache befragen, die sich heute Nacht in der Sankt-Gumbertus-Kirche abgespielt hat."

Weber wich einen Schritt zurück und vollführte eine hilflos-abwehrende Geste. „Ich habe damit nichts zu tun", sagte er mit schwacher Stimme. Dann nickte der Mann stumm und drehte sich mit angstvoll aufgerissenen Augen halb zur Seite. Seine Hand machte eine sparsam einladende Geste zum Wohnungsinneren hin.

Karlo war vorsichtig geworden: „Bitte gehen Sie mir voraus." Mit einer Hand fasste er unter seine Lederjacke und vergewisserte sich seiner Dienstwaffe, die er in einem Holster darunter trug.

Schweigend und mit hängenden Schultern schlurfte der stattliche Mann vor ihm her in seine Küche.

Mit glasigen Augen und bleichem Gesicht wies er Karlo einen Stuhl an und begann mit heiserer Stimme in seinem etwas gebrochenen Deutsch: „Was wollt ihr von mir, ich habe nichts getan. Ich habe ihn nur gefunden. Ich weiß schon aus Kasachstan, dass das nicht wichtig ist. Die Polizei findet immer einen Grund, wenn sie einem etwas anhängen will. Ich frage mich bloß, was ihr hier in Deutschland und ausgerechnet mit mir vorhabt. Ich bin doch ein ganz unwichtiger kleiner Mensch. In Kasachstan galten wir Deutsche immer als die Nazis und hier werden wir als Russen bezeichnet. Können Sie sich vorstellen, wie das ist, wenn man nirgendwo dazugehört? Wenn die Hetze und die Verfolgung von uns hier auch noch zunehmen, wohin soll ich dann gehen? Ich bin nicht mehr der Jüngste." Eine gewisse Verzweiflung sprang dem wuchtigen Mann jetzt förmlich aus den wässrig gewordenen Augen.

Karlo war durch diese Reaktion bewegt und bekam Mitleid mit dem verängstigten Menschen. Er versuchte, ihn zu beruhigen: „Bitte setzen Sie sich doch hin, Herr Weber. Niemand will Ihnen etwas Böses. Wenn Sie unschuldig sind, passiert Ihnen garantiert nichts."

„Das haben sie in Kasachstan auch immer gesagt und dann waren die Menschen plötzlich weg." Sein Kinn zitterte.

Karlo bemerkte, dass sich Schweißtropfen an der Stirn von Weber gebildet hatten. Seine schaufelartigen Hände vibrierten vor innerer Erregung.

„Herr Weber, ich habe nur ein paar Fragen an Sie, bitte nehmen Sie doch Platz und beruhigen Sie sich erst einmal", beschwichtigte ihn Karlo weiter, „Sie haben bei Ihrem Kontrollgang heute Morgen einen toten jungen Mann in der Schwanenritterkapelle gefunden. Aus der Kirche wurde heute Nacht auch das sogenannte Kelterbild gestohlen."

Dem Mesner fiel das Kinn herunter. Er riss die Augen auf und ließ sich auf den Stuhl plumpsen. „Das mit dem Bild wusste ich bis jetzt noch nicht", keuchte er.

Karlo sagte mit ausgebreiteten Armen: „Es sieht so aus, als wäre der junge Mann an dem Raub beteiligt gewesen. Er ist offenbar vom Gerüst in die Kapelle auf das Chorgestühl hinabgestürzt."

„Das ist ja alles so furchtbar!", stöhnte Alexander Weber und schlug die Hände vor sein Gesicht. Karlo ließ sich davon nicht beirren: „Sagt Ihnen der Name Mario Kobilke etwas?"

Weber schüttelte den Kopf: „Nein, den kenne ich nicht."

„Sind Ihnen in letzter Zeit eine oder mehrere Personen in oder um die Kirche aufgefallen, die etwas Ungewöhnliches gemacht haben. Es können Menschen gewesen sein, die Ihnen fremd waren, oder auch Bekannte, die sich vielleicht etwas anders verhalten haben als sonst?"

Der Mesner überlegte eine Zeit lang, dann schüttelte er nachdenklich den Kopf: „Es kommen die Woche über so viele Menschen zur Besichtigung in die Kirche. Viele wissen nicht, was sich in einem Gotteshaus gehört, und benehmen sich unanständig, aber das ist für mich der Alltag. Ich bin auch nicht immer in der Kirche, weil ich noch eine Menge anderer Dienste zu verrichten habe. Mir ist also nichts aufgefallen."

„Angesichts der Schwere des Falles ist es meine Pflicht, Sie zu fragen, wo Sie sich heute Nacht, besonders zwischen zwei und fünf Uhr, aufgehalten haben."

Weber breitete nun seinerseits die Arme aus. „Hier in meiner Wohnung war ich und habe geschlafen. Aber Zeugen habe ich nicht dafür, weil ich ganz alleine lebe. Heute früh bin ich ganz gewohnheitsmäßig um halb sieben Uhr aufgestanden und zur Kirche rübergegangen, um sie aufzusperren. Ich mache dann jedes Mal einen Kontrollgang durch die Kirche. Mir ist sofort aufgefallen, dass die Gittertüre zur Kirche offen stand, und dann habe ich gesehen, dass auch die Türe zur Kapelle weit offen war. Ich bin sofort hineingegangen. Sie können sich nicht vorstellen, wie ich erschrocken bin, als ich den Mann auf dem Boden sah. Alles war voller Blut. Seine Augen standen offen. Mir war gleich klar, dass er tot war. Er ist bestimmt vom Gerüst gefallen, habe ich mir gedacht, und noch überlegt, ob das vielleicht ein Arbeiter ist, dann bin ich schnell in die Sakristei gerannt und habe über die Einhundertzehn einen Notarzt angefordert. In der Sakristei habe ich mich auf einen Stuhl gesetzt und gewartet. Ich war völlig fertig. Nach einiger Zeit kamen Polizisten herein und gleich darauf ein Arzt. Dann hat er meinen Blutdruck geprüft, mein Herz abgehört und mich in meine Wohnung gebracht. Er hat mir eine Spritze gegeben, weil ich nur noch geschlottert habe. Als ich daraufhin ruhiger wurde, habe ich mich in mein Bett gelegt und bis vorhin geschlafen."

Er breitete seine Hände wieder aus und zog dabei die Schultern hoch. Mit ängstlichem Gesicht beteuerte er nachdrücklich: „Ich habe mit der Sache wirklich nichts zu tun!"

„Herr Weber, es ist nun einmal so, dass wir alle Zeugen befragen müssen. Ich danke Ihnen für Ihre Auskunft." Damit beendete Karlo die Befragung. Er erhob sich. Im Stehen fügte noch hinzu: „Halten Sie sich bitte die nächste Zeit zu unserer Verfügung." Dann verabschiedete er sich von dem immer noch angstvoll wirkenden Mann.

Wieder auf der Straße angekommen, spürte Karlo, wie sehr das Gespräch mit Weber Gedanken und Gefühle in ihm aufgewühlt hatte. Erstmals ahnte er, wie es sein musste, wenn man als Mensch in einer rechtlich ungesicherten Umgebung leben musste. Er nahm sich vor, sich mehr Informationen über das Land zu verschaffen, aus dem Alexander Weber nach Deutschland gekommen war. Erstmals war er mit der Situation der sogenannten Migranten wirklich von Mensch zu Mensch in Berührung gekommen.

Sein weiteres Gefühl, das sich immer stärker bemerkbar machte, war schlicht Hunger. Er war heute Morgen von seinem Telefon aus dem Schlaf gerissen worden und nach der Nachricht von dem Tod des jungen Mannes nach einer Katzenwäsche aus dem Haus gerast. Seiner Freundin Lissi, die bei ihm übernachtet hatte, hinterließ er lediglich einen Zettel auf dem Küchentisch, dass er zu einem Fall gerufen wurde. Bis zu diesem Zeitpunkt hatte er keinen Hunger verspürt, jetzt desto mehr. Er wandte seine Schritte zu dem kleinen Café am Schlosstor, in dem Lissi als Bedienung arbeitete. Inzwischen war es neun Uhr fünfzehn geworden. Als er im Café eintraf, waren noch keine Gäste anwesend. Lissi kam auf ihn zu und nahm ihn in den Arm. Nach einem ausgiebigen Guten-Morgen-Kuss sagte sie: „Du Armer! Ohne Frühstück von der bösen Polizei auf die Straße Gejagter! Ich mache dir ein gutes Frühstück. Setz dich einstweilen hin, es dauert gar nicht lange."

Gleich darauf wurde die Türe des Cafés wieder geöffnet. Konstanze kam herein: „Wusste ich es doch, dass mein lieber Kollege ähnliche Gedanken und Gefühle hegt wie ich." Und zu Lissi sagte sie: „Bitte bring mir euer Fitnessfrühstück, das brauche ich jetzt nach meiner Klinkenputzerei."

Kurz darauf stieß auch Wolfgang Sperber zu ihnen. Er hatte vorher seine Frau Julia angerufen und ihr die Situation geschildert. „Ich weiß nicht, wann ich heute heimkomme, Liebste. Wir müssen den Tätern jetzt auf der Spur bleiben, solange die Sache noch heiß ist. Später sind sie mit dem Bild bestimmt über alle Berge", hatte er ihr mitgeteilt.

„Tut mir leid für dich, mein Schatz. Ich hatte mich schon sehr auf ein schönes Wochenende mit dir gefreut. Hoffentlich habt ihr die Diebe bald, dann machen wir beide ein paar Tage frei und fahren weg. Bist du einverstanden?"

„Ja, das machen wir. Wir fahren dorthin, wo uns niemand erreichen kann. Ich habe schon ein paar Ideen, wo das sein könnte."

„Wunderbar! Ich habe übrigens auch schon einige Ideen", antwortete ihm Julia verheißungsvoll.

Die Kommissare saßen an einem Tisch und erwarteten ihr Essen. Sperber setzte sich zu ihnen und bat Lissi ebenfalls um ein Frühstück.

Konstanze begann seufzend: „Ich habe die Nachbarn befragt, die einen noch halb schlafend im Nachtgewand, andere bereits angezogen. Niemand hat etwas gehört oder gesehen. Einen Mario Kobilke kennt auch keiner. Kein sehr berauschendes Ergebnis, leider!"

„Ich war bei dem Mesner Alexander Weber", berichtete Karlo, „der hat zuerst gedacht, ich bin ein Orgelschüler, und hat mich angeblafft. Als ich ihm meinen Ausweis hingehalten habe, hat er einen Riesenschreck bekommen. Mit unserem Berufsstand hat er in Kasachstan anscheinend keine so guten Erfahrungen gemacht. Er ist immer noch irgendwie durch den Wind. Er hatte große Angst, wir könnten ihn mit dem Tod des Jungen und dem Raub des Bildes in Verbindung bringen. Leider hat er in der Nacht auch nichts Verdächtiges in der Kirche bemerkt. Den Kobilke kannte er auch nicht. Der Mann steckt voller Angst. Er sagte, dass die Polizei in dem Land, aus dem er gekommen ist, die Leute verschwinden lässt, egal ob sie etwas verbrochen haben oder nicht. Ich will mich mal nach den Zuständen in Kasachstan umhören. Ob es dort wirklich so schlimm zugeht, wie es der Weber dargestellt hat?"

„Darüber weiß ich auch nicht so gut Bescheid", bekannte Sperber und Konstanze zog die Schultern hoch und breitete ihre Hände aus: „Ich auch nicht."

Sperber erzählte: „Ich war im Präsidium und habe mir den Durchsuchungsbeschluss für die Wohnung von den Eltern von Mario Kobilke abgeholt, den mir Doktor Sauber versprochen hat. Ich habe die Spusi gleich in Marsch gesetzt. Den Durchsuchungsbeschluss habe ich ihnen mitgegeben. Konstanze, ich möchte, dass du jetzt die Eltern von Mario befragst. Vielleicht wissen sie etwas von dem Raub oder kennen etwaige Hintermänner. Unsere Sekretärin Barbara werkelt bereits fleißig in den Unterlagen zu unserem Fall. Sie freut sich, wenn du später kommst und ihr hilfst, Karlo." Der Angesprochene verzog sein Gesicht.

„Ich habe unseren Chef über den Stand der Ermittlungen unterrichtet. Er hat, in Neigung zu seiner ihm innewohnenden poetischen Ader, dem Fall einen Namen gegeben. Er nennt ihn ‚Fall Freiflug'. Es hat leider nichts genutzt, dass ich ihn darauf hingewiesen habe, dass der Todessturz des jungen Mannes wahrscheinlich wenig mit Freiheit zu tun hat und uns die Bezeichnung als Zynismus ausgelegt werden könnte. Er war so eingenommen von seiner Idee, dass er davon nicht abwich. Übrigens möchte er den Todesfall immer noch gerne vom Bilderraub getrennt bearbeitet sehen. Er meint, Mario Kobilke wollte sich, ganz unabhängig von dem Raub, durch einen Sprung aus der Höhe umbringen. Dazu hätte er die Möglichkeit genutzt, ein Gerüst in der Kirche zur Verfügung zu haben. Er sprang vom Gerüst einer Kirche, weil das seinem Selbstmord irgendwie eine dramatische Note verlieh, meint Dotzauer. Den Kunstraub sollten wir ganz diesem Experten aus München überlassen. Der Münchner Beamte heißt übrigens Alfred Haberschlachter und kommt heute gegen sechzehn Uhr auf dem Bahnhof in Ansbach an. Er wird sich bei uns vorher telefonisch melden, ließ er mitteilen. Wir sollen ihn vom Bahnhof abholen. Er wird während seines Hierseins übrigens im Hotel ‚Drechselsgarten' wohnen."

Carlo wiegte seinen Kopf, schnalzte mit der Zunge und sagte: „Nobel, nobel!" Sperber ging nicht darauf ein und berichtete weiter: „Immerhin hat Dotzauer mir zugestanden, eine Fahndung nach den Kumpels von Mario in Gang zu setzen. Barbara hat Fotos des Erkennungsdienstes von Mario, Justin, Kevin, Patrik und von Saskia Binder in den Unterlagen gefunden. Sie hat mir gesagt, dass jeder von denen jede Menge Vergehen auf dem Kerbholz hat. Jeder hat Jugendstrafen bekommen und alle waren schon mehr oder weniger lang eingesessen. Richtige kleine Kriminelle sind das, mit denen wir es da zu tun haben. Ich habe euch die Bilder mitgebracht."

Er legte Konstanze und Karlo jeweils einen Satz hin. Beide betrachteten die Fotografien sehr aufmerksam. Sperber zeigte auf das Bild des Mädchens: „Saskia ist, gegenüber den Jungs, ein noch verhältnismäßig unbeschriebenes Blatt. Ein paar Diebstähle in Supermärkten und Kleidungsgeschäften. Eine Anzeige wegen Körperverletzung eines anderen Mädchens, das war es schon."

Nun rückte Lissi mit dem Frühstück an. Als die drei in Ruhe gefrühstückt hatten, machten sie sich wieder an ihre Arbeit. Bevor sie gingen, wollte Sperber wissen, ob sie Lust hätten, sich um zwölf Uhr zum Essen gemeinsam beim „Kronacher" zu treffen. Konstanze sagte ihm zu. Karlo wollte am Abend mit Lissi ausgehen und verneinte deshalb aus finanziellen Gründen. Kurz vor dreiviertel elf Uhr trennten sich die Kommissare wieder.

Konstanze ging zur Wohnung der Eltern von Mario Kobilke. Als sie vor dem heruntergekommenen Wohnblock ankam, dessen Erdgeschoss teilweise mit Farbe beschmiert war, sah sie den grauen Kastenwagen des Erkennungsdienstes vor dem Haus stehen. Die Haustüre stand offen. Sie blickte auf die schlampig auf- und übereinander geklebten Namensschilder und vermutete die Wohnung der Kobilkes im ersten Stock. An zum Teil eingedrückten und aufgebogenen Briefkastentüren vorbei stieg sie eine Treppe hinauf, deren Wände mit allerlei unschönen Sprüchen und Zeichnungen vollgemalt waren. All das warf kein gutes Licht auf die Bewohner dieses Gebäudes. Im ersten Stock angekommen, sah Konstanze an einer ziemlich ramponierten Türe ein Plastiknamensschild mit dem Namen Kobilke aufgeklebt. Sie läutete. Eine unglaublich fette Frau in einem viel zu engen, fleckenverzierten rosa Pullover, bei dessen Anblick sich Konstanze ratlos fragte, wo man so etwas wohl kaufen konnte, öffnete. Ihr Rock, in einem völlig unpassenden Blau, bemühte sich, den ergreifenden Anblick dieses Wesens auf seine Weise zu toppen.

Mit rot verheulten Augen stand sie da. Das glatt nach hinten gekämmte Haar bestätigte das vollkommen runde, grimmig verzogene Gesicht in seiner Form.

Mürrisch fragte die Frau, was Konstanze da wolle. Ihre Hände hatte sie dabei aggressiv in Höhe ihres Hüftspecks gestemmt.

„Ich bin Konstanze Grunwald von der Kriminalpolizei in Ansbach und habe ein paar Fragen an Sie. Zunächst mein herzliches Beileid zum Tod Ihres Sohnes", begann die Kommissarin mit teilnahmsvoller Stimme.

„Das Beileid macht meinen Sohn auch nicht mehr lebendig!", fauchte die Frau angriffslustig und fuhr gleich fort: „Die einen schmeißen einen die Wohnung durcheinander und dann kommen Sie auch noch und wollen uns ausquetschen."

Irgendetwas knurrte vernehmlich. Irritiert überlegte Konstanze eine Sekunde lang, ob dieser Frau die Gabe verliehen war, gleichzeitig zu reden und zu knurren. Dann folgten ihre Augen dem Ton und sie entdeckte hinter den dick geschwollenen Beinen der Frau, die wie zwei Säulen auf der Erde standen, einen kleinen, rund gefressenen Hund undefinierbarer Rasse, der sich schnüffelnd auf sie zudrängen wollte. Das runde Hundegesicht sah dem seiner Halterin unvorteilhaft ähnlich.

„Na ja, ich muss Sie wohl reinlassen", schnaubte die Wohnungsinhaberin wütend und drehte sich um. Sie watschelte vor Konstanze her und nahm dabei ein gutes Stück der Breite des merkwürdig miefenden Ganges ein. Ihr lächerlich kleiner Pferdeschwanz am Hinterkopf wippte ein bisschen. Der wie aufgeblasen wirkende Hund schleppte sich keuchend hinter ihr her, ohne weiter von der Polizistin Notiz zu nehmen. „Typ Wachhund“, dachte Konstanze sarkastisch.

In einer Küche angekommen, die vor Dreck zu strotzen schien, erblickte die Kommissarin ein verhutzelt wirkendes, kleines Männchen, dessen zahnlückiger Mund ein wenig offen stand. Es hockte rauchend an einem kleinen Tisch mit verschmierter Platte. In der Mitte des Tisches stand ein halb voller Aschenbecher und stank still vor sich hin.

Die Luft in dieser Küche war neblig vom Zigarettenrauch. Konstanze hielt sich instinktiv eine Hand vor die Nase. Ihre Augen suchten nach einem Fenster; das einzige Fenster in dieser Küche aber war mit Krimskrams der schlimmsten Sorte verstellt. Es zu öffnen wäre einer Aufräumaktion größeren Ausmaßes gleichgekommen. Der Mann starrte ihr entgegen. Seine Augen im ausgemergelten Gesicht waren ebenfalls gerötet. „Bestimmt von dieser Luft“, vermutete Konstanze. Ihr schien, als hätte sie bei jedem ihrer Schritte in den Raum hinein ein kleines schmatzendes Geräusch unter ihren Schuhsohlen vernommen. Ein Blick auf den schwärzlichen Boden verriet ihr, woher das kam. Sie blickte ihrerseits das Männchen starr an. Ihre angefressenen Nerven verweigerten zunächst das weitere Umherblicken. Konstanze fragte sich, wie lange sie es wohl hier aushalten würde. Jetzt nahm sie wahr, dass auf einer vollgestellten Anrichte ein kleiner plappernder Fernseher stand, auf dessen Bildoberfläche eine bunt bemalte Sprecherin wild grimassierend und gestikulierend redete. „Unterschichtsfernsehen“, dachte die Kommissarin für sich bissig, „laut, seicht, aggressiv und einfach nur doof.“ Diese Bissigkeit half ihr in diesem Moment, innerlich standzuhalten und nicht gleich wieder aus dieser Wohnung zu flüchten.

Aus den anderen Zimmern nebenan vernahm die

Kommissarin Arbeitsgeräusche. Dort war mit Sicherheit der Erkennungsdienst am Werk. „Nicht zu beneiden, die Leute!“, fuhr es der Polizistin durch den Kopf. Mit dem inneren Vorsatz „Zwanzig Minuten und nicht länger!“ setzte sie sich mit großem Unbehagen auf einen der Stühle an den Tisch. Sie sagte zu ihrem bis dahin schweigenden Gegenüber: „Sind Sie Herr Kobilke?“

Das Männchen nickte und brachte ein zaghaftes „Ja“ heraus.

„Mein Mann ist krank, der kann nichts sagen!“, wurde sie von der tonnenhaften Frau angefahren.

Konstanze ließ sich nicht beirren. „Herzliche Anteilnahme zum Tod Ihres Sohnes. Ich bin Polizistin und muss Ihnen beiden ein paar Fragen stellen.“

„Ich sage Ihnen doch, der Kerl ist krank und kann zu dem ganzen Mist nichts sagen! Sind Sie schwerhörig?“ Die Stimme der Frau war schrill geworden.

Nun wurde es Konstanze zu bunt. Sie sprang auf und herrschte ihrerseits die fette Matrone an: „Sie setzen sich sofort hin. Das hier ist eine polizeiliche Vernehmung. Wenn Sie mir nicht gleich anständig Rede und Antwort stehen, lasse ich Sie von meinen Kollegen auf die Wache bringen. Sie können wählen!“

Die Frau ließ sich daraufhin erschrocken auf den unter ihrem Gewicht ächzenden Stuhl fallen. Dann schaltete sie von aggressiv auf weinerlich um: „Wir wissen doch nichts“, jammerte sie, „der Mario hat uns niemals etwas von sich erzählt. Schon seit Jahren nicht. Er kam und ging, wie er wollte, ließ sich von uns auch keine guten Ratschläge erteilen. Er war immer nur unterwegs mit diesen asozialen Typen, dem Kevin und dem Justin und wie sie alle heißen. Vor ein paar Tagen hat er ein Mädchen angeschleppt und ist mit ihr in seinem Zimmer verschwunden. Wozu, kann man sich denken. Von uns hat er sich schon lange nichts mehr sagen lassen. Von ihm – sie zeigte auf ihren Mann – schon gleich gar nicht. Dem hat er immer gleich Ohrfeigen angeboten, wenn der mit ihm etwas bereden wollte. Ich habe ihn verdroschen, solange das möglich war. Aber eines Tages hat er mir ein paar geknallt. Dann habe ich das aufgegeben."

Konstanze traute ihren Ohren nicht. Sie war entsetzt von den Umgangsformen in dieser Familie. „Wissen Sie etwas von den Vorhaben Ihres Sohnes?"

„Vorhaben?", nuschelte die Frau zynisch, „Gaunereien jeder Art, meinen Sie wohl. Er und seine Kumpane, lauter Gauner und Verbrecher. Kein Wunder, dass das mit ihm so enden musste! Wir wissen nichts, gar nichts!", kreischte sie. Man hätte denken können, sie redete bei dieser Ausdrucksweise von irgendeinem Fremden und nicht von dem eigenen Sohn.

„War Mario Ihr einziges Kind?", wollte Konstanze wissen.

„Ja, und der hat mir gereicht! Ich hätte vielleicht noch ein paar so Plagen haben können, wenn der da – sie zeigte wieder mit dem Finger auf den Mann – mich nicht immer so geschlagen hätte. Einmal hat er mich wieder geschlagen. Im Krankenhaus haben sie mir nach der Behandlung gesagt, ich könne wegen der inneren Verletzungen von da an keine Kinder mehr bekommen. Da war der Wicht noch kräftig. Jetzt bin ich am Zug. Ein Muckser von ihm, dann brauche ich ihn nur anzuschauen. Der hält sein Maul, das können Sie mir glauben."

Die Frau grinste schief. Der kleine Mann zog sein Genick ein und schaute schweigend auf die Tischplatte.

Konstanze machte sich Gedanken über die Lücken im Gebiss des Mannes. Sie kam zu dem Schluss, dass ein weiteres Gespräch an diesem Ort zu nichts führen würde, und stand auf: „Ich erwarte Sie beide am Montag um elf Uhr im Polizeipräsidium. Dort können Sie das alles für ein Protokoll, das Sie unterschreiben müssen, noch einmal erzählen. Ich muss mich verabschieden." Sie stand auf und ging durch die Küchentüre hinaus über den Gang, die Haustreppe hinab und auf die Straße hinaus mit dem Gefühl, die Vorhalle einer ganz besonderen Hölle hinter sich gelassen zu haben.

Karlo hatte sich mit einem Kuss von Lissi verabschiedet, ging zu seinem Auto und fuhr zur Wohnung von Frau Besendörfer. Er läutete an ihrer Haustüre.

Die Pfarramtssekretärin, mit einem Trainingsanzug bekleidet und nachlässig frisiert, öffnete. In ihrem Schrecken verfiel sie gleich wieder in den fränkischen Dialekt, als sie ihn erblickte: „Allmächt, Sie scho widder! Wos isn etz passiert? Sie wern doch net scho widder an umbracht hom in unserer Kerch?"

Mit „Also ich habe keinen umgebracht!" nahm Karlo die Redeweise der Frau ein wenig auf den Arm.

„Na, Sie maan ich a gor net, des dürfens jetzt net falsch verstehn. Ich maan halt den, der vielleicht an umbracht hod, wenn aner umbracht worn ist. Is aner umbracht worn?"

Karlo konnte das Kichern nicht zurückhalten. „Vielleicht lassen Sie mich erst einmal herein, ich habe ein paar Fragen an Sie."

„Ja natürlich, Herr Inspektor", besann sich Heidi Besendörfer auf ihr Hochdeutsch, „aber so richtig aufgeräumt habe ich noch nicht. Mein Mann ist heute in aller Früh zum Angeln gegangen, da habe ich mir mit allem Zeit gelassen."

„Ist schon in Ordnung, ich schaue mich nicht um", antwortete Karlo mit einer wegwerfenden Handbewegung. Frau Besendörfer ließ ihn eintreten. Sie wies ihm einen Platz in einem Sessel in ihrem doch picobello aufgeräumten Wohnzimmer an. Karlo setzte sich.

Sie ließ sich ihm gegenüber nieder: „Jetz bin ich obber

gschpannt, wos los ist. Spanners mich blos net auf die Folder!", bohrte sie mit glänzenden Augen.

Karlo holte tief Luft, dann legte er los: „Aus der Gumbertuskirche ist heute Nacht das Kelterbild gestohlen worden."

Entsetzt schlug sich Frau Besendörfer die Hand vor den Mund und starrte ihn mit großen Augen an. Hinter vorgehaltener Hand machte sie: „Ui, ui, ui!"

Karlo redete unbeirrt weiter: „Bei dem Diebstahl kam es zu einem Unfall, ein junger Mann mit Namen Mario Kobilke starb. Er war von dem Gerüst in der Schwanenritterkapelle herabgestürzt und sofort tot."

Heidi Besendörfer rang die Hände: „Um Gotts willn, der Mario! Der is mit meim älteren Sohn schon in den Kindergarten gegangen und dann war er mit ihm in der gleichen Klasse der Grundschule. Das war vielleicht ein schlimmer Finger! Wos der ongstellt hat und wie der die Lehrer geärgert hat, des können Sie sich net vorstelln. Obber einer wor noch schlimmer, der Kevin Döbrich, der wor noch schlimmer. Vor dem homs alle Angst ghabt. Der Patrik Gensch war auch so schlimm und dumm dazu und der Justin Huber, der wor net so dumm, obber auch ein ganz Schlimmer! Die vier worn die Schrecken der Schule. Die zwei Letzten waren allerdings in andern Klassen, sonst hätte ich meinen Buben von der Schule genommen, das können Sie mir glauben!"

„Ist Ihnen einer von diesen vier in letzter Zeit begegnet oder ist Ihnen etwas aufgefallen, was zu unseren Fällen passen könnte?"

Frau Besendörfer überlegte kurz, dann schüttelte sie den Kopf. „Na, nix Ungewöhnliches außer dem alltäglichen Wahnsinn im Pfarramt", bemerkte sie mit ernster Miene.

„Auf welche Weise könnten die vier zu einem Kirchenschlüssel gekommen sein?"

Die Sekretärin kratzte sich verlegen am Kopf und fuhr mit einem Finger an der Innenseite ihres Blusenkragens entlang: „Also, des is jetzt scho komisch. Ich vermiss seit einer Woche einen von den beiden Generalschlüsseln, die ich in meim Schreibtisch liegen hob. Ich konn mir abber net vorstelln, wie jemand in den Schreibtisch kommt."

Sie schaute einen Moment ratlos vor sich hin, dann leuchtete ihr Gesicht plötzlich auf: „Mensch Herr Kommissar, etz fällt mir was ein. Der Florian Meusel, einer von den Kirchenvorstehern, ein junger Mann im Alter von Mario, hat mich einmal vertreten. Der hat meinen Schreibtischschlüssel verlangt, damit er an manche Sachen herankommt, wenn er sie braucht, hat er gsagt. Ob der den Schlüssel rausgnommen hat?"

„Frau Besendörfer, geben Sie mir doch gleich einmal die Adresse und die Rufnummer von Florian Meusel. Den möchte ich gerne befragen." Beide Daten wusste die Sekretärin auswendig und schrieb sie sofort auf einen leeren Zettel, der zusammen mit einem Stift auf einem Tischchen bereit lag.

„Danke! Und jetzt noch eine letzte Frage: Wo haben Sie die letzte Nacht in der Zeit von zwei Uhr bis fünf Uhr verbracht?"

Heidi Besendörfers Gesicht wurde spontan von einer flammenden Röte überzogen. Wütend empörte sie sich: „Ja bin ich Ihnen jetz wohl a verdächtig? Denken Sie vielleicht, ich bin mit dem Mario in der Schwanenritterkapelln rumturnt und hob des Bild klaud?"

Wütend entließ sie Luft aus ihrem Mund: „Pfff! Do in der Wohnung wor ich und hob neben meim Mann selig gschlafen. Das kann der bezeugen! Des wär ja noch schöner, ich eine Kunstdiebin!" Voller Empörung schüttelte sie energisch ihren Kopf.

Karlo versuchte, sie zu besänftigen: „In einem solchen Fall wie diesem muss ich die Frage stellen, das ist Vorschrift und bedeutet noch gar nichts."

„Ach so, wenn des Vorschrift is, dann will ich nochmals darüber hinwegsehn, sunst net, des soch ich Ihnen!"

Karlo ließ sich auf keine Diskussion ein und antwortete ganz freundlich: „Na, dann ist ja alles in schönster Ordnung. Ich verlasse Sie jetzt wieder und wünsche Ihnen noch einen schönen Tag."

„Den Doch homs mer verdorm", versetzte Frau Besendörfer trocken.

„Vielleicht wird er ja doch noch schön", bot Karlo an.

„Des glams doch selber net", entgegnete ihm die Pfarramtssekretärin mürrisch.

Karlo verabschiedete sich kurz und verließ das Haus. Schwungvoll stieg er in sein Auto und machte sich, innerlich amüsiert über die Reaktion der Frau, auf den Weg zum Karlsplatz.

Im Präsidium angekommen, ging Karlo gleich zu Barbara ins Sekretariat. Sie lächelte ihn an: „Lieber Karlo, ich bin schon fertig mit der Recherche. Nun werde ich erst einmal Mittagspause machen. Als Erstes lasse ich mir jetzt eine Pizza kommen. Möchtest du auch eine?"

„Barbara, du Goldstück!", strahlte Karlo, „du bist nicht nur reizend anzusehen, du bist auch noch wahnsinnig tüchtig. Außerdem hast du geniale Ideen. Ja, eine Pizza Vierjahreszeiten, wenn ich bitten darf."

„Alter Schleimer! Für ein paar Komplimente bin ich schon empfänglich, wenn ich auch weiß, wer das ist, der sie gerade geäußert hat." Ironisch fügte sie noch hinzu: „Du bist schon ein ganz Süßer, deine Lissi hat es gut." Sie seufzte theatralisch und verdrehte die Augen. „Noch einmal jung und verliebt zu sein und du in meiner Nähe. Ach Karlo, die Welt könnte so schön sein!" Dann brach sie in Gelächter aus. „Jetzt bestell ich uns erst mal die

Pizzen. Ich hoffe, deine grauen Zellen wird die quattro stazioni in deinem Hirn wieder an ihren Platz schaffen."

„Wenn ich dich sehe, funkt es in meinen Synapsen und ich meine, eine Flipperkugel donnert zwischen meinen Schädelknochen hin und her, das weißt du doch, Liebste", schmachtete sie Karlo seinerseits wie ein liebeshungriger Galan an.

„Es reicht!", schrie Barbara und warf einen Radiergummi nach ihm. Er duckte sich, der Gummi prallte an der Wand ab und flog wieder ein Stück ins Zimmer zurück. Karlo floh albern kichernd aus der Türe.

Sperber fuhr etwas später zum gerichtsmedizinischen Institut, in dem Frau Doktor Renz um elf Uhr die Obduktion vornehmen wollte. Kurz vor elf Uhr traf der Hauptkommissar ein. Oberstaatsanwalt Doktor Sauber stand bereits im Sektionssaal und wartete.

Während viele Menschen noch nie in ihrem Leben einen Toten gesehen haben, gehört es für ermittelnde Polizeibeamte und die Vertreter der Staatsanwaltschaft zu ihren Dienstpflichten, an Obduktionen teilzunehmen.

Beide warteten betreten schweigend in dem kalten, bis zur Decke hinauf weiß gefliesten Raum auf Frau Doktor Renz und ihren Assistenten. Vor ihnen stand der Sektionstisch, zwei Meter fünfzig lang und fünfundachtzig Zentimeter breit, Edelstahl. Er ruhte auf einer breiten Mittelsäule, an der Seite zwei geschützte Steckdosen für Sägen und Bohrer, oben ein Wasserhahn, den man mit dem Knie bedienen konnte, und eine Handbrause. Das Waschbecken war in den Tisch eingelassen. Es war ein neueres Modell, dessen Platte elektrisch gehoben und gesenkt werden konnte. Unter der perforierten Auflage – dreiteilig zur einfacheren Reinigung – war eine Auffangwanne, Blut und andere Reste wurden über ein leichtes Gefälle zu einem herausnehmbaren Sieb transportiert.

Der Kasten über dem Tisch sah aus wie eine zu große Ablufthaube in einer Küche.

Die Leiche des toten jungen Mannes lag noch völlig zugedeckt unter einem grünen Tuch. Nur die Umrisse eines menschlichen Körpers waren zu erkennen.

Wolfgang Sperber war es vor Obduktionen immer übel. Wahrscheinlich lag das an der Aufregung, die ihn immer wieder in dieser Situation erfasste. Seit Jahren musste er an diesem für ihn schrecklichen Akt teilnehmen. Daran gewöhnt hatte er sich nie. Es konnte auch an der Atmosphäre des Sektionsraumes liegen. Mit ihrer Sterilität und dem Gemisch von Gerüchen. Frau Doktor Renz stieß die Türe von außen auf. Hinter ihr erschien ihr Assistent, ein junger Mann, der ebenso wie sie einen grünen Mantel, Mundschutz, Gummihandschuhe, Gummischürze und Plastikschuhe trug.

Brigitte Renz grinste die zwei unbehaglich dreinschauenden Männer kurz an und zog dann die Mundwinkel missbilligend herunter. „Etwas mehr Vorfreude hätte ich schon erwartet", begann sie sarkastisch. Das war aber auch schon das Äußerste, was sie sich und anderen in ihrem Arbeitsraum erlaubt hätte. Hier ging es ernst, konzentriert wissenschaftlich zu. Witze und schlaue Reden waren grundsätzlich verboten. Der junge Assistent zog das Tuch von dem Toten.

Nackt und völlig ungeschützt lag er unter dem harten weißen Licht der Operationsleuchte. „Das ist Herr Kilian, er studiert Rechtsmedizin und assistiert mir heute", erklärte sie mit einer knappen Handbewegung zu dem jungen Mann hin. Der nickte den beiden Beamten zu und sagte: „Grüß Gott."

Die Ärztin begann mit der Obduktion. Sie drehte die Leiche etwas, sodass sie auf der Seite lag, drückte mit dem Daumen auf die Leichenflecken am Rücken und an den Beinen „Die Flecken sind dunkelviolett", dozierte sie.

„Sehen Sie, die Flecken lassen sich durch kräftigen Druck nur geringfügig verschieben, sie kehren in den nächsten Sekunden wieder zurück. Was schließen Sie daraus?", fragte sie den Assistenten.

„Der Mann ist seit mehr als sechs und weniger als sechsunddreißig Stunden tot", antwortete der wie aus der Pistole geschossen.

„Richtig."

Der lernbegierige Student stellte sich aufrecht hin.

Die Gerichtsmedizinerin war jetzt ganz in ihrer Lehrerinnenrolle: „Definieren Sie die Totenflecke."

Kilian legte los: „Totenflecke, lateinisch Livores, entstehen durch das schwerkraftbedingte Absinken des Blutes innerhalb der Gefäße."

„Gut", murmelte die Ärztin.

In dieser Art ging es weiter.

Sie diktierte in ein kleines Mikrofon, das über dem Tisch hing.

„Die Leichenstarre in der Muskulatur ist fast vollständig ausgeprägt, keine Fäulnis."

Dann beschrieb sie den Toten ausführlich: Kopf, Haare, Gesicht, Nasengerüst und -öffnungen. „Kopf teilweise zertrümmert, Blut und klare Flüssigkeit tritt aus. Bindehaut blass. Die Mundhöhle ist teilweise mit Blut gefüllt." So ging es weiter und weiter. Doktor Renz war vollkommen konzentriert und sprach leise und deutlich.

„Die äußere Leichenschau", sagte sie zu dem Studenten, der alles mit großer Aufmerksamkeit verfolgte, „ist die allem vorausgehende Untersuchung eines Toten."

Behutsam, langsam und respektvoll müsse man vorgehen. Von oben nach unten, systematisch und keinesfalls zwischen den Auffälligkeiten hin und her springen.

„Der Mann hier ist tot", erklärte sie dem jungen Mann, „Sie können und müssen sich Zeit nehmen. Wir behandeln die Toten mit Würde. Also kein oberflächliches Gerede und vor allem keine Witze während dieser verantwortungsvollen Arbeit."

Nach der äußeren kam die innere Leichenschau. Doktor Renz hatte den Körper wieder umgedreht und präparierte den Oberkörper. Mit dem Skalpell schnitt sie vom Hals bis zum Schambein in Form eines Ypsilons. Mit einer elektrischen Säge durchtrennte sie schnell das Brustbein.

Dann trug sie das Gewebe schichtweise ab, entfernte die Muskulatur und klappte das Weichgewebe zur Seite. Die Obduktion dauerte eine weitere Stunde. Jede Wunde, jede Blutung, jeder Bruch, jede Knochenabplatzung wurde genauestens vermessen und protokolliert.

Alte Narben am ganzen Körper wurden genau dokumentiert, ebenso alle Blutergüsse. Die Organe des Toten wurden nach und nach entnommen, betrachtet, gewogen. Renz fotografierte die einzelnen Teile des Körpers akribisch. Lungengewebe und Gallenflüssigkeit wurden in Gefäße abgefüllt.

Wolfgang Sperber fühlte, wie ihm beim Betrachten der Schweiß ausbrach. Seine Übelkeit hatte zugenommen. Es gab Momente, da verstand er nicht, warum er sich diesen Beruf ausgewählt hatte. Das war so ein Moment. Er versuchte, sich von dem, was er sah, mit Gedanken an andere Dinge abzulenken. Es gelang ihm nicht.

Auch Doktor Sauber trat neben ihm unbehaglich von einem Fuß auf den anderen.

Die Ärztin nahm sich den Kopf vor und dozierte: „Zwischen Kopfhaut und knöchernem Schädel befindet sich die Schwarte, stark durchblutet und leicht vom Knochen zu trennen."

Eindringlich sah sie den Studenten über ihre Atemmaske an und sagte zu ihm: „Die Angehörigen der Toten haben ein Recht auf eine möglichst unversehrte Leiche, deshalb soll man am Hinterkopf schneiden und die

Kopfhaut zur Stirn schieben, bis der Schädel frei liegt. So lässt sich zum einen der Schädel einfach aufsägen und das Gehirn entnehmen. Dann zieht man die Kopfhaut wieder herunter und vernäht sie. Der Tote behält so sein Gesicht und man kann ihn wieder einigermaßen unbeschädigt präsentieren."

Sie arbeitete weiter und weiter und redete dabei immer wieder belehrend in Richtung ihres Assistenten oder sehr deutlich und erklärend vor sich hin in das Mikrofon.

Auch die schlimmsten Dinge im Leben nehmen einmal ein Ende. Nach einer Zeit, die Sperber wie eine kleine Ewigkeit erschien, ging für ihn diese Tortur zu Ende.

Den Bericht bekämen sie in zwei Stunden per Mail, versprach ihnen Frau Doktor Renz.

Doktor Sauber und Wolfgang Sperber verabschiedeten sich artig von der Gerichtsmedizinerin. Beide verließen sehr erleichtert den Seziersaal. Im Freien angekommen, erwartete sie warmer Sonnenschein. Vor dem nüchternen Gebäude hatte man Blumenrabatten angelegt. Die Blüten leuchteten in den schönsten Farben. Sperber meinte bei ihrem Anblick, nach dem soeben Erlebten einen Blick ins Paradies tun zu dürfen.

Um sich aufzuheitern, dachte er an Karlo. „Was hätte sein junger Kommissar nach all dem wohl gesagt?" Er überlegte. „Vielleicht: Wenn ich so einer Aufschneiderin zusehen muss, wie sie jemanden zerlegt, gehört das nicht zu den Top Ten der Dinge, die ich im Leben unbedingt einmal erleben wollte." Wolfgang Sperber lächelte bei diesem Gedanken.

„Herr Hauptkommissar, Ihre Nerven möchte ich haben. Wie Sie es nach diesem grauenhaften Erlebnis da drinnen fertigbringen zu lächeln", sagte der Oberstaatsanwalt verwundert kopfschüttelnd zu ihm. Sauber war neben ihm hergelaufen und hatte seine Gemütsbewegung beobachtet: „Und wenn ich hundert Jahre alt werde, an dieses Gemetzel werde ich mich nie und nimmer gewöhnen können. Und wenn unsere Doktor Renz noch so wissenschaftlich daherredet. Mir geht das alles an die Nieren. Danach erfreue ich mich nur noch an dem Gedanken an meinen Ruhestand, aber der ist auch noch weit, weit weg. Dieser Umstand ist auch kein Grund, um zu lächeln."

„Sehr geehrter Herr Oberstaatsanwalt", antwortete ihm Sperber innerlich über das Bekenntnis des sonst eher verschlossen wirkenden Mannes amüsiert, „so abgebrüht, wie Sie denken, bin ich wirklich nicht. Mir ist gerade ein Ausspruch von meinem Kollegen Grollmisch eingefallen, der mich von den schlimmen Bildern abgelenkt hat. Ich empfinde Obduktionen ansonsten ähnlich wie Sie. Unter uns gesagt, mir wird jedes Mal übel dabei. Frau Renz weiß das und sie lauert mit großer Vorfreude darauf, dass ich mich einmal übergebe. Aber ich beherrsche mich mit allen mir zu Gebote stehenden Kräften. Die Schadenfreude gönne ich der nicht!"

Nun lächelte auch Doktor Sauber. Nach dessen Erklärung hatte er den Hauptkommissar nun doch wieder in die Gesellschaft der normalen Menschen aufgenommen. Am Tor des Institutes verabschiedeten sich die beiden mit Handschlag. Jeder ging seiner Wege.

Immer noch Samstagmorgen

Kevin hatte langsam seine Fassung wieder gewonnen. Er schaute sich um. Seine beiden Kumpels waren immer noch im Schockzustand. Patrik hatte zwar aufgehört zu weinen, saß aber wie erstarrt auf dem Sofa und hatte immer noch sein Gesicht in seine Hände vergraben, als könnte er dadurch vermeiden, die schrecklichen Bilder des abgestürzten Mario anzusehen. Justin saß reglos da. In der Hand hatte er eine qualmende Zigarette, an der er immer wieder wie abwesend zog. Dabei glotzte er einfach vor sich auf den Boden.

Neben ihm wiegte sich Saskia mit starrem Blick vor und zurück. Kevin war klar, dass er nun irgendwie die Initiative ergreifen musste. Er holte als Erstes den Beutel mit dem restlichen Kokainpulver aus seiner Tasche. „Jeder von euch bekommt jetzt erst einmal eine Line", sagte er zu den dreien. Justin und Patrik streckten ihm daraufhin wie automatisch jeweils eine Hand entgegen. Saskia reagierte nicht auf ihn. „Die ist vollkommen durch den Wind." Während er den Jungs eine Linie mit Pulver auf die Handrücken zeichnete, überlegte Kevin, was mit dem Mädchen geschehen könnte. Justin und Patrik zogen sich das Zeug in ihre Nasen. Derweil hatte er sich ebenfalls eine Pulverlinie auf seine Hand gezeichnet und schnupfte sie mit Bedacht.

Kevin lehnte sich zurück und wartete auf die Wirkung der Droge. Es dauerte nur kurze Zeit, dann wurde er von der vertrauten Empfindung erfasst. Plötzlich schien ihm alles nicht mehr so tragisch und er hatte gleich einige Einfälle. Auch bei den Jungs zeigte das Pulver seine Wirkung. Beide sahen ihn erwartungsvoll an. Es schien so, als hätten sie ihren Tiefpunkt überwunden. Kevin sprach sie an und bemühte sich darum, seiner Stimme den festen und überlegenen Ton eines Anführers zu geben, der wusste, wohin die Reise ging.

Zunächst klärte er sie über seine eigenen Absichten auf. „Ich rufe jetzt gleich den Typ an, der uns den Auftrag zu dem Mistjob gegeben hat. Er soll sich dieses blöde Ding“, er zeigte auf das Bild, „sofort holen. Wenn er anonym bleiben will, sage ich ihm, es ist niemand hier in der Hütte. Er kann rein und soll uns das Geld für den Bruch hier auf den Tisch legen. Wenn er meint, er kann uns aufs Kreuz legen und das Ding holen und türmen, hat er sich getäuscht. Ich bleibe hier drinnen und verstecke mich erst mal hinter dem Sofa. Wenn er zugreifen will, tauche ich auf und sage ihm, wir wollen jetzt zehntausend statt fünf, weil unser Freund bei dem Scheiß draufgegangen ist. Ich will die Moneten von ihm gleich auf die Kralle. Was meint ihr dazu?“

„Saugute Idee!“, zeigte sich Patrik beeindruckt, „total cool irgendwie.“

Justin war skeptisch: „Und was ist mit uns, wo bin ich und Patrik in dem Spiel?“

„Ich will euch nicht dabei haben. Der möchte sicher verhandeln. Vielleicht wird er das Geld nicht rausrücken wollen, dann muss ich nachhelfen. Dazu brauche ich deinen Totschläger, Patrik. Wer weiß, was passiert. Ich will euch nicht mit reinziehen und ich brauche niemand, der hinterher als Zeuge gegen mich auftritt. Versteht ihr?“ Kevin grinste schief. Er blickte die zwei mit kalten Augen an. „Wenn alles paletti ist, rufe ich euch an, ihr bekommt euren Zaster, dann verdrücken wir uns erst einmal für eine gewisse Zeit aus Ansbach. Ich kenne einen Kumpel in Rothenburg, der ist mir noch was schuldig. Er hat ein paar Zimmer mitten in der Stadt. Da machen wir es uns gemütlich und leben wie die Made im Speck, bis das Geld aus dem Kamin ist, dann überlegen wir uns einen neuen Spaß. Irgendwas geht immer.“

Justin hakte nach: „Wer garantiert uns, dass du mit dem Moos nicht die Fliege machst und wir leer ausgehen?"

„Warum sollte ich? Ihr wisst über alles Bescheid. Wenn ihr mich an die Bullen verpfeift, haben die mich ganz schnell am Arsch. Dann sitze ich lang im Knast, vom Zaster habe ich dann ebenfalls nichts. Wegen zehntausend Mäusen verliere ich doch nicht meinen guten Namen." Mit einem gewissen Stolz in der Stimme fügte er noch hinzu: „Ich doch nicht!"

Justin schien mit der Antwort zufrieden. Patrik konnte dem schnellen Hin und Her der beiden sowieso geistig nicht so recht folgen. Er dachte: „Kevin wird schon wissen, was er tut." Er zog seinen Totschläger aus der Tasche und gab ihn Kevin, ohne etwas zu sagen.

Justin war noch nicht zufrieden. Mit dem Finger zeigte er auf Saskia. „Und was ist mit der?"

„Mit Saskia ist nichts mehr zu machen", stellte Kevin fest, „wir müssen sie schnell entsorgen. Ich habe da eine Idee. Justin, du schnappst dir das Auto deines Alten und bringst sie hinauf in das Bezirkskrankenhaus. Dort behauptest du, dass sie deine Schwester ist. Du sagst, du wärst heimgekommen und hättest sie in dem Zustand vorgefunden. Warum sie so beieinander ist, das weißt du nicht. Bestimmt musst du dann ein Formular mit eueren Daten ausfüllen. Ich traue dir zu, dass du Namen von euch beiden erfinden kannst und eine falsche Adresse meinetwegen in Elpersdorf oder sonstwo. Aber den Straßennamen, den du sagst, muss es dort geben, sonst fliegst du gleich auf." Eindringlich schaute er seinen Kumpan an: „Traust du dir das zu?"

Justin überlegte nicht lange. Offenbar hatte die Droge bei ihm auch schon zugeschlagen. „Null Problemo, dann nervt die Tusse wenigstens nicht mehr. Ich geh gleich und hol den Schlitten."

„Okay", sagte Kevin gedehnt. Dann sah er Patrik an: „Wo gehst du in der Zeit hin?"

Patrik dachte nach, dann leuchtete sein Gesicht auf: „Ich kenn da eine Braut, die steht auf mich – keine Ahnung. Der kann ich mal wieder einen Besuch machen."

„Gut, dann geht jetzt. Justin, du fährst hier ruck zuck mit dem Auto vor und schnappst dir die hier und nimmst sie mit." Er zeigte auf Saskia, die von dem Gespräch offenbar nichts mitbekommen hatte.

Auch Patrik war aufgestanden und ging mit Justin zur Türe hinaus.

Kevin griff zu seinem Handy und wählte eine Nummer. Sofort wurde am anderen Ende abgehoben. Eine gepresst wirkende Stimme meldete sich knapp: „Ja!"

„Wir haben alles unter Dach und Fach. Sie können es abholen." Er nannte ihm das Häuschen im Schrebergarten und beschrieb den Weg, wie er herkommen konnte. „Wenn Sie das Bild holen, ist niemand in der Hütte. Ich will das Geld aber sofort und in bar. Legen Sie es auf den Tisch in der Hütte und verscheißern Sie uns nicht, das wäre sehr ungesund für Sie."

„Keine Sorge. Gute Arbeit, guter Lohn. Obwohl von sauberer Arbeit keine Rede sein kann. Ihr habt Mist gebaut. Radio und Fernsehen kriegen sich gar nicht mehr. Euer Freund hat einen tiefen Fall getan, möchte ich sagen. Nicht gut für mich, dass die Bullen jetzt wie die Bienen herumschwärmen, das bringt nur Umstände. Aber ich will mal nicht so sein. Ich komme in ein paar Minuten und hole das Bild. Das Geld lege ich auf den Tisch. Ich will keinen von euch sehen. Ihr seid ganz weit weg, weil ich von euch nicht gesehen werden will. Wenn von euch einer meint, er kann mich beobachten, gibt's kein Geld. Außerdem haben wir danach nie etwas miteinander zu tun gehabt. Hast du alles verstanden?"

„Ich bin ja nicht taub!", knurrte Kevin in sein Handy

und beendete das Gespräch. Seine Hand tastete unwillkürlich nach dem Totschläger, den er in der Jackentasche versenkt hatte.

Kurze Zeit später hörte er draußen ein Auto heranfahren. Kevin hoffte inständig, dass es nicht bereits sein Geschäftspartner war. Es war jedoch Justin mit dem Auto seines Vaters.

Zu Hause angekommen, war er in die Wohnung seiner Eltern in den zweiten Stock hochgestiegen. Er schaute erst einmal, wo sich seine Mutter und sein Erzeuger aufhielten. Seine Mutter trank, mit einer Kittelschürze bekleidet, eine Tasse Kaffee in der unordentlichen Küche. Ihr fettiges Haar hing ihr halb über das Gesicht. In der Hand hielt sie eine glimmende Zigarette. Es stank nach Rauch, Alkohol und Essensresten. Ein bekannter Ekel stieg in Justin beim Anblick seiner Mutter in ihrer verwahrlosten Umgebung auf. Sie nahm ihn wohl gar nicht so richtig zur Kenntnis, nuschelte irgendetwas Undefinierbares vor sich hin und blickte nicht mal auf. Justin sah zu, dass er schnell wieder von dem Anblick wegkam. Er schloss die Küchentür. Im Wohnzimmer schnarchte sein Vater auf der fleckigen Couch. In einem Schub des Flurschranks lag der Autoschlüssel. Er nahm ihn an sich und lief schnell wieder die Treppe hinab.

Der alte rote Ford seiner Eltern stand wie gewöhnlich vor dem Haus. Justin hatte zwar keinen Führerschein, aber er konnte fahren. Wie lange er schon schwarz fuhr, hätte er nicht sagen können. Immer wenn er und seine Kumpels einen fahrbaren Untersatz brauchten, hatte er sich den halb verrosteten Kübel unter den Nagel gerissen. Wie oft er deswegen von seinem Vater verprügelt worden war, hätte er auch nicht sagen können. Problemlos startete er das nach kaltem Rauch stinkende Vehikel und fuhr damit Richtung Schrebergarten.

Kaum war er damit weggefahren, bog ein Streifenwagen der Polizei in die Straße ein und parkte direkt an der Stelle, die er gerade verlassen hatte. Die beiden Beamten stiegen aus und läuteten am Wohnungsschild von Justins Eltern Sturm.

Justin kam beim Schrebergarten an, ging in die Hütte und zog Saskia hoch, ohne große Worte zu machen. Sie ließ sich von ihm willenlos zur Türe führen.

Kevin beobachtete die Szene. „Wenn du zurückkommst, bringst du mir was zu essen mit!", wies er Justin an, bevor der mit Saskia die Hütte verlassen konnte, „ein paar Brötchen, ein Stück Hausmacher Stadtwurst, Senf, Cola. Verstanden?"

„Geht in Ordnung, großer Maker", antwortete Justin sarkastisch. „Aber dann will ich Moneten sehen!" Er knallte die Türe zu. Kevin hörte, wie er Saskia draußen beschimpfte, während er sie zu dem Auto auf der Straße hinter sich herzog.

Kevin atmete auf, als er das Auto draußen wegfahren hörte. Das war geschafft.

Es dauerte nicht lange, dann hörte er das Motorengeräusch eines anderen Wagens. Kevin schlüpfte schnell hinter das Sofa. Schritte kamen näher.

„Die sind zu zweit. So ein Mist!", fluchte Kevin, „ich hätte es mir denken können! Für einen ist das Bild doch viel zu schwer. Was mach ich jetzt bloß? Ich muss sie überraschen und brutal auftreten. Diese Kunsthändler werde ich schon zur Raison bringen. Wäre doch gelacht!"

Er hörte, wie die Schritte anhielten. Dann wurde die Tür der Hütte geöffnet.

Zwei Personen traten ein. Die Stimme eines Mannes sagte: „Niemand hier. Sieht so aus, als ob sich die Kerle an die Abmachung halten. Hier steht das Bild. Ich traue der Sache dennoch nicht. Wir müssen vorsichtig sein.

Wir nehmen uns das Kunstwerk und dann schnell ins Auto damit und ab durch die Büsche."

Kevin nutzte diesen Moment. Er sprang hinter dem Sofa auf und schrie: „He, nicht so schnell!" Dann verstummte er und schaute verdutzt auf die beiden. Vor ihm standen zwei vornehm gekleidete Personen, beide etwa Ende zwanzig oder Anfang dreißig, schätzte er. Schnell hatte er sich wieder gefasst. Er blaffte die beiden an: „Ich will erst das Geld sehen, vorher wird das Bild nicht angerührt!" Beide starrten ihn erschrocken an.

„Wir wollen aber ein wenig mehr als fünftausend", krakeelte Kevin weiter, „euer Scheißjob hat unserem Kumpel das Leben gekostet. Jetzt kostet euch unsere Arbeit das Doppelte. Zehntausend oder kein Bild. Ihr könnt euch das leisten. Das Bild ist euer großes Geschäft. Oder vielleicht nicht?" Bei diesen Worten war er sehr langsam um die Sofaecke herumgegangen, zog den Totschläger aus der Tasche und klatschte damit provozierend in seine andere Hand. Er stand nun etwa zwei Meter vor dem Paar.

„Keine Diskussion", konterte der Mann, der sich wieder gefangen hatte, mit harter Stimme, „du hast gegen die Abmachung verstoßen. Jetzt gibt es gar kein Geld. Du hast uns gesehen, das ist gefährlich für uns."

Bevor Kevin noch irgendetwas unternehmen konnte, hatte sein Gegenüber blitzschnell eine Pistole aus seiner Tasche gezogen. Er schoss Kevin damit direkt in den Kopf. Blut spritzte an die Hüttenwand. Der junge Mann fiel sofort nach hinten um.

Der Totschläger war ihm dabei polternd aus der Hand gefallen und rollte irgendwo hin. Der Mann trat einige Schritte auf ihn zu und verpasste ihm eiskalt und berechnend noch einen aufgesetzten Fangschuss.

„Jetzt aber schnell!", keuchte der Mörder. Die andere Person hatte fassungslos das Geschehen verfolgt. „Los, mach schon, bevor seine Kumpane kommen!", drängte er sie und fasste nach dem Bild.

Die zweite Person gab einige piepsende Laute von sich, dann packte sie das Bild am anderen Ende. Keuchend und schluchzend half sie dem Mann, das schwere Stück aus der Hütte zu bringen. Mehr schleifend als tragend schafften sie es zu dem bereitstehenden Kleinbus. Unter Aufbietung aller Kräfte wuchteten sie das Kunstwerk samt seinem Gehäuse in den Stauraum. Beide rannten um den Wagen herum und sprangen hinein. Mit quietschenden Reifen fuhren sie schließlich davon. Die Gartentüre und die Türe der Hütte hatten sie in der Eile offen stehen lassen.

Samstag, dreizehn Uhr

Karlo hatte seine Pizza an seinem Schreibtisch sitzend mit Genuss verspeist. Aus dem Kaffeeautomaten auf dem Gang vor seinem Büro ließ er sich einen doppelten Espresso heraus. Nachdem er ihn in Ruhe getrunken hatte und ein größeres Glas Mineralwasser hinterher spülte, sah die Welt für ihn wieder etwas bewohnbarer aus. Er schlenderte zu Konstanzes Büro. Es war leer. Vielleicht war sie noch beim Essen. Auch Sperbers Büro war leer. Er zuckte mit den Schultern, gab Barbara Bescheid, was er vorhatte, und lief die Treppe hinab zu seinem Auto. Gemächlich fuhr er dann zur Gaststätte „Zum Wilden Markgraf" in der Endresstraße.

Tatsächlich fand er einen Parkplatz für sein Auto in der sonst völlig zugeparkten Straße, gleich in der Nähe der Wirtschaft. Er stieg aus und ging in die schon von außen düster wirkende Gaststätte hinein. Innen war es noch finsterer. Die mit Grünpflanzen vollgestellten Fensternischen verhinderten einen größeren Lichteinfall. Einige Zechbrüder hatten sich an einem Tisch versammelt und arbeiteten, lautstark sprechend, an der Erhöhung ihres Alkoholpegels.

Hinter der indirekt beleuchteten Theke stand ein vierschrötig wirkender Mann um die fünfzig. Sein Oberkörper war mit einer ärmellosen Lederweste bekleidet, darunter trug er ein sogenanntes Muskelshirt und stellte auf diese Weise seine beachtlichen Muskelpakete zur Schau.

Herbert Rese hieß der stadtbekannte Wirt der berüchtigten Kneipe. Als Karlo auf ihn zuging, blickte der ihn misstrauisch an und murrte mit mürrisch verzogenem Gesicht: „Polizei am Morgen bringt Kummer und Sorgen!"

„Woher wissen Sie, dass ich von der Polizei bin?", fragte Karlo verwundert.

„Das weiß ich, weil ich das rieche, junger Mann. Polypen rieche ich auf hundert Meter. Das gehörte mal zu meinem Beruf. Jetzt bin ich sauber. Ein wohlanständiger Geschäftsmann bin ich!", betonte er mit Nachdruck, „ich ahne schon, was mir das unerwartete Vergnügen verschafft."

Karlo fand diesen Berg von einem Mann beeindruckend. Er musste sich deshalb zusammennehmen, als er sich vor die Theke stellte und dem Wirt direkt in die hellblauen Augen blickte. „Grollmisch ist mein Name. Ich bin von der Kriminalpolizei Ansbach." Karlo zeigte seinen Ausweis vor.

„Wusste ich's doch", griente Herbert Rese zufrieden mit seiner Spürnase.

„Vielleicht ist es Ihnen schon zu Ohren gekommen, dass heute Nacht ein junger Mann in Sankt Gumbertus ums Leben gekommen ist? Wir denken, dass der Todesfall auch mit dem Diebstahl eines Bildes aus der Kirche zu tun hat."

„Das teilweise traurige Geschehen ist weder zu überhören noch zu übersehen", der Wirt verzog sein Gesicht zu einer missbilligenden Grimasse, „Radio und Fernsehen überschlagen sich förmlich und meine Gäste dort diskutieren schon eine Stunde mit ihren vereinten geistigen Kräften darüber. Aber wo nichts ist, kommt nur Gefasel und Alkoholdunst heraus. Sollte ich den abgestürzten Mann vielleicht kennen?", erkundigte sich der Mann hinter der Theke hintersinnig.

„Er müsste Ihnen in der Tat bekannt sein. Mario Kobilke und seine Freunde sollen Stammgäste von Ihnen sein, ist uns zu Ohren gekommen."

„So, so, der Polizei zu Ohren gekommen. Das mag ich gar nicht gern", murmelte der Riese mit bösem Blick auf Karlo vor sich hin.

Karlo ließ sich nicht anmerken, dass es ihm dabei

unangenehm zumute wurde. Scheinbar unbeirrt fuhr er fort: „Herr Rese, der Tote heißt Mario Kobilke. Seine Freunde, Kevin Döbrich, Justin Huber, Patrik Gensch und Saskia Binder, hätten wir gerne gesprochen."

Herbert Rese wiegte seinen schweren Schädel und verzog sein Gesicht zu einer schmerzlichen Miene. Offenbar machte ihn die Nachricht zu schaffen, aber er redete nicht weiter darüber, sondern sagte bestimmt: „Meine Gäste sind mir wichtig und die Geschichten, die sie mit sich herumtragen, sind mir entweder heilig oder wenn nötig unbekannt. Sie verstehen?" Er feixte bei diesen Worten ein wenig.

„Eine Hand wäscht die andere. Vielleicht brauchen Sie uns auch einmal?", schlug Karlo vor.

„Nun mal im Ernst", knurrte Rese, „bei einem Todesfall hört für mich auch der Spaß auf. Die Jungs machten bisher nichts als Blödsinn. Es wird Zeit, dass sie endlich damit aufhören. Das sage ich Ihnen als alter Knastbruder, dem leider spät, ich fürchte manchmal viel zu spät, ein Licht aufgegangen ist. Ich möchte denen schon lange zeigen, wo es im Leben langgeht. Die wollten das nie hören. Deshalb sage ich Ihnen jetzt: Wenn Sie sie nicht zu Hause bei den sogenannten Eltern antreffen, dann versuchen Sie es einmal im Schrebergarten von Kevins Onkel."

Er beschrieb Karlo den Weg dahin. Jetzt stellte Karlo die Ohren auf. Der Jäger nahm quasi die Witterung seiner Beute auf. „Danke, das war's schon", verabschiedete er sich knapp, „vielleicht komme ich noch einmal vorbei, wenn ich noch was brauche."

„Bitte, wenn möglich nicht", bat der Wirt mit Leidensmiene, „Ihre werten Besuche verstören meine Kundschaft."

Karlo hatte es nun plötzlich sehr eilig und verließ mit einer grüßenden Geste und großen Schritten die wenig einladende Gaststube.

Vor der Wirtschaft wählte er Sperbers Handynummer. Der meldete sich gleich. Karlo teilte ihm mit, was er gerade erfahren hatte. Wolfgang Sperber war sofort alarmiert. Er ließ sich den Weg zum Schrebergarten genau beschreiben und wies Karlo an, sich in der Nähe des Geländes unauffällig auf die Lauer zu legen. „Keine Alleingänge, Karlo!“, ermahnte er ihn streng, „ich sitze mit Konstanze gerade noch beim Essen im Kronacher. Wir kommen sofort. Außerdem rufe ich gleich Verstärkung. Wenn alle dort sind, gehen wir in die Hütte. Nicht früher. Vielleicht haben wir Glück und können sie uns schnappen.“

Karlo beteuerte, er werde nur beobachten, obwohl es ihm natürlich gefallen hätte, mit schussbereiter Waffe auf eigene Faust die Hütte zu stürmen und die ganze Bande festzunehmen. Er malte sich die Szene vor seinem geistigen Auge in allen Phasen aus, während er auf den Schrebergarten zufuhr. Er würde als Held dastehen und viele Kollegen würden ihn um seine Tat beneiden. Als er aber daran dachte, was Lissi dazu sagen würde, nahm seine Begeisterung an den Fantasiebildern schnell ab. Sie hatte ständig Angst um ihn und würde ihn wegen seines Leichtsinns hinterher bestimmt gnadenlos herunterputzen.

Der junge Kommissar stellte sein Auto ein ganzes Stück vor dem Schrebergarten ab und ging zu Fuß auf das Grundstück zu. Glücklicherweise zog sich gegenüber dem Garteneingang eine dichte Hecke hin, hinter der er sich verbergen konnte. Von seinem Standort aus sah er Eingang zum Garten und zur Hütte. Karlo wunderte sich, dass beide Türen offen standen. Ob die Jugendbande das Häuschen verlassen hatte? Er überwand seinen Impuls hinüberzugehen, um nachzusehen, und blieb, wo er war. Auf einmal hörte er, wie sich ein Wagen näherte. Er bog die Zweige des Gebüsches ein wenig auseinander und erkannte einen alten roten Ford Kombi, der ganz in seiner Nähe abgestellt wurde. Neugierig spähte Karlo auf die Straße. Ein junger Mann, den er von den Fahndungsbildern her sofort als Justin Huber identifizierte, lief durch die Gartentüre auf die Hütte zu.

Kaum war er durch die Hüttentüre gegangen, hörte Karlo von drinnen einen lauten Schrei. Gleich darauf kam Justin Huber aus dem Häuschen gestürzt und rannte auf sein Auto zu. Der Kommissar zögerte keinen Moment. Er zog seine Dienstwaffe aus dem Holster, sprang hinter der Hecke hervor, stellte sich Justin in den Weg und rief laut: „Hände hoch, Polizei!"

Justin blieb sofort stehen und nahm die Hände hoch. Er schlotterte am ganzen Leib. Sein Zustand konnte nicht allein durch sein überraschendes Auftauchen entstanden sein, das war Karlo klar. Offenbar hatte er in der Hütte eine Entdeckung gemacht, die ihn schwer erschüttert hatte. Justin stotterte mit kalkweißem Gesicht: „In der Hütte ... Kevin ... tot. Alles ist ... voller Blut!" Dabei liefen ihm die Tränen über die Wangen. Karlo befahl ihm, sich umzudrehen und die Hände auf den Zaun zu legen. Während er immer wieder zur Hütte sah, tastete er den Mann ab, dann legte er ihm Handschellen an und zog ihn ein ganzes Stück vom Gartentor weg.

Von beiden Seiten der Straße kamen jetzt Polizeiautos herangeprescht, unter ihnen auch der dunkle BMW der Kriminalpolizei. Die Polizisten sprangen mit gezogenen Dienstwaffen heraus. Während einige um die Hütte herumrannten und sich andere sichernd vor der Gartentüre postierten, stürmten ein paar von ihnen die Hütte. Gleich darauf erschienen sie wieder an der Hüttentüre und riefen Wolfgang Sperber und Konstanze zu: „Da drinnen liegt ein toter Mann, sonst ist niemand in der Hütte."

Sperber und Konstanze gingen hinein. „Das ist Kevin Döbrich", erkannte Konstanze entsetzt. Und auf die

Einschüsse am Kopf des am Boden Liegenden zeigend: „Er ist erschossen worden.“ Sie schlug die Hand vor den Mund und stand einen Moment wie erstarrt da.

Auch Wolfgang Sperber war von dem Anblick geschockt. Er hatte in seinem Beruf schon sehr viel erleben müssen, aber der unmittelbare Anblick eines Menschen, der einer Gewalttat zum Opfer gefallen war, ging ihm jedes Mal an die eigene Substanz. Daran konnte er sich niemals gewöhnen. Er rief sich selbst zur Ordnung und wandte sich mit befehlsgewohnter Stimme an einen seiner Kollegen: „Sperrt gleich alles weiträumig ab und haltet Schaulustige und die Medien ab. Ich sage der Spusi Bescheid.“ Er zog sein Handy heraus und rief den Erkennungsdienst und Frau Doktor Renz an, danach unterrichtete er Polizeidirektor Dotzauer und Oberstaatsanwalt Doktor Sauber von ihrer Entdeckung und bat ihn um Ausstellung von Haftbefehlen für die anderen Mitglieder der Jugendgang und um Durchsuchungsanordnungen für die jeweiligen Wohnungen, in denen die jungen Leute bis dahin gewohnt hatten. Doktor Sauber sagte ihm alles sofort zu. Er wollte sich gleich selbst auf den Weg zum Schrebergarten machen.

Sperber wandte sich Konstanze zu. „Es wird jetzt meiner Ansicht nach immer wahrscheinlicher, dass die jungen Leute irgendwelchen Profis als Handlanger gedient haben. Mir scheint, jetzt wollen die lästige Zeugen beseitigen und sich vielleicht auch den Lohn für die Arbeit der Diebe sparen. Jedenfalls bin ich der Meinung, die Kumpane von Kevin sind in höchster Gefahr, dass ihnen dasselbe geschieht wie diesem Mann hier. Wir müssen sie so schnell wie möglich finden. Vielleicht können wir dadurch weitere Morde verhindern.“

Karlo hatte in der Zwischenzeit seinen Gefangenen einer Streifenwagenbesatzung übergeben. Er gesellte sich zu Sperber und Konstanze Grunwald und informierte sie über seinen Fang. Sperber ordnete an: „Wir lassen Justin Huber sofort ins Präsidium bringen und fangen mit dem Verhör an. Vielleicht kommen wir dann schnell zu weiteren Schritten. Karlo, du nimmst dir den gleich vor. Wir lösen dich später damit ab, falls das nötig sein sollte. Vergiss nur nicht, dem jungen Mann deutlich vor Augen zu stellen, dass er und seine verbliebenen Kumpane sich nun ebenfalls in Todesgefahr befinden."

„Ich werde mein Möglichstes tun, kannst dich drauf verlassen", antwortete Karlo.

„Wir müssen unbedingt wissen, wo sich Patrik und Saskia aufhalten. Wenn die Spusi weg ist, sollen sich ein paar Kollegen auf die Lauer legen. Eventuell kommen die Kumpane von Kevin Döbrich zurück, dabei könnten wir sie erwischen", Sperber redete gleich weiter, „Konstanze, ich muss dich bitten, wenn wir die Durchsuchungsbeschlüsse haben, zusammen mit einigen Kollegen die Eltern von Kevin Döbrich vom Tod ihres Sohnes zu informieren. Ihr könnt euch dann auch gleich in der Wohnung umsehen. Vielleicht ist es möglich, die Eltern in dieser Zeit irgendwo anders unterzubringen. Ich rufe jetzt Dotzauer an, uns weitere Beamte für die Nachforschungen und die Durchsuchungsaktionen zur Verfügung zu stellen. Wenn der Münchner Kollege kommt, wird sowieso eine Soko zusammengestellt werden müssen. Das kann doch auch sofort geschehen."

Beide, Konstanze und Karlo, nickten zustimmend. Karlo machte sich sogleich auf den Weg nach draußen, um zu veranlassen, dass Justin zur Vernehmung ins Präsidium gebracht wurde. Er verließ die Hütte mit der Absicht, sich innerlich noch einen weiteren Stern an seine Brust zu heften. Nach der genialen Festnahme wollte er nun für ein schnelles Geständnis von Justin Huber sorgen.

Sperber nahm sein Handy heraus und sprach mit

Dotzauer, der erst einmal wieder sehr ungehalten auf die Störung reagierte: „Muss ich denn alles machen?"

Dann zierte er sich mürrisch, weil es ihm schwerfiel, seine Theorie der Trennung vom Suizid von Mario Kobilke und dem davon völlig unabhängigen Bilderraub aufzugeben. Schließlich stimmte er aber dann doch zähneknirschend der Bildung einer Sonderkommission zu. Er nannte sie jedoch immer noch „Soko Freiflug".

Als Karlo im Präsidium ankam, hatten Beamte Justin schon in das Verhörzimmer gebracht. Zwei der Beamten waren bei ihm, um ihn zu bewachen. Karlo bat den Polizeibeamten, der sich hinter Justin gestellt hatte, ihm die Handschellen abzunehmen. Als das geschehen war, klärte er den Verhafteten über sein Recht auf, einen Rechtsanwalt seiner Wahl zum Verhör dazuzubitten. Justin war immer noch sehr geschockt durch die Auffindung seines ermordeten Kameraden und lehnte mit der Erklärung ab, dass er alles gestehen wolle.

„Dann werde ich jetzt dieses Mikrofon einschalten und Ihr Geständnis aufnehmen. Ist Ihnen das recht?"

„Ja, Mikro oder nicht. Jetzt ist schon sowieso alles egal", antwortete Justin resigniert. Karlo schaltete das Mikrofon ein und nannte Zeit und Ort des Verhörs, den Namen, Alter und die Adresse des Beschuldigten und umriss kurz den Hintergrund der Festnahme. Er wies Justin darauf hin, dass ihm das Geständnis anschließend in schriftlicher Form zur Unterschrift vorgelegt würde. Der Polizist sah ihn dann eindringlich an: „Sie werden von uns beschuldigt, zusammen mit ihren Mittätern Kevin Döbrich, Mario Kobilke, Patrik Gensch und Saskia Binder in der Nacht vom gestrigen Freitag zum heutigen Samstag ein sehr wertvolles mittelalterliches Gemälde aus der Kirche Sankt Gumbertus in Ansbach gestohlen zu haben. Im Rahmen dieses Diebstahls ist einer Ihrer

Mittäter durch einen Sturz von einem Gerüst ums Leben gekommen. Sie haben jetzt die Gelegenheit, den Ablauf des Diebstahls und den dahinter stehenden Sachverhalt aus Ihrer persönlichen Sicht zu schildern. Ich weise Sie darauf hin, dass Sie die Wahrheit zu sagen haben."

Justin nickte, dann schilderte er das Geschehen von der Planung des Diebstahls bis zur Auffindung des ermordeten Kevin ungeschminkt in allen Details. Er benutzte dabei seine Art, die Sache zu schildern, aber das Geständnis war eindeutig. Karlo fragte ihn noch einmal, wer ihr Auftraggeber gewesen war. Justin sagte: „Keiner von uns, auch Kevin, der Kontakt mit ihm hatte, hat ihn jemals zu Gesicht bekommen. Alles ging telefonisch. Wir hatten das Bild und wollten es nicht übergeben, bevor wir unseren Lohn kassiert hatten. Niemand von uns ahnte, wie gefährlich das Ganze war, sonst hätten wir uns wahrscheinlich nicht darauf eingelassen. Es schaute alles so easy aus."

„Woher hattet ihr den Kirchenschlüssel?", wollte Karlo wissen.

Justin erzählte, wie sie den Kirchenvorsteher Florian Meusel durch die Drohung, seiner kleinen Schwester etwas anzutun, dazu gebracht hatten, ihnen den Schlüssel zu besorgen.

Karlo machte ihn darauf aufmerksam, dass jetzt auch sein Leben und das von Patrik und Saskia in akuter Gefahr war. „Deshalb müssen Sie uns sofort sagen, wo sich die beiden aufhalten, wir müssen sie verhaften, um sie auf diese Weise vor dem oder den Mördern zu schützen!", mahnte er den jungen Mann eindringlich.

„Ich weiß nur, wo Saskia ist. Keine Ahnung, wo sich Patrik versteckt hat. Er wollte zu irgendeiner Braut, die angeblich auf ihn steht. Es ist nicht zu glauben." Ein kurzes Grinsen flog über sein Gesicht, das aber fast im selben Moment zu seiner schmerzhaften und müden Erstarrung zurückkehrte. Er nannte das Bezirkskrankenhaus, in das Saskia eingeliefert worden war und erzählte von ihrem Trick mit Bruder und Schwester.

Karlo, der natürlich wusste, dass in Ansbach Drogen jeder Art gehandelt wurden, machte Justin einen Vorschlag: „Ihr Geständnis wird Ihnen vor Gericht sehr helfen. Ich werde mich in besonderer Weise dafür einsetzen, dass Ihr Strafmaß an der unteren Grenze bleibt. Eine Bedingung habe ich dafür aber noch. Sie müssen mir sagen, was Sie über den Drogenhandel in Ansbach und Umgebung wissen."

Justin nickte zustimmend: „Kevin war mit einem Drogenhändlerring verbandelt. Er hat uns immer wieder Drogen verkauft oder geschenkt. Gerade für den Diebstahl hat er uns mit Kokain belohnt. Er hat von dem Auftraggeber des Diebstahls eine gewisse Vorauszahlung von dem Zeug bekommen. Er sollte uns damit wohl motivieren."

„Können Sie uns etwas über die Drogenhändler sagen?"

„Okay Mann, aber Sie müssen mir wirklich helfen. Ich will nicht in den Knast, verstehen Sie?"

„Ich tue, was ich kann, das verspreche ich Ihnen."

„Also", begann Justin seinen Bericht, „der Händlerring besteht – soviel ich weiß – aus ganz normalen Leuten. Ich weiß von einem Unternehmer aus der Stadt und von einem Kraftfahrer aus der Umgebung von Bad Windsheim. Außerdem ist auch ein Landwirt dabei, der seinen Hof in der Nähe von Neustadt an der Aisch hat. Der Bauer hat sich hauptsächlich auf Hasch spezialisiert und ist eine große Nummer im Geschäft. Er hat auf seinem Hof eine Drogenplantage. Eigentlich hätte euch auffallen müssen, was der für eine hohe Stromrechnung hat. Wahrscheinlich wisst ihr aber nicht, was diese Pflanzen für einen Aufwand verlangen. Dauernd muss

Licht brennen, man muss ständig heizen und die Räume belüften. Kevin war einmal dort und durfte, sozusagen als örtlicher Geschäftsfreund, die Anlage besichtigen. Er war sehr beeindruckt. Ich weiß von Kevin, dass die Lieferanten des Landwirts in Marburg sitzen. Eine Biologin und ein Fernsehtechniker sorgen von dort aus für Nachschub. Kevin hat aber besonders von dem Handel mit Crystal geschwärmt, weil sich das in kleinen Labors so gut herstellen lässt. Uns hat er, wie gesagt, Kokain geschenkt. Ich weiß, von wem er das bekam."

„Können Sie mir die Namen und die Aufenthaltsorte der Dealer sagen?"

Justin nickte. „Aber ich will noch einmal das Versprechen, dass Sie mir dafür wirklich helfen, nicht in die JVA zu kommen."

Karlo sah ihn ernst an: „Ich verspreche, für Sie zu tun, was ich kann. Ich werde auch meine beiden Kollegen bitten, mich zu unterstützen und für Sie ein gutes Wort einzulegen."

„Geben Sie mir ein Blatt Papier und einen Stift, dann schreibe ich die Namen und die Adressen auf."

Karlo sprang auf: „Ich besorge Ihnen Stift und Papier."

Er schaltete das Mikro aus und verschwand durch die Zimmertüre. Draußen rief er zunächst Wolfgang Sperber an, der sich immer noch am Tatort im Schrebergarten aufhielt. Er berichtete ihm von Justins umfassendem Geständnis und auch vom derzeitigen Aufenthalt von Saskia.

„Das klingt gut!", freute sich der Hauptkommissar, „gib die Namen und die Adressen der Dealer gleich an unsere Leute von der Drogenfahndung weiter. Ich schicke jemand zur Bewachung von Saskia Binder ins Bezirkskrankenhaus, damit sie uns nicht entkommt und vor allem damit ihr nichts geschieht."

Karlo ging zurück in den Vernehmungsraum und gab Justin das Papier und den Stift. Der fing gleich an zu schreiben. Danach schaltete Karlo das Mikrofon wieder ein und fragte Justin: „Von wann bis wann haben Sie sich im Bezirkskrankenhaus aufgehalten? Bedenken Sie bei Ihrer Antwort, dass wir das nachprüfen werden."

Justin überlegte kurz und nannte in etwa die Zeiten. Der Kommissar notierte sie sich. „Gut, wir werden das, wie gesagt, nachprüfen. Wenn es stimmt, was Sie sagen, haben Sie ein Alibi für die Zeit des Mordes an Kevin Döbrich."

Justin nickte mit einer müden Handbewegung: „Warum hätte ich ihn denn auch umbringen sollen?"

„Also das viele Geld für das Bild wäre ein guter Grund dafür gewesen. Es sind schon sehr viele Menschen wegen weniger Geld umgebracht worden."

„Auf die Idee, Kevin umzubringen, wäre ich nicht gekommen", erwiderte Justin nun etwas aufgebracht.

„Wäre Patrik dazu vielleicht in der Lage?", insistierte der Polizist, „stellen Sie sich mal vor, Patrik hat sich irgendwoher eine Waffe besorgt. Er hat in einem Versteck außerhalb der Hütte abgewartet, bis das Bild abgeholt worden ist, dann ist er hineingegangen, hat Kevin erschossen und das Geld an sich genommen. Jetzt sitzt er irgendwo und lacht sich ins Fäustchen, weil er euch alle ausgetrickst hat. Was sagen Sie zu dieser Vermutung von mir?"

„Ich glaube das nicht. Patrik ist nicht besonders intelligent. Ich kann mir nicht vorstellen, dass der sich auf eigene Faust eine Knarre besorgt. Der ist doch viel zu blöd, sich das alles auszudenken. Außerdem tut der immer so cool, in Wirklichkeit scheißt der sich doch gleich in die Hose, wenn etwas nicht so läuft. Der braucht immer einen Vordenker, an den er sich anhängen kann. So einer ist das. Ich denke, ausgetrickst haben uns diese Mistkerle. Die lassen uns die Arbeit machen, zocken uns mit dem Geld ab und erschießen Kevin. Womöglich sind sie auch noch hinter uns her. Ich fasse es nicht!"

„Offen ist, ob Sie beide, Patrik und Sie, sich die Sache mit dem Geldklau ausgedacht habt. Wenn es stimmt, dass Patrik geistig dazu nicht in der Lage ist, halte ich Sie für intelligent genug, sich so etwas auszudenken. Sie können sich, wenn Sie wollen, offenbar sehr gut ausdrücken. Eigentlich wäre es für Sie besser gewesen, etwas aus sich zu machen, anstatt sich mit allen möglichen kleinen und größeren Vergehen selbst Steine in den Weg zu legen. Darüber sollten Sie in nächster Zeit nachdenken."

Justin schaute ihn einen Moment irritiert an und schien über das Gehörte nachzudenken, dann veränderte sich sein Gesichtsausdruck. Er schüttelte entsetzt und wütend den Kopf und schrie Karlo an: „Wie kommst du zu solchen beschissenen Gedanken? Ich könnte einen anderen Menschen gar nicht umbringen. Ich bin doch kein Mörder!"

Karlo blieb ganz ruhig: „Ein Mörder vielleicht nicht, aber ein Anstifter zum Mord." Dabei sah er Justin mit starrem Blick direkt in die Augen.

„Ihr wollt mir was anhängen, damit ihr schnell einen Mörder habt!", keuchte Justin rasend vor Empörung, „verdammter, hinterfotziger Bulle!" Er sprang auf. Es sah so aus, als wollte er sich auf Karlo stürzen. Die hinter ihm stehenden Polizisten drückten ihn sofort wieder hart auf den Stuhl zurück.

Karlo sagte gelassen zu den Beamten: „Ich denke, fürs Erste reicht es mit ihm jetzt erst einmal. Legt ihm die Handschellen an und bringt ihn in eine Zelle."

Und zu Justin: „Sollte Ihnen doch noch etwas zum Mord an Kevin einfallen, lassen Sie es mich wissen. Geständnisse wirken sich immer günstig auf ein Urteil des Gerichts aus, das wissen Sie ja aus Erfahrung mit dieser

Einrichtung. Ich werde mein Versprechen jedenfalls halten und mich für Sie einsetzen, so gut ich kann."

„Ich habe da nichts zu gestehen. Ich bin kein Mörder!", erklärte der Gefangene heftig.

Karlo war zwar beeindruckt von dieser Deutlichkeit, ließ sich aber nicht das Geringste anmerken. Er wusste aus Erfahrung, wie gut mancher angesichts einer Verurteilung schauspielern konnte. Nur die Fakten waren für ihn entscheidend.

Als Justin weggeführt worden war, ging Karlo gleich zu seinen Kollegen von der Drogenfahndung und berichtete ihnen in allen Einzelheiten von Justins Geständnis. Besonders entzückt waren die Beamten natürlich von dem Zettel mit Namen und Adressen der Dealer.

Karlo beschloss, danach nun erst einmal eine verdiente Pause einzulegen. Er verließ das Präsidium und machte sich auf den Weg zu dem Café am kleinen Schlossplatz. Unterwegs genoss er die schon fast sommerlich warme Frühlingssonne. Ein wenig sonnte er sich auch in seinen Erfolgen. Gleichzeitig spürte er, wie sehr die Ereignisse dieses außergewöhnlichen Tages an ihm gezehrt hatten. Am liebsten hätte er seinen Dienst sofort beendet und wäre nach Hause gegangen. Sehnsuchtsvoll dachte er an seinen großen Balkon und den bequemen Liegestuhl darauf. Auf den Bänken vor der Fassade der früheren markgräflichen Residenz genossen einige Leute die nachmittägliche Sonne. Karlo beneidete sie ein wenig, dann dachte er an Lissi, die ihn im Café erwartete, und seine Vorfreude siegte über diese Anwandlung.

Wolfgang Sperber hatte am Eingang des Schrebergartens gewartet, bis die ganze Mannschaft des Erkennungsdienstes eingetroffen war. Der Chef, Gottfried Arpogaus, schlug gleich die Hände über dem Kopf zusammen: „Ihr habt schon wieder gewütet wie die Vandalen und wir sollen hier vernünftige Spuren sichern!"

„Beruhige dich, Gottfried, du weißt doch, dass wir tun, was wir können, um keine Spuren zu zerstören."

„Das sagst du immer", stöhnte Arpogaus und ging, verhüllt wie ein Raumfahrer, vor seinen ebenfalls in weiße Overalls gekleideten Leuten in die Hütte hinein. Gleich nach der Spusi kam auch die Gerichtsmedizinerin an. Sie zog sich ebenfalls Overall, Überschuhe und Gummihandschuhe an und setzte sich eine Plastikmütze auf. Als Frau Doktor Renz bei Wolfgang Sperber vorbeikam, lächelte sie ihn verschmitzt an: „Sie scheinen ja gar nicht genug zu bekommen von meinen Obduktionen."

„Das sieht wirklich nur so aus", antwortete Sperber mit schmerzlich verzogenem Gesicht. Die Medizinerin lachte vor sich hin und ging ebenfalls in das Häuschen hinein. Der Kriminaler wartete noch eine Weile vor der Hütte, indem er sich auf eine davor stehende Bank in die Sonne setzte. Obwohl es erst fünfzehn Uhr war, fühlte er sich mental und auch körperlich erschöpft. Er nahm sich vor, an diesem Tag, nachdem er die beiden Beamten aus München begrüßt hatte, nur noch eine kleine Besprechung anzusetzen. Spätestens um siebzehn Uhr wollte er nach Hause gehen.

Inzwischen hatten sich vor der Absperrung einige Medienvertreter eingefunden, die versuchten, Informationen zu bekommen und aussagekräftige Fotos zu schießen. Sie und eine Gruppe Schaulustiger wurden von Polizisten davon abgehalten, dem Tatort näher zu kommen. Jetzt war auch ein Leichenwagen vorgefahren. Zwei Mitarbeiter eines Bestattungsinstitutes waren ausgestiegen und warteten auf die Erlaubnis der Gerichtsmedizinerin, die Leiche mitnehmen zu können.

Sperber registrierte das alles nur am Rande. Er nahm sein Handy heraus und rief seine Frau an. Julia freute sich über seinen Anruf. „Wolfgang, ich bin sehr gespannt zu hören, was bei euch los ist", sagte sie. Aufmerksam ließ sie sich dann den ganzen Verlauf der Ereignisse schildern. „Das ist ja wie im Kino!", rief sie aus, „ich bin überrascht, wie rasant sich die Dinge für euch heute entwickelt haben. Den Tod der beiden jungen Männer finde ich furchtbar. Hinter dem Mord stecken doch offenbar ganz brutale Typen. Hoffentlich könnt ihr die schnell fassen!"

Sperber antwortete: „Für heute reicht es mir, das kannst du mir glauben. Ich schaue, dass ich mich spätestens um siebzehn Uhr vom Acker mache. Sobald ich hier die ersten Erkenntnisse abgehört habe, trinke ich erst einmal eine Tasse Kaffee."

„Pass auf dich auf, Liebster!", mahnte ihn Julia, „ich koche dir eine deiner Lieblingsspeisen. Es wird eine Überraschung, darum verrate ich noch nichts. Ich freue mich auf einen ruhigen Abend mit dir."

Wolfgang Sperber verabschiedete sich von ihr, als Doktor Sauber eintraf. Der ließ sich neben Sperber auf die Bank fallen und stöhnte: „Was ist denn heute los? Zwei Leichen an einem Tag; bei uns geht es zu wie in Chicago während der Prohibitionszeit!" Sperber nickte und seufzte ebenfalls.

Doktor Sauber erhob sich gleich wieder und stellte sich in den Eingang des Häuschens, um sich ein Bild zu machen. Dann kam er zu Sperber zurück, setzte sich wieder hin und schüttelte den Kopf. „Nicht zu fassen, zwei so junge Menschen. Die haben sich wohl mit ganz brutalen Verbrechern eingelassen."

In diesem Moment kam Brigitte Renz aus der Hütte heraus. Sie teilte den beiden Männern ihre erste Diagnose mit. „Als Todeszeitpunkt nehme ich die Zeit zwischen elf und zwölf Uhr an. Todesursache sind zwei Schüsse in den Kopf des Mannes. Einer davon wurde unmittelbar auf die Stirn des Opfers aufgesetzt. Es sind deutliche Verbrennungen der Haut und entsprechende Schmauchspuren vorhanden. Ich nehme an, das war der zweite Schuss. Der Mann lag dabei vermutlich schon ohne Bewusstsein am Boden. Mit einer Art Fangschuss hat die Tatperson wohl sicherstellen wollen, dass ihr Opfer wirklich tot ist. Ich setze die Obduktion auf Montag elf Uhr an und freue mich auf Ihr Kommen." Bei diesen Worten grinste sie diabolisch.

„Ich kann es kaum erwarten, bis es soweit ist", antwortete Sperber müde. „Wer weiß, ob mir das Vergnügen beschert sein wird oder ob ich einem Mitarbeiter dabei den Vortritt lassen muss", fügte er noch ironisch hinzu. Doktor Sauber hatte als Antwort auf die Einladung nur angeekelt den Mund verzogen und nichts dazu gesagt.

Frau Renz verabschiedete sich grinsend mit einer Handbewegung und ging auf die Bestatter zu, um ihnen zu sagen, dass sie in Aktion treten konnten.

Nachdem die beiden die Leiche aus der Hütte getragen hatten und weggefahren waren, sprachen der Staatsanwalt und Wolfgang Sperber noch kurz mit Gottfried Arpogaus, der ihnen aber erst später Auskunft über seine Erkenntnisse geben wollte, weil sie noch nicht so weit wären und zunächst noch immer alle Hände voll damit zu tun hätten, die Spreu vom Weizen zu trennen, wie er mit vorwurfsvollem Blick auf Sperber sagte.

Die beiden Beamten gingen auf die Straße vor dem Schrebergarten hinaus. Doktor Sauber wandte sich den Medienvertretern zu, um ihnen Rede und Antwort auf ihre Fragen zu stehen. Alles war nun auf ihn konzentriert, so konnte Wolfgang Sperber ganz unbehelligt an der versammelten Schar der Neugierigen vorbei in Richtung Innenstadt gehen.

Unterwegs läutete Sperbers Handy. Barbara Robertazzi war dran. Die Sekretärin teilte ihm mit, dass der Münchner Beamte mit seinem Kollegen vom Zug aus angerufen hatte und daran erinnerte, dass sie um sechzehn Uhr am Bahnhof in Ansbach abgeholt werden wollten.

Sperber teilte ihr seinen Standort mit und sagte: „Konstanze soll mich von hier mit dem Dienstauto abholen."

Es dauerte nicht lange, dann fuhr Konstanze auch schon mit dem dunklen BMW heran und nahm ihn auf.

Samstag gegen sechzehn Uhr

Konstanze fing, kaum war Sperber in das Auto eingestiegen, zu erzählen an. Ihm schien, dass sie bis oben hin voll war mit Eindrücken, die jetzt unbedingt sofort heraus mussten, damit Konstanze nicht Gefahr lief, daran zu ersticken oder zu platzen, je nachdem.

„Wolfgang, das, was ich heute mit zwei Elternpaaren dieser jungen Männer erlebt habe, das reicht für mich, um ein halbes Jahr daran zu knabbern!", begann sie ihre Vorrede, „ich denke, ich fasse es nicht, was es für Menschen in dieser Stadt gibt. Ich habe bei dem letzten Besuch immer wieder an die kürzlich verstorbene Margaret Thatcher denken müssen. Die hat schon neunzehnhundertneunundachtzig die Befürchtung ausgesprochen, dass von Deutschland immer noch Gefahr ausgeht. Das kann ich jetzt gut verstehen und ich hoffe nur, dass das Wesen dieser Leute nicht ansteckend ist, sonst ist Europa wirklich in Gefahr, ganz zu verblöden."

Sie umriss kurz ihre Erlebnisse des ersten Besuchs bei Mario Kobilkes Eltern. Sperber hörte ihr schweigend zu und wusste nicht, ob er über ihren Bericht lachen oder weinen sollte. Über der Erzählung waren sie beim Bahnhof angekommen. Es war nun kurz vor sechzehn Uhr. Konstanze fand gleich einen Parkplatz für den Wagen. Beide stiegen aus, liefen zum Haupteingang und durch das Gebäude hindurch zu den Bahnsteigen. Unterwegs redete Konstanze immer weiter. „Bevor ich dir sage, was wir in den Wohnungen gefunden haben, muss ich dir unbedingt noch die Eltern von Kevin Döbrich beschreiben: Sie macht einen völlig durchgeknallten Eindruck. Eine absolut verschlampt aussehende Person. Sie trug eine Kittelschürze blau gemustert. Durch die vielen Flecken war das Muster aber nicht mehr so richtig zu erkennen. Ihr Gesicht sah aus, als hätte sie es schon längere

Zeit nicht mehr gewaschen. Vielleicht hat sie sich die fahle Hautfarbe aber auch so hingeraucht. Ihre Out-of-Bed-Frisur hing ihr voll fettig über das Gesicht. Sie strömte einen Geruch aus, den ich lieber nicht beschreiben möchte. Dieser scharfsüße Duft hing in der ganzen Wohnung und hat sich mit kaltem Rauch, Alkoholdünsten und anderem Undefinierbaren in dieser Wohnung zu einer Komposition vereint, dass einem Teufel davon grausen würde, sage ich dir! Am schlimmsten fand ich aber die Augen dieser Frau. Die starrte mich mit einer Leere im Blick an, wie ich das bei einem Menschen noch nie gesehen habe. Es war so, als würde ich die Fassade eines Hauses anschauen, hinter dem kein Haus mehr vorhanden ist, sondern nur noch Wüste. Sie lallte vor sich hin, dass ich keines ihrer Worte verstehen konnte. Ihr Mann ist ein Träger von viel zu engen Hemden, die verzweifelt versuchen, seinen Wahnsinnsbauch zusammenzuhalten. In seinem aufgedunsenen Gesicht sitzt als Mittelpunkt eine dicke Knollennase, die mir viele Geschichten über Alkohol erzählen wollte. Ich möchte sie alle nicht hören."

In diesem Moment schaltete sich eine Lautsprecherstimme über ihnen in den Bericht ein: „Der Regionalexpress aus München über Treuchtlingen, planmäßige Ankunft in Ansbach um sechzehn Uhr, hat wegen eines Oberleitungsschadens zwanzig Minuten Verspätung. Reisende nach Würzburg werden gebeten ..." Das über die Grundinformation hinaus Gesprochene ging an den Ohren von Sperber und Konstanze ungehört vorbei. Beide begannen gleichzeitig zu schimpfen. Was brachte ihnen dieser Tag noch alles! Es war zum Verrücktwerden!

Konstanze fand durch die Verspätung aber auch die Gelegenheit, mit ihrer Erzählung fortzufahren: „Mit ihr war also nicht zu reden. Der Mann war auch nicht besonders mitteilsam. Ähnlich wie die Eltern von Mario Kobilke waren er und seine Frau – so sagte er zumindest – vollkommen ahnungslos, was ihre Sprösslinge so trieben. Kevins Vater hatte die Nachricht vom Tod seines Sohnes anscheinend gut verkraftet. Von mir wollte er hauptsächlich wissen, wer für die Kosten der Beerdigung aufkommen würde. Er meinte, der, der Kevin das Licht ausgeblasen habe, müsse schon dafür aufkommen. ‚Schließlich hat er die Scheiße ja angerichtet.' Na ja, das war schließlich nicht ganz ohne Logik. ‚Wir als Sozialhilfeempfänger haben schließlich kein Geld für so was', hat er wörtlich gesagt. Es klang so, als wäre eine Beerdigung ein Luxus, den sich nur gut Betuchte leisten könnten. Ich sagte ihm, dass es eine Pauschale von der Krankenkasse gäbe und nötigenfalls vom Sozialamt. Damit war er dann ganz zufrieden. Auf meine Frage, wann er Kevin zuletzt gesehen hatte, konnte nicht gleich antworten. ‚Vorgestern vielleicht?', hat er überlegt. ‚Einmal war er mit diesen anderen Gaunern hier in der Wohnung. Wir kümmern uns darum nicht. Der ist schließlich erwachsen.' An dem Punkt hat er tatsächlich in der Gegenwartsform von Kevin geredet. Ich habe mich gefragt, ob er es vielleicht doch nicht gerafft hat, dass sein Sohn tot ist. Recht viel mehr war aus den beiden nicht herauszubringen. Die Kollegen hatten sich inzwischen die Wohnung und insbesondere das Zimmer vorgenommen. Kein leichtes Unterfangen, das sage ich dir. In bester Messie-Manier vollgemüllt bis unter die Decke, schaffen diese Räume Arbeit bis morgen in der Früh. In Kevins Zimmer fanden wir allerdings, wie übrigens auch im Zimmer von Mario Kobilke, ein Warenlager mit vielem, was das Herz begehrt. Vermutlich alles zusammengestohlen. Ich bin gespannt, was die jeweiligen Dachboden- und Kelleranteile der Wohnungen von beiden noch zu bieten haben. Ich glaube, unsere Diebstahlsabteilung muss sich einen großen Laster besorgen, um das alles abzutransportieren. Von dem gestohlenen Bild natürlich keine Spur."

Sperber hatte Konstanze reden lassen, ohne sie in ihrer Rage zu unterbrechen, weil er spürte, wie es in ihr kochte und brodelte. Er hatte den Eindruck, dass sich bei der sonst so toughen Kommissarin nach diesem Tag auch eine Erschöpfung breit machte, die sie ihre Grenzen in Sicht kommen ließ. Ohne auf den Bericht einzugehen, sagte er zu ihr: „Konstanze, ich glaube, wir machen dann so schnell wie möglich mit der Arbeit Schluss. Morgen ist auch noch ein Tag. Wir bringen die Münchner Kollegen in ihr Hotel und vereinbaren für morgen um elf Uhr einen Besprechungstermin. Ich rufe Barbara und Karlo an und informiere die beiden, dass wir Feierabend machen. Der Kriminaldauerdienst soll übernehmen. Morgen haben wir alle wieder einen freieren Kopf und auch manche Informationen, die uns heute fehlen. Dann können wir ganz in Ruhe hören, wie die Kollegen vom LKA weiter vorgehen wollen, um das Bild zu finden. Saskia Binder ist erst mal in Sicherheit. Nach Patrik Gensch wird gefahndet. Mehr können wir gerade nicht tun."

Konstanze atmete hörbar auf: „Ich freue mich jetzt auf eine Dusche, eine Flasche Bier und etwas zu essen. Heute Abend werde ich nur noch versuchen abzuschalten. Mir langt es wirklich für heute."

„Achtung am Bahnsteig, der verspätet ankommende Regionalexpress aus München, über Treuchtlingen, wird in Kürze auf Gleis eins einfahren. Vorsicht am Bahnsteig!", erschallte es nach einem vernehmlichen Knacken über ihren Köpfen aus dem Lautsprecher.

Kurz darauf fuhr der Zug lautstark in den Bahnhof ein. Eine neuerliche Lautsprecheransage mischte sich mit dem Quietschen der Bremsen und gleich darauf mit dem Geräusch sich öffnender Zugtüren. Menschen drängelten sich aus den Waggons und liefen geschäftig über den Bahnsteig in ihre Richtung. Jetzt wurde den beiden Polizisten bewusst, dass sie nicht wussten, wie die Beamten vom LKA aussahen, schließlich trugen sie keine Uniform. Sie hatten im Trubel des Tages schlicht vergessen, danach zu fragen.

Aufmerksam musterten sie die Reisenden. Wie sehen Kriminaler aus? Haben sie ein sozusagen unveränderliches Kennzeichen an sich? Ein Mann im hellen Trenchcoat kam auf sie zu. Eine typische Filmfigur. In dieser Kluft waren früher Kommissare im Kino aufgetreten. Er war aber allein und schritt so zielstrebig in Richtung Ausgang, dass er unmöglich zu den Erwarteten gehören konnte. Weitere Männer folgten. Sperber und Konstanze machten aus dem kleinen Problem schnell ein Spiel, das hieß „Such den Kommissar". „Wer die beiden zuerst entdeckt, hat gewonnen", bestimmte Konstanze. Sie zeigte schnell auf zwei Männer in sportlichem Outfit: „Die sind's!" Im Gespräch vertieft liefen beide an ihnen vorbei. Die Kommissarin war enttäuscht. So ging es einige Male weiter.

Aus dem letzten Waggon waren schließlich zwei merkwürdig unterschiedlich aussehende Gestalten gestiegen. Der eine klein und schmal, mit einer Brille, so um die fünfzig plus, schätzte Konstanze. Er war ganz in Schwarz gekleidet, schwarzes Jackett, darunter ein schwarzes Hemd, dessen Kragen offen stand. Auf dem Kopf ein schwarzer Hut mit auffällig breiter Krempe. Der andere blond, groß, schlank, athletische Figur, etwa in ihrem Alter. Er war förmlich gekleidet mit dunkelgrauem Anzug und Krawatte. Beide hatten jeweils einen leichten Mantel über einen Arm gelegt. Mit dem anderen zogen sie kleine Rollenkoffer hinter sich her und sahen sich suchend um.

„Das sind sie!", sagten Sperber und Konstanze gleichzeitig und beide fügten genauso schnell, quasi in Stereo, hinzu: „Ich habe gewonnen!" Dann lachten sie sich an.

Die beiden unterschiedlichen Figuren kamen auf sie

zu. Konstanze ertappte sich dabei, wie sie die Gestalt und das gut geschnittene Gesicht des blonden Mannes mit ihren Augen scannte. Dabei hatte sie in ihrem Inneren eine warme Empfindung. Als die Herren bei ihnen angekommen waren, begrüßte sich das Quartett freundlich. Die beiden Ankommenden verbeugten sich dabei in einer etwas altmodischen Weise.

Etwas irritiert bemerkten Sperber und Konstanze, dass der Kleinere der beiden eine sehr starke Brille trug. Seine Augen sahen hinter den dicken Gläsern ganz klein aus. Eine Augenfarbe auszumachen war dadurch fast unmöglich. Auch der Ausdruck der Augen war nur schwer zu deuten. Sein schwarzes Hemd überspannte ein kleines, aber unübersehbares Bäuchlein. Als er sich etwas nach der Seite drehte, fiel den Kommissaren sein dunkles, langes Haar auf, das bis weit über den Jackettkragen hinabwallte. Alles in allem hatte er etwas betont Künstlerisches an sich, oder besser gesagt, wie man sich in gewissen Münchner Kreisen vielleicht einen gepflegten Künstler vorstellte.

„Grüaß Ihnen Gott", sagte er in Hochdeutsch mit oberbayerischer Färbung. Ohne seinen auffälligen Hut abzunehmen, stellte er sich und seinen Begleiter vor. „Alfred Haberschlachter mein Name und das ist mein Kollege Doktor Moritz Engel, seines Zeichens Kunstsachverständiger. Wir kommen, wie Sie bereits wissen, vom Bayerischen Landeskriminalamt in München mit dem Auftrag, das gestohlene Kelterbild wieder in die Sankt-Gumbertus-Kirche zurückzubringen."

Sperber und Konstanze stellten sich ebenfalls vor. Doktor Engel hatte bis dahin noch gar nichts gesagt. Er hatte bei der Vorstellung seiner Person durch Alfred Haberschlachter nur knapp in Richtung der beiden Kommissare genickt. Als er Konstanze nun seine Hand zu einem festen Händedruck reichte, ihr mit einer tiefen, wunderbaren Stimme einen guten Tag wünschte und sie dabei freundlich mit seinen grauen Augen anblickte, spürte sie, wie ihr plötzlich ein Schauer den Rücken hinablief. Gleichzeitig schoss ihr das Blut in die Wangen und in ihrem Bauch begann irgendein Ding zu surren. Dann folgte ein zweites und dann noch eins und noch eins. Sie fragte sich, was in ihr vorging. Ob das die berühmten Schmetterlinge waren, die eben einen Rundflug in ihrem Bauch veranstalteten? Sie hatte ihre Reaktionen auf die Berührung und den Blick des Mannes nicht steuern können. Ihr Unterbewusstes hatte wohl eine gute Gelegenheit beim Schopf gepackt und sie völlig beherrscht. Jetzt sah sie verlegen auf den Asphalt des Bahnsteigs zu ihren Füßen hinab und hoffte inständig, dass niemand ihre emotionale Entgleisung bemerkt hatte.

Alfred Haberschlachter hatte schon wieder das Wort ergriffen und beklagte sich lautstark über die Deutsche Bahn, auf die man sich einfach nicht mehr verlassen konnte. Die anderen drei nickten bestätigend. Konstanze war erleichtert, dass Doktor Engel sie anscheinend nicht weiter fixierte. Vielleicht hatte er nichts von ihrer Erregung bemerkt. Sie nahm sich vor, ihren gefühlsmäßigen Ausnahmezustand später genauestens zu analysieren.

Sperber informierte Haberschlachter und Engel kurz über den Stand der Ermittlungen. Er eröffnete ihnen, dass sie nun von Konstanze und ihm in ihr Hotel gebracht würden. Morgen um elf Uhr würden sie mit einem Dienstwagen zu einem Gespräch mit allen an der Aufklärung der Verbrechen Beteiligten in das Präsidium am Karlsplatz gebracht werden. An dieser Stelle musste er ihnen auch mitteilen, dass sein Vorgesetzter, Polizeidirektor Dotzauer, bei der Besprechung nicht anwesend sein würde, weil er sich über das Wochenende auf einer Veranstaltung befände, bei der er unabkömmlich sei.

Selbstverständlich würde ihnen ab morgen zur Erleichterung ihrer Arbeit in Ansbach ein ziviles Dienstfahrzeug zur Verfügung gestellt werden.

Die Münchner Kollegen zeigten sich mit all dem einverstanden. Vor dem Bahnhofsgebäude bestiegen sie den Wagen der Kriminalpolizei. Konstanze steuerte ihn um den Hofgarten herum, dann rechts über die Schlossstraße hinauf bis zum Hotel Drechselsgarten, das einladend über der Stadt thronte.

Haberschlachter schürzte, trotz seiner großstädtischen Erfahrungen mit Hotels, ein wenig beeindruckt die Lippen. Ein paar schnalzende Laute entwichen seinem Mund, als sie den Drechselsgarten betraten. An der Rezeption begrüßte sie eine sehr freundliche junge Hotelangestellte. Sperber nannte die Namen der beiden Herren, sie blickte nur kurz auf die vor ihr liegende Liste und übergab den beiden gewandt ihre Zimmerschlüssel. Dann teilte sie den neuen Gästen mit, wann sie zu Abend essen konnten und von wann bis wann das Frühstück einzunehmen war. Mit strahlendem Lächeln wünschte sie ihnen abschließend einen guten Aufenthalt.

Solchermaßen anscheinend animiert, verzog Haberschlachter seine Lippen ebenfalls zu einem Lächeln und sagte zu den beiden Ansbacher Kollegen: „Es würde Doktor Engel und mich freuen, wenn wir Sie beide nachher, so gegen achtzehn Uhr, als unsere Gäste im Restaurant dieses Hauses zu einem Abendessen einladen dürften."

Wolfgang Sperber bedankte sich, lehnte die Einladung aber mit wohlgesetzten Worten ab. Er erklärte den beiden Münchnern, dass seine Frau für ihn heute Abend ein ganz besonderes Abendessen vorbereitet hatte.

Konstanze überlegte ein wenig, dann sagte sie zu ihrer eigenen Überraschung zu. Seltsamerweise fühlte sie sich gar nicht mehr so erschöpft wie beim Warten auf dem Bahnhof. Der Gedanke, zu Hause allein vor dem

Fernseher zu sitzen, hatte allen Reiz verloren. In Gedanken stellte sie sich bei ihren Aussagen neben sich und sah diese wundersam gewandelte Person, die sie selbst war, ungläubig an. Ihre Zusage wurde von den beiden Beamten sehr freudig aufgenommen. Doktor Engel strahlte richtig. Um seine grauen Augen bildeten sich dabei Lachfältchen, die davon Zeugnis ablegten, dass dieser stattliche Mann gerne lächelte und lachte.

Sperber warf ihr einen verwunderten Blick zu. Seine Kollegin, die am Bahnhof noch so am Rande ihrer Kräfte schien, strahlte jetzt eine Frische und Energie aus, die er sich nicht erklären konnte.

Haberschlachter wandte sich ihr zu und sagte freundlich lächelnd auf seine ein wenig betuliche Art: „Sehr verehrte Kollegin, wenn Sie um achtzehn Uhr unserer Einladung Folge leisten könnten, würden wir uns sehr freuen."

„Ich komme gerne. Vorher muss ich mich zu Hause noch ein wenig erfrischen und etwas anderes anziehen."

Wolfgang Sperber und Konstanze Grunwald verließen das Hotel und fuhren mit ihrem Wagen in Richtung des Viertels von Ansbach, in dem Wolfgang Sperber wohnte. Unterwegs fragte Sperber ganz nebensächlich: „Geht es dir gut?"

Konstanze, die am Steuer saß, blinzelte ein paar Mal, bevor sie etwas unsicher zurückfragte: „Hast du einen besonderen Grund, mich das zu fragen?"

Sperber räusperte sich und schluckte, um sich Zeit zu geben, eine diplomatische Antwort zu finden: „Am Bahnhof hatte ich den Eindruck, dass dich die zwei Toten und die Begegnungen mit deren Eltern sehr belastet haben. Ich habe mir ein klein wenig Sorgen um dich gemacht. In der Zwischenzeit scheinst du wieder neue Kraft geschöpft zu haben. Ich wollte mit meiner Frage nur wissen, ob dieser Eindruck von mir richtig ist. Ich frage mich natürlich, aus welcher Kraftquelle du geschöpft hast. Mir selbst geht es so, dass ich mich nach den zurückliegenden Stunden wie durch die Mangel gedreht vorkomme. Ich freue mich jetzt nur noch auf ein gutes Essen, ein Glas Wein und einen sehr ruhigen Abend."

„Lieber Wolfgang, ich gestehe dir, dass die Begegnung mit den beiden Beamten bei mir etwas in Gang gesetzt hat. Ich weiß gerade noch nicht was und bin etwas verwirrt, aber ich bekomme schon noch heraus, was es ist. Vielleicht hat dieser Doktor Engel meine Hormone angeregt. Er hat mich beeindruckt. Der sieht ja wirklich gut aus. Ich bin gespannt, ihn näher kennenzulernen", antwortete ihm Konstanze ernsthaft.

Nun musste Sperber wieder einige Male schlucken. Er war überrascht, mehr noch, perplex über die Offenheit, mit der Konstanze ihm ihre Empfindungen vor Augen stellte. Eine gewisse Rührung wollte in ihm aufkommen und Freude über die Vertrautheit, die zwischen ihnen war. Sperber versuchte, trotzdem einen leichten Ton anzuschlagen, als er sagte: „Pass mir bloß auf deine Hormone auf heute Abend. Ich brauche dich morgen wieder in einem guten Zustand."

In der Zwischenzeit waren sie bei Sperbers Haus angekommen. Er verabschiedete sich von Konstanze, indem er sie anblickte und lächelte: „Ich danke dir für deine Offenheit. Ich werde dein Bekenntnis in meinem Herzen bewahren." Und verschmitzt fügte er hinzu: „Das Dienstauto kannst du übrigens heute Abend haben, du bist ja tatsächlich später bei einem Arbeitsessen mit Kollegen."

Mit einer Handbewegung grüßend, stieg er aus und ging zu seinem Haus. Konstanze sah ihm nach und spürte Dankbarkeit für die Freundschaft mit diesem Mann, von dem sie wusste, dass man sich unbedingt auf ihn verlassen konnte. Sie gratulierte sich dazu, dass er ihr Chef war. So einen Vorgesetzten wie ihn gab es nicht oft, da war sie sich ganz sicher. Mit diesem Gedanken startete sie den Wagen wieder und fuhr zum Oberen Weinberg hinauf, dort verfügte sie über eine schicke, feine Wohnung mit Blick über die Stadt. Eine Tante, die vor einiger Zeit verstorben war, hatte sie als Alleinerbin für ihr beträchtliches Vermögen bestimmt. Davon hatte sich Konstanze diese Eigentumswohnung gekauft. Zusätzlich besaß sie eine nette kleine Wohnung in Würzburg mit Blick auf die Festung und den Main. In Würzburg lebten ihre Eltern. Immer wieder zog es sie auch dorthin. Sie liebte die Stadt und genoss es, sich von ihren Eltern verwöhnen zu lassen und ihnen mit ihrer Anwesenheit eine Freude zu bereiten. Dabei brauchte sie aber auch in Würzburg einen Ort, an dem sie für sich sein konnte. Konstanze war auch gerne allein. Wenn sie sich nicht gerade sportlich betätigte, sie trainierte begeistert verschiedene Kampfsportarten und hielt sich in jeder Weise fit, genoss sie es, für sich Musik zu hören, zu lesen und ganz in Ruhe auch für sich selbst zu kochen. Im Sommer hielt sie sich gerne auf dem Balkon ihrer Wohnung auf. Dort konnte die sonst so umtriebige Kommissarin an warmen Tagen ab und zu stundenlang faulenzen.

Konstanze war bis vor etwa einem Jahr mit einem Mann in ihrem Alter befreundet gewesen. Die Beziehung ging auseinander, weil sich beide irgendwie mit der Zeit in verschiedene Richtungen entwickelt hatten. Sie waren Freunde geblieben. Seither hatte Konstanze kein Bedürfnis verspürt, wieder eine neue Beziehung anzufangen. Sie fühlte sich mit sich allein gerade recht wohl und zufrieden. Die heutige Aufregung bei der Begegnung mit dem Münchner Beamten konnte sie von daher noch nicht gut einordnen. Sie kannte den Mann doch überhaupt nicht. Es war einfach nicht ihre Art, sich so Hals über Kopf in jemand zu verknallen. Psychologisch geschult wie sie war, durchschaute sie solche Anwandlungen als Projektionen. Das hieß, ein anderer Mensch diente als eine Art Projektionsfläche für die eigenen Bedürfnisse. Wenn sich dann herausstellte, dass dieser Mensch in Wirklichkeit völlig anders war, als man sich das ausgedacht und von ihm gewünscht hatte, war die Enttäuschung natürlich groß.

Mit diesen Gedanken im Kopf kam Konstanze in ihrer Wohnung an. Dort trank sie, auf ihrem Balkon sitzend, in Ruhe ein Glas Mineralwasser. Sie blickte auf die Stadt hinab. Ansbach war von der spätnachmittäglichen Sonne in ein warmes, goldenes Licht getaucht und sah wunderschön aus.

Dann legte sie ihre Kleidung ab und stieg in die Dusche. Längere Zeit stand sie einfach nur darin und ließ warmes Wasser über sich laufen. Sie genoss das Gefühl, dass dieses Wasser sie von den beruflichen Belastungen dieses mit Eindrücken vollgestopften Tages befreite. Alles, so sagte sie sich, floss von ihr weg. Übrig blieb nur sie selbst ohne die Muster, die ihr von anderen aufgedrückt worden waren. Schmutz, Schlacke, schlechte Gerüche und das, was ihr sonst noch aufgeladen worden war, flossen von ihr herunter und verschwanden als Abwasser durch das Sieb im Boden der Dusche. Was noch an ihr klebte, wusch sie mit wohlriechender Seife ab. Sie fühlte sich nach und nach freier, leichter und sehr entspannt.

Nur mit dem Bademantel bekleidet, legte sie sich dann noch eine Viertelstunde auf ihre Balkonliege, genoss die warme Luft und blickte einfach in den blauen Himmel über sich.

Kurz nach achtzehn Uhr betrat Konstanze frisch geschminkt und mit einem schlicht geschnittenen Kleid, das ihr ausgezeichnet stand, das gemütliche Restaurant des Hotels. Die beiden Beamten saßen bereits an einem Tisch am Fenster und genossen den Ausblick auf die Stadt, die unter ihnen ausgebreitet lag.

Als Konstanze an den Tisch trat, erhoben sich beide artig und begrüßten sie herzlich. Nachdem Haberschlachter jetzt natürlich keinen Hut mehr trug, sah Konstanze, dass er eine Glatze hatte, die von einem dunklen Haarkranz umgeben war, der sich im Nacken zu der bereits erwähnten Haarflut wandelte, die bis über seine Schultern hinabreichte. Ohne seinen Hut sah er um einiges jünger aus. Konstanze revidierte sein von ihr angenommenes Alter um gut fünf Jahre nach unten und schätzte ihn nun auf etwas über vierzig.

Nachdem alle drei Platz genommen hatten, fragte eine Bedienung sie, ob sie einen Aperitif wollten. „Gerne“, antwortete Konstanze. „Möchten Sie einen Sherry oder ein Glas Sekt? Wir haben auch Nichtalkoholisches für Sie da.“ Konstanze entschied sich für einen Fruchtcocktail, die beiden Männer wählten einen Sherry.

Die Kommissarin bedankte sich noch einmal für die Esseneinladung, dann vertieften sich alle schweigend in das große Angebot der Karte. Nach kurzer Zeit kam die Bedienung zurück und stellte die Aperitifs vor sie hin. Auf die Frage, ob sie das Essen schon ausgewählt hätten, teilten ihr Konstanze und die beiden Herren ihre Wünsche mit. Dann begannen die drei ein Gespräch, das über einen kurzen Small Talk rasch in den Bereich ihres beruflichen Feldes führte. Haberschlachter und Engel erzählten von ihrer Tätigkeit als Spezialisten zur Aufklärung von Kunstraub in Bayern. Konstanze hörte ihnen aufmerksam und hoch interessiert zu. Immer wieder stellte sie Fragen, um sich besser in dieses Fachgebiet hineindenken zu können.

Die Gegenwart von Moritz Engel hatte sie in eine sehr angeregte Stimmung versetzt. Sie hörte seine angenehme Stimme und blickte ihn immer wieder an. Besonders seine wohlgeformten Hände faszinierten sie. „Richtige Künstlerhände“, ging es ihr schwärmerisch durch den

Kopf. Sie hatte den Eindruck, als reagierte Moritz Engel auch auf ihre Person. Er sah ihr immer wieder ganz direkt lächelnd in die Augen und bewirkte dabei in Konstanzes Bauch kleine Rundflüge besagter Falter.

Alfred Haberschlachter schien von den nonverbalen Botschaften, die zwischen den beiden hin und her schwangen, nichts mitzubekommen. Er war fast unablässig damit beschäftigt, Konstanze von seiner Arbeit zu erzählen. Engel schaltete sich ab und zu in die Schilderungen ein. So erfuhr die Kommissarin, dass er unter anderem das Fach Kunsthistorik studiert hatte. Seine Aufgabe im LKA bestand hauptsächlich darin, sich Hintergrundwissen über wertvolle Kunstwerke zu eigen zu machen, während Haberschlachter versuchte, sich über Verflechtungen des internationalen Kunstbetriebes auf dem Laufenden zu halten. Zu seinen Aufgaben zählte auch, dass er Kunstdiebe, Zwischenhändler und potenzielle Kunden ständig im Auge behielt. Wenn ein so wertvolles Gemälde wie das Kelterbild in den Umlauf gelangte, dann sausten die Nachrichten darüber über den ganzen Globus hin und her. Anonyme Kaufangebote wurden gemacht. Der Handel blühte. Nun war es für die Kriminalisten wichtig zu wissen, wer dem Bild auf irgendeine Weise nahe gekommen war. Hielten sich bekannte Käufer oder Zwischenhändler in der näheren Umgebung auf? Mittels Lauschangriff wurde versucht, Kontakte zu ermitteln, damit man Handelswege abschneiden konnte, bevor das Kunstwerk in irgendeiner Privatgalerie verschwand. Meistens liefen die Kontakte über Handys, die gekauft und nach einmaliger Benutzung sofort weggeworfen wurden, damit keine elektronische Spur erkennbar wurde. Insgesamt, so war es zumindest der Eindruck von Konstanze, ein mühsames, oft frustrierendes Geschäft, bei dem die Ermittler meist hinter den Dieben und Hehlern hinterher hechelten.

Im Fall des Kelterbildes hatte das LKA eine anonyme Mitteilung erhalten, dass sich bestimmte Zwischenhändler derzeit in der Umgebung von Ansbach aufhalten sollten.

Nachdem Konstanze den bisherigen Verlauf der Ermittlungen der Ansbacher Polizei dargelegt hatte, spekulierte Haberschlachter, dass das Gemälde noch irgendwo lagerte und zum Verkauf angeboten wurde. Für diesen Fall würde er eine bestimmte Strategie zum Einsatz bringen, die vielleicht zum Erfolg führen könnte. Wichtig sei dabei nur, dass seine Arbeit absolut geheim bliebe. Doktor Engel würde ihn bei seinem Tun mit seinem fachlichen Wissen unterstützen. Er betonte, dass er die Aufgabe der Ansbacher Polizei darin sehe, möglichst viele Hintergrundinformationen zu sammeln, ob sich in Ansbach oder in einem Nachbarort Menschen in irgendeiner Weise so verdächtig verhalten hätten, dass sie als Täter in Betracht gezogen werden könnten.

„Oh Himmel", stöhnte Konstanze, „das scheint doch noch unmöglicher, als die berühmte Nadel im Heuhaufen zu finden. Können Sie sich vorstellen, wie viele Leute von sonst woher im Frühsommer Ansbach, das Fränkische Seenland und die Orte an der Romantischen Straße besuchen?"

„Natürlich kann ich mir das vorstellen", antwortete Haberschlachter etwas angesäuert, „schließlich kommen wir beide ja aus der Großstadt München, mit der gesamten Alpenregion im Hintergrund. Mir ist schon klar, dass ich Ihnen keine leichte Aufgabe zuweise, aber es ist doch eine Aufgabe, die nicht nur die Ansbacher Polizei betrifft. Kollegen im ganzen bayerischen Freistaat sind gefordert, ein Augenmerk auf Verdächtige zu richten. Im Umkreis von Ansbach ist aber sozusagen Alarmstufe Rot angesagt."

Konstanze wurde es bei dieser Aussage leicht

schwindlig. Sie war dankbar, dass die Kellnerin in diesem Moment das erste Essen auf den Tisch stellte. Haberschlachter setzte ein schiefes Grinsen auf, das alles oder nichts bedeuten konnte. Den Ausdruck seiner optisch verkleinerten Augen konnte Konstanze wieder nicht deuten. „Lassen wir uns das gute Essen nicht verderben“, entgegnete er mit einer Sanftheit in der Stimme, die in einem gewissen Gegensatz zu seiner Mimik stand.

Als Moritz Engel, der ihren Zustand wohl bemerkt hatte, ihr seine Hand beruhigend auf ihre Hand legte und ein wenig darüber strich, war auch bei ihr auf einmal Alarmstufe Rot angesagt und der rote Widerschein dieses Alarms zeigte sich auch sofort auf ihrem Gesicht. Dann sah Konstanze die Situation plötzlich von ihrer komischen Seite. Sie lächelte Moritz Engel an, zeigte mit der anderen Hand auf seine, die immer noch dort lag, wo er sie eben hingelegt hatte, und sagte: „Danke für Ihren spürbaren Zuspruch, aber die brauche ich jetzt. Ohne meine Hand kann ich nicht essen.“

Mit einem irritierten Gesichtsausdruck zog Engel sofort seine Hand zurück.

Zu Haberschlachter meinte Konstanze mit zuckersüßem Lächeln: „Die Vorgehensweise, die Sie gerade aufgezeigt haben, zeigt mir eine ganz neue polizeiliche Taktik. Wahrscheinlich werden wir dazu alle verfügbaren Kräfte einsetzen müssen. Ich hoffe nur, unser Chef, Polizeidirektor Dotzauer, wird dazu sein Einverständnis geben.“

Haberschlachter hatte wohl die Ironie in ihrer Aussage bemerkt, denn seine eben noch schief nach oben gezogenen Mundwinkel sackten plötzlich unter die Nulllinie. Er räusperte sich, wünschte den anderen einen guten Appetit und wandte sich seinem Essen zu.

„Ach, das sieht aber gut aus!“, bemerkte Konstanze, „wie schön, dass Sie mich zu dieser Köstlichkeit eingeladen haben, ich wünsche Ihnen auch einen guten Appetit.“

Die beiden Männer nuschelten eine Antwort, sie hatten bereits den Mund voll. Die drei aßen eine Weile schweigend und waren dabei mit ihren jeweils eigenen Gedanken beschäftigt.

Konstanze hatte den Eindruck, Moritz Engel war nach ihrer etwas burschikosen Reaktion auf seinen Tröstungsversuch unsicher geworden, wie er sich ihr gegenüber weiter verhalten sollte. Ihr war diese Entschleunigung eigentlich ganz recht, denn sie wollte sich erst einmal über ihre eigenen Bedürfnisse klar werden und sich nicht Hals über Kopf in eine mögliche Affäre stürzen. Sie wusste nichts von diesem Mann. Womöglich war er verheiratet oder sonst irgendwie gebunden. Ein Dasein als Zweitfrau im dauernden Wartestand wollte sie unter keinen Umständen erleben, das hatte sie sich fest vorgenommen. Das einhellige Schweigen zu Beginn des Essens wurde durch ein Gespräch abgelöst, das sich nunmehr um die privateren Lebensbereiche der Beamten drehte. Haberschlachter erzählte von seiner großen Liebe zur Kunst, insbesondere zur Malerei. „Ich besitze einige schöne Originale von bedeutenden Künstlern", berichtete er stolz, „leider sind meine Mittel als Beamter natürlich beschränkt, somit kann ich mir wirklich große Werke nur in Museen betrachten. Ich bin deshalb auch froh, in München zu leben. Wir haben dort sehr sehenswerte Gemälde, die ich immer wieder betrachte. Wenn es mir möglich ist, reise ich aber auch in andere Städte im In- und Ausland, um Galerien und Museen zu besuchen. Als alleinstehender Mann ist das für mich leichter möglich, als wenn ich eine Familie im Hintergrund hätte, auf die ich Rücksicht nehmen muss."

Doktor Engel gab dazwischen immer wieder sein fachkundiges Urteil zu verschiedenen Kunstwerken ab, die Haberschlachter erwähnte. Konstanze war beeindruckt über das profunde Wissen der beiden. Sie selbst kannte sich zwar auch mit Kunst aus und besuchte immer wieder einmal eine Kunstausstellung, aber ihre Kenntnisse waren auf diesem Gebiet doch sehr begrenzt. Durch Haberschlachters Berichte gewann sie den Eindruck, dass die Kunst sein Ein und Alles war. Daneben schien für ihn kaum etwas zu existieren, das mit dieser Liebhaberei im Geringsten konkurrieren konnte. Er war offensichtlich glücklich darüber, dass er in seiner Arbeit sein Interessengebiet und seine berufliche Tätigkeit verknüpft hatte. Natürlich war er unglücklich, wenn einer seiner Lieblinge aus einer öffentlich zugänglichen Einrichtung gestohlen wurde. Mit Leidenschaft machte er sich dann auf die Suche nach dem geraubten Stück. Er hatte auch schon beträchtliche Erfolge seiner aufklärerischen Tätigkeit vorzuweisen, wie er selbstbewusst und stolz berichtete.

Haberschlachter hatte eine Zeit lang das Gespräch mit seinen Schilderungen beherrscht. Konstanze war neugierig, ob Moritz Engel ebenfalls etwas von seinem Privatleben preisgeben würde, deshalb wandte sie sich ihm in einer kurzen Gesprächspause zu und fragte ihn direkt: „Sind Sie auch so in Ihr Fachgebiet verliebt wie Herr Haberschlachter?"

Engel schien gerne bereit, etwas von sich erzählen zu können, und legte gleich los: „Ja, das bin ich. Ich versuche, mich auch ständig auf dem aktuellen Stand zu halten, was die Entwicklungen und die wissenschaftlichen Erkenntnisse im Kunstbereich anbelangt, aber ich habe daneben noch manche Hobbys. Zum Beispiel reise ich sehr gerne. Seit meine Frau vor ungefähr zwei Jahren bei einem Autounfall ums Leben kam und wir keine Kinder hatten, hält mich wenig zu Hause. Dabei kann ich natürlich auch Galerien besuchen. Daneben ist mir aber das jeweilige Land wichtig, und vor allem die Menschen, die dort leben. Außerdem treibe ich ein wenig Sport, um mich körperlich gut zu fühlen."

„Welche Sportarten bevorzugen Sie denn?“, wollte Konstanze wissen.

„Joggen, Radfahren, Schwimmen, Segeln und was sich gerade so anbietet.“

„Ach, das ist ja interessant!“, freute sich Konstanze, „dann hole ich Sie morgen früh zu einer Joggingrunde ab. Ist Ihnen das recht?“

„Das ist mir sogar sehr recht. Zu zweit macht es doch gleich noch mehr Spaß.“

„Prima, so um acht Uhr? Anschließend könnten wir hier gemeinsam frühstücken.“

„Ja, gerne, da freue ich mich drauf!“

Haberschlachter schaltete sich in das Gespräch ein, das schnell ganz persönlich geworden war. „Auf mich müssen Sie dabei aber verzichten“, meinte er mit einer gewissen Ironie in der Stimme, „ich bin kein früher Vogel, sondern eher ein Nachtmensch. Außerdem mag ich Joggen nicht. Mein Motto ist generell: Lieber schlecht gefahren als gut gelaufen. Aber ich wünsche Ihnen natürlich recht viel Spaß bei Ihrer sportlichen Betätigung.“

Das Gespräch der drei ging noch eine ganze Weile weiter. Konstanze merkte jedoch nach einiger Zeit, dass ihre Erschöpfung wieder die Oberhand gewann. Sie entschuldigte sich bei den beiden Herren und verließ das Lokal in Vorfreude auf ihr Zuhause. Engel sah ihr mit enttäuschter Miene nach. Haberschlachter hatte seinen Zustand natürlich bemerkt. „Morgen ist auch noch ein Tag“, bemerkte er lakonisch.

Patrik Gensch war misstrauisch. Er traute aus Prinzip niemandem, im Grunde nicht einmal sich selbst.

Er traute natürlich auch keinem seiner Kumpels, auch Kevin nicht. Aus diesem Misstrauen war bei ihm inzwischen ein festes Prinzip geworden. Deshalb ging er nicht zu einer Braut, wie er den anderen gesagt hatte, sondern legte sich in dem dichten Gebüsch vor dem Eingang des Schrebergartens auf die Lauer und wartete auf die Dinge, die da kommen sollten.

Justin war mit Saskia kaum weggefahren, da näherte sich ein weißer VW Bus auf der schmalen Straße. Er hielt direkt vor dem Eingang des Gartens an. Patrik beobachtete, wie zwei Personen aus dem Bus stiegen, ein Mann und eine Frau, beide noch ziemlich jung, so Ende zwanzig vielleicht.

Sie gingen in die Hütte hinein. „Das müssen die Auftraggeber sein", vermutete Patrik. Er verließ das Gebüsch und versuchte, sich so nah wie möglich an das Häuschen heranzuschleichen. Von drinnen vernahm er Stimmen, erst in ruhigem Ton, dann laut und aggressiv. Er konnte Kevins Stimme von der des anderen Mannes unterscheiden.

„Kevin zieht gerade eine große Show ab", vermutete er.

Dann aber knallte es plötzlich zweimal laut. „Das war ein Schuss! Und dann noch einer!"

Patrik zog sich schnell auf seinen sicheren Beobachtungsposten zurück und sah, wie der Mann und die Frau das große Gemälde, das noch immer schön in Decken verpackt war, mit Mühe aus der Hütte schleppten und in ihrem Auto verstauten. Er hatte nun keinen Zweifel mehr, dass der Schuss Kevin gegolten hatte. „Diese Mistkerle haben uns betrogen! Die haben sich das Bild unter den Nagel gerissen und hauen ab, ohne zu zahlen. Kevin liegt bestimmt verletzt in der Hütte."

Mit zitternden Fingern holte Patrik einen alten Bleistiftstummel, den er immer mit sich trug, aus einer seiner Taschen. Er fand auch einen Fetzen Papier, einen Kassenbon, den er wohl einmal in Gedanken eingesteckt hatte. Schnell notierte er sich die Nummer des VW Busses. Keinen Moment zu früh, denn das Duo startete, kaum dass sie das Bild im Wagen hatten, mit hochdrehendem Motor und quietschenden Reifen. Patrik rannte sofort zur Hütte hin. Drinnen bot sich ihm ein schauerliches Bild. Kevin lag blutüberströmt auf dem Boden. Wände, Möbel, alles war mit Blut bespritzt. Um den Kopf des Toten hatte sich eine Blutlache gebildet.

Entsetzt stieß Patrik einen erstickten Schrei aus und schlug eine Hand vor den Mund. Dann rannte er in Panik hinaus und verkroch sich zunächst dort, wo das Gebüsch vor dem Schrebergarten am dichtesten war. Er spürte eine heftige Übelkeit unaufhaltsam in sich aufsteigen und erbrach sich so heftig, als würde sein Innerstes nach außen gewendet.

Erst als er nur noch eine klare Flüssigkeit erbrach, hörte der Brechreiz langsam auf. Er wischte sich mit einem Papiertaschentuch den Mund ab und legte sich auf den Boden.

Sein Herz klopfte, als würde es zerspringen. Alles an ihm vibrierte. Patrik war so geschockt, dass er eine Zeit lang brauchte, um wieder klare Gedanken zu fassen. Dann wurde ihm bewusst, dass auch sein Leben in Gefahr war. Was sollte er jetzt nur tun? „Ich muss untertauchen, sodass sie mich nicht finden! Hier im Gebüsch kann ich nicht bleiben. Das mit der Braut war leider nicht wahr. Zurzeit ist da niemand. Nach Hause gehen kann ich auch nicht. Da suchen sie mich zuerst und meine Alten halten auch nicht dicht.“

Er verspürte einen brennenden Durst. „Ich brauche dringend etwas zu trinken!“ In seinen Taschen fand er einen Zehn-Euro-Schein. Patrik kroch aus seinem Versteck und lief, sich ständig ängstlich umschauend, durch die Stadt zu einer Tankstelle. Dort kaufte er sich Getränke und ein abgepacktes Brot, dazu Käse und Wurst, ebenfalls in Folie verpackt. Er ließ sich eine Plastiktüte geben, legte alles hinein und verließ die Tankstelle schnell wieder.

Ihm war eine Idee gekommen, wo er sich einigermaßen sicher aufhalten konnte. Wie gehetzt lief er wieder durch die Straßen der Stadt bis zur Sankt-Gumbertus-Kirche, ging hinein und stieg zur ersten Empore hoch. Oben suchte er sich eine versteckte Nische. Hier konnte er bestimmt erst einmal eine gewisse Zeit ungestört bleiben. Die Kirche war so groß, dass er sich in ihr immer wieder woanders verstecken konnte, falls ihm jemand zu nahe kam. Notfalls würde er sich als Besucher ausgeben.

Am Boden sitzend trank er erst einmal in langen Zügen aus einer Flasche. Dann aß er ganz bedächtig von dem Brot, von dem er mit seinem Stilett Scheibe für Scheibe abschnitt. Dazu nahm er abwechselnd von der Wurst und dem Käse. Als er sich satt und schon um einiges besser fühlte, dachte er in Ruhe über seine Lage nach.

„Irgendwann würden ihn die Bullen finden und wegen des Diebstahls einsperren“, da war er sich sicher. „Besser die als die beiden Killer! Aber ich möchte doch nicht schon wieder in den Knast“, dachte er kummervoll, als er sich an seine diesbezüglich schlimmen Erfahrungen erinnerte. Als kleine Nummer war er bei seinem letzten Aufenthalt im Jugendgefängnis allen möglichen Übergriffen und Schikanen ausgesetzt gewesen. Er war zwar keineswegs lasch, wenn es darum ging, eine saftige Schlägerei anzufangen, aber dort drinnen waren sie immer gleich zu mehreren über ihn hergefallen, lauter hartgesottene Knackis, üble Schlägertypen, ohne irgendeinen Skrupel, die ihm keine Chance ließen. Wer sich gegen sie zur Wehr setzte, musste damit rechnen, brutal gefoltert zu werden. Hilfe von den Vollzugsbeamten war nicht zu erwarten.

Die anderen Insassen deckten sich nämlich gegenseitig. Wenn es darauf ankam, war es niemand gewesen, der einem anderen dies und das angetan hatte. Alle hielten dicht. Ihm grauste, wenn er an das Schreckliche dachte, das ihn dort wieder erwarten würde.

„Ich muss den Bullen einen Deal anbieten, damit ich mit Bewährung davonkomme!“, überlegte er verzweifelt, „ich habe die Autonummer der Killer, das ist mein Trumpf.“ Mit diesem erlösenden Gedanken entspannte er sich sogleich und fühlte sich mit einem Mal todmüde.

Das Essen hatte wahrscheinlich zu dieser Müdigkeit beigetragen, aber vor allem das schreckliche Verbrechen an Kevin hatte an seinen Kräften gezehrt. Er wollte nun nur noch schlafen. Der junge Mann rollte sich in seiner Nische zusammen und schlief, so auf dem Boden liegend, gleich ganz tief ein.

Sonntag acht Uhr dreißig

Patrik erwachte, als ihn verschiedene ungewohnte Geräusche in einen Alarmzustand versetzten. Zunächst wusste er nicht, wo er sich befand. Dann kam ihm seine ganze vertrackte Situation wieder in den Sinn. Sein Hals fühlte sich entzündet und kratzig an. Wahrscheinlich hatte er sich in der Nacht auf dem Boden erkältet. Er blickte sich im großen Kirchenraum um. Inzwischen war es Tag geworden. Durch die hohen Fenster sah er helle Sonnenstrahlen, die einen schönen Morgen ankündigten. Sein ganzer Körper tat ihm durch das Liegen auf dem harten Boden weh. Er ärgerte sich über sich selbst, dass er nicht darauf gekommen war, sich einige Bankauflagen als Unterlage zu holen. Die Erschöpfung hatte ihn einfach übermannt. Er fühlte sich hungrig. In der Plastiktüte befand sich noch etwas Brot. Wurst und Käse hatte er gestern fast aufgegessen. Bevor er sich aber daran machte, etwas davon herauszukramen, richtete er sich mit schmerzenden Gliedern langsam auf und blickte vorsichtig über den Rand der Emporenbrüstung in das Kirchenschiff hinab, um die Ursache der Geräusche zu erforschen. Unten lief gerade ein dicker Mann laut schnaufend in Richtung Altarraum. „Das ist bestimmt der Mesner."

Patrik kam der Gedanke, dass heute Sonntag war. „Der richtet bestimmt alles für den Gottesdienst her. Wann war ich mal in so einem Gottesdienst?", überlegte er.

Es dauerte einige Zeit, bis er sich erinnerte. „Schulgottesdienste mussten wir doch damals immer besuchen. Meine Kumpels und ich haben dabei für jede Menge Zoff gesorgt." Unwillkürlich musste er grinsen. Dann wurde sein Gesicht ernst. „Immer hatte ich anschließend jede Menge Ärger mit den Lehrern. Die Gottesdienste waren dazu wahrlich nicht der einzige Anlass. So viel Ärger!"

Er schüttelte unwillkürlich seinen Kopf. „Eigentlich bestand mein Leben bisher zu drei Vierteln aus Ärger und Problemen", musste er sich eingestehen.

Merkwürdigerweise versagte bei diesem Gedanken der sonst bei ihm übliche Mechanismus, der gleich alle Schuld an dem Zoff den anderen zuschob, die beknackt und doof, wie sie waren, es nicht anders verdient hatten, als von ihm und seinen Kumpels auf irgendeine Weise drangsaliert zu werden.

Ihm ging vielmehr auf, dass er und die anderen erst durch ihre Aktionen die unangenehmen Reaktionen ihrer Mitwelt ausgelöst hatten.

Aber als er dann an seine Eltern in der Zeit seiner Kindheit dachte, packte ihn die Wut auf sie. Wie die mit ihm umgegangen waren! Daran war er zumindest nicht immer schuld gewesen. Er war doch noch ein kleines Kind, als sie ihn wegen jeder Kleinigkeit hart bestraft hatten. Immer gleich Schläge. Das Mindeste war, angebrüllt oder schmerzhaft bei den Armen gepackt und geschüttelt oder an den Haaren und den Ohren gezogen zu werden. „Wann bin ich eigentlich einmal in den Arm genommen und gestreichelt worden?", überlegte er traurig.

Wenn er Schmerzen hatte, gab es keinen Trost. Im Gegenteil! Er wurde heftig ausgeschimpft. Wenn er zum Beispiel hingefallen war, sagten sie meist verächtliche Sachen wie: „Der Depp kann nicht mal richtig laufen."

Ein Riss in der Kleidung war Anlass zu Schlägen, auch wenn sich darunter zerschundene Haut durch einen Sturz befand, die schrecklich brannte. Wie oft war er aus kleinen Anlässen einfach in den Keller gesperrt worden! Kalt, dunkel und schaurig war es dort. Als Kind kannte er noch kein Zeitgefühl. Es erschien ihm immer wie eine Ewigkeit, bis sie ihn wieder aus seinem Gefängnis herausließen.

Am schlimmsten aber war für ihn als Kind und Jugendlicher die Nichtbeachtung seiner Wünsche, seiner Bedürfnisse. Diese Missachtung war Ausdruck der Verachtung seiner ganzen Person. Wie oft wurde ihm gesagt: „Ohne dich ginge es mir viel besser!“, oder: „Halts Maul, du Idiot, sonst fängst du eine!“

Bei diesen Erinnerungen krümmte sich Patrik zusammen vor innerem Schmerz. Jahrelang war es ihm immer gelungen, den bohrenden Schmerz zu unterdrücken, den solche Erinnerungen in ihm auslösten. Vor ihm hatte er große Angst, weil dieser Schmerz ihn hilflos und schwach machte. Jetzt fühlte er sich ihm wehrlos ausgeliefert. Mit ihm spürte er seinen Hunger nach Zuwendung, nach Zeichen von Anerkennung seiner Person.

Für diesen Schmerz verachtete er sich selbst, deshalb hatte er sich bisher immer sofort dem Hass zugewandt, sobald er auftrat. Sein Hass war hungrig. Er brauchte eine besondere Nahrung, deshalb holte sich Patrik das, was ihm versagt wurde, in einer anderen Weise. Er klaute wie ein Rabe. Er stahl, was er stehlen konnte. Er brach in Wohnungen und Häuser ein und raubte, was ihm in die Hände fiel.

Patrik und seine Kumpane lebten natürlich von dem, was sie für das gestohlene Gut von ihrem Hehler bekamen. Manches wollte der aber nicht abnehmen. Es war ihm zu auffällig oder es ließ sich schlecht weiterveräußern.

Dann lag das Zeug in seinem Zimmer herum wie das ausgeliebte Spielzeug eines Kindes. Das meiste hatte er später einfach achtlos irgendwo entsorgt.

Anderen etwas wegzunehmen war für ihn so, als könnte er sich damit selbst das geben, was ihm von ihnen und dem Schicksal allgemein vorenthalten wurde. Das Stehlen als solches brachte ihm tiefe Befriedigung. Es wurde ihm mit der Zeit zur Manie, zu einer besonderen Form von Sucht.

Auch die Anwendung von Gewalt hatte bei ihm Suchtcharakter. Beobachtete er zum Beispiel, wie andere Kinder von ihren Eltern liebevoll behandelt wurden, trieb es ihn förmlich dazu, irgendjemandem etwas anzutun, das dämpfte seine tiefe Sehnsucht nach Zuwendung.

Jetzt, fast erwachsen geworden, rächte er sich auch an seinen Eltern. Nun misshandelte er sie. Immer wieder quälte er andere Jugendliche und Erwachsene, wie es ihm gerade einfiel. Mit Kampfsport und Krafttraining hatte er sich dazu befähigt, es auch mit kräftigen Typen aufzunehmen. Bald wurde er deswegen von manchen bewundert. Viele hatten Respekt oder Angst vor ihm. Das spürte er, das sah er und das genoss er. Sein Ersatz für Belohnungen und Zuwendungen durch andere, obwohl ihm das alles überhaupt nicht bewusst war.

Nun ereigneten sich aber in letzter Zeit Dinge, die in ihm etwas zu verändern suchten.

Neulich, zum Beispiel, hatte er in einer Zeitung begeistert einen Bericht über Randale bei einem Fußballspiel gelesen. Dabei hatte es eine Menge Verletzte gegeben und große Sachschäden. „Da möchte ich auch einmal dabei sein!", dachte er sich sehnsuchtsvoll.

Dummerweise las er dann die Analyse so eines bescheuerten Psychologen, die daneben abgedruckt war. Der erklärte, dass solche Aggressionen oft der Schmerzvermeidung dienten, gerade bei Menschen, die selbst in irgendeiner Weise im Leben zu kurz gekommen waren. „So ein ätzender Quatsch!", ärgerte er sich damals wütend. „So einen idiotischen Softi möchte ich einmal nach allen Regeln der Kunst zusammenschlagen, das würde mir gefallen!"

Aber genau diese für ihn zunächst doofen Sätze des „Gehirnerweichers", wie er ihn beschimpfte, fielen ihm jetzt wieder ein. Auch das noch! Er musste plötzlich weinen. „Oh verdammt!" Die Tränen liefen ihm über das

Gesicht. Unvermittelt schien er nur noch aus Trauer und Verzweiflung zu bestehen. Es war schrecklich.

Er konnte sich gar nicht mehr einkriegen. Auf dem Boden vor der Emporenbrüstung kniend schluchzte und weinte er wie ein kleines Kind.

Das Weinen löste etwas in ihm. Es erleichterte ihn, als wäre ein Teil einer schweren Last von ihm abgefallen. Aber dieser Zustand währte nicht sehr lange.

Eine ihm sehr bekannte innere Stimme befahl ihm nach kurzer Zeit unerbittlich, dass er sofort mit diesem Geflenne aufhören solle. „Du bist doch eine erbärmliche Memme!", sagte die Stimme höhnisch, „hockt hier rum und heult. Du bist kein richtiger Mann. Ein Dreck bist du, zu nichts nutze. Du hast keinen Mumm. Mach dich gerade, Mensch! Wenn du dich so beschissen treiben lässt, machen dich die anderen fertig. Hau drauf, bevor es die anderen tun. Nimm dir, was du willst. Du bist doch stark und andere haben vor dir Angst. Steh auf, sag ich!" Die Stimme in ihm war beim Sprechen immer schriller geworden.

Diese Stimme, das wusste er, wollte ihn klein machen, um ihn schließlich ganz zu beherrschen.

Patrik konnte ihr nichts anderes entgegensetzen als seinen Hass auf sie. Er hasste sie glühend. Er hasste auch sich selbst und alle anderen Menschen dazu.

Er spürte richtig, wie die Mauer des Hasses in ihm wuchs. Stein um Stein wurde sie wieder aufgerichtet, wie die Mauern einer Burg, die ihn schützten und einengten zugleich.

Doch diesmal war etwas anders als sonst.

Patrik merkte, dass bei dem plötzlichen Zusammenbruch seiner inneren Mauern etwas mit ihm geschehen war. Er hatte eine kleine Distanz von seinem inneren Antreiber gewonnen. Ein winziger Spielraum war ihm geblieben, der war neu. Er wischte sich mit seinem Jackenärmel die Tränen aus den Augen und schnäuzte sich in ein Papiertaschentuch.

Er spürte nun verstärkt ein intensives Bedürfnis. Wie er wusste, gab es in der Kirche zum Glück eine Toilette. Er schlich sich ganz vorsichtig die Treppe hinunter, ging durch die Sankt-Georgs-Kapelle, eine längliche Seitenkapelle, die sich an das Kirchenschiff anschmiegte, und kam bei ihrem Osteingang genau bei der Toilettentüre heraus. Der Mesner war nirgends zu sehen. Schnell schlüpfte er hinein. Nachdem er sich erleichtert hatte, blickte er im Vorraum in den Spiegel. Er sah ziemlich schlimm aus. Sein Gesicht wirkte grau. Seine Augen waren verschwollen, das Haar verstrubbelt. Er versuchte, sich mithilfe kalten Wassers und seiner fünf Finger als Ersatzkamm wenigstens einigermaßen herzurichten.

Als er das geschafft hatte, öffnete er die Tür nach außen vorsichtig einen Spaltbreit. Nachdem er niemanden wahrnehmen konnte, öffnete er sie ganz und lief den gleichen Weg zurück, den er gekommen war. Wieder stieg er die Treppe zur Empore hoch und setzte sich auf eine etwas verborgene Bank. Aus der Plastiktüte nahm er sich sein restliches Essen.

Nachdem er einen Schluck aus der Wasserflasche genommen hatte, aß er ganz in Ruhe, dabei lauschte er aufmerksam nach unten, um sich im Notfall schnell verstecken zu können. Aber zunächst blieb alles still. Vielleicht war der Mesner nach dem Aufsperren der Kirchentüren zum Frühstück gegangen?

Einige Zeit darauf hörte er ihn wieder in die Kirche kommen. Er machte irgendetwas in der Sakristei. Patrik hörte, wie der gewichtige Mann vor sich hin sang. Das war gut, so wusste er immer, wo er sich gerade befand.

Nun rührte sich auch unter der Empore etwas. Das Kirchenportal war geöffnet worden. Vorsichtig über die Emporenbrüstung linsend erkannte er eine Frau, die resolut auf die Sakristei zusteuerte. Er vernahm ein launiges Begrüßungsgespräch, dann erschien die Frau wieder mit einem Blumengesteck auf der Bildfläche. Hinter ihr schleppte der Mesner einen großen goldfarbenen Leuchter herein und stellte ihn auf den Altar. Dann lief er ein paar Mal zwischen Altar und Sakristei hin und her, holte einen Leuchter nach dem anderen und stellte sie schön in zwei sauberen Linien rechts und links von dem gekreuzigten Jesus auf dem Altar hin.

An diesem Morgen wuselte Annemarie Stahlheimer im Gotteshaus umher. Weber war mehr der Mann fürs Grobe, Schwere, sie für das Feine, das Geschmackvolle. Nachdem der Mesner die Leuchter alle aufgestellt hatte, rumorte er draußen im Vorraum herum. Aus einem Wandschrank räumte er Unmengen von Gesangbüchern heraus und verstaute sie in Plastikkästen. Unter ziemlichem Geschnaufe schleppte er Kasten für Kasten zu den Eingangstüren und schlichtete sie dort in dafür vorgesehene Regale.

Derweil gab Frau Stahlheimer den Blumengestecken den letzten Schliff, wobei eigentlich Schliff nicht das richtige Wort war für das, was sie mit großer Hingabe und Liebe vollendete. Patrik beobachtete das weitere Treiben der beiden unten in der Kirche.

Bald darauf wurde das Kirchenportal wieder geöffnet. Als Patrik Schritte die Treppe heraufkommen hörte. versteckte er sich hinter einer Bank, aber die Schritte gingen an der ersten Empore vorbei. Über ihm, auf der Orgelempore, werkelte nun jemand herum. Ein Motor wurde angelassen. Ein Ton ließ ihn zusammenfahren. Gleich darauf begann die Orgel, laut Musik zu machen.

Er beobachtete wenig später, dass sich unten nach und nach Kirchenbesucher einfanden. Was sollte er machen, wenn jemand auf die Empore kam? Er musste einfach so tun, als wäre er ein Kirchenbesucher. „Gute

Idee!“ Er verbarg seine Plastiktüte unter einer Kirchenbank und setzte sich in die erste Reihe der Empore. Keinen Moment zu früh. Schon kam eine ältere Frau zur Emporentüre herein, warf ihm einen scharfen Blick zu und ging ebenfalls zu einer der ersten Bankreihen. Bevor sie sich hinsetzte, blieb sie einen Moment vor der Bank stehen, senkte den Kopf und schaute ein wenig auf ihre Hände, dann nahm sie ein Gesangbuch und begann, darin zu blättern.

Immer mehr Besucher kamen in die Kirche, auch die Bänke neben Patrik wurden locker besetzt. Er fühlte sich ziemlich unwohl, versuchte aber, sich das nicht anmerken zu lassen.

Als die Türe des Hauptportals geöffnet wurde, hatte Frau Stahlheimer, vertieft in ihr Werk, zwar niemanden hereinkommen sehen, aber wenig später hörte sie, stampf, stampf, stampf, einen Menschen die Holztreppe zur Orgelempore hochsteigen. Oben angekommen rappelte es ein paar Mal laut, dann wurde das Orgelgebläse eingeschaltet. Ein erster, einzelner lauter Ton des Instruments ließ die Hilfsmesnerin zusammenfahren. „Organist, aus Versehen auf eine Taste gekommen“, kombinierte sie messerscharf.

Dann ging es los. „Guter Gott, er zieht wieder alle Register!“ Frau Stahlheimer kannte das und war jetzt schon genervt. Wenn Frank Sanftleben auf der Orgel spielte, dann wollte er zeigen, was in ihr steckte. Es war dann immer etwa so, wie wenn ein jugendlicher Autofahrer seinen Freunden zeigen wollte, was seine getunte Kiste unter der Haube hatte, indem er mit quietschenden Reifen davonbretterte. Von diesem Zeitpunkt an konnte sie sich mit Weber oder mit frühen Kirchenbesuchern nur noch laut schreiend unterhalten. Unbarmherzig spielte Sanftleben vor dem Gottesdienst immer sein Vor- und

Nachspiel fast bis zum letzten Moment vor Beginn der Feier hinauf und herunter.

Plötzlich hörte Annemarie Stahlheimer einen lauten Schlag. „Ach, der Pfarrer ist schon da", dachte sie sich und flüchtete vor dem Orgelgebrause in der Kirche zur Sakristeitüre, die eben mit voller Wucht zugeschlagen worden war. Ganz klar eine Demonstration gegen die überlautstarke Musik, die jetzt wieder einmal alles dominierte und wenig innere Sammlung vor dem Gottesdienst zulassen wollte. Die Demonstration war genauso ungehört verhallt wie die inständige Klage eines Gottesdienstbesuchers, der dem Organisten erst kürzlich sein Schallmessgerät vor die Nase gehalten hatte und ihn um ein etwas gemäßigteres Spiel bat. „Wissen Sie, wie laut das ist?", hatte er Sanftleben gefragt. Der hatte nur etwas uninteressiert dreingeschaut und die Achseln gezuckt. Solche banausischen Fragen waren ihm angesichts seiner Kunst ziemlich egal. Er empfand sich als Diener des von ihm dargebrachten Werkes und das wusste er mit Vehemenz zu vertreten. Basta! Was gingen ihn da die Dezibel an?

„So laut wie ein startendes Düsenflugzeug in zwanzig Meter Entfernung! Absolut gesundheitsschädlich!", sagte der Mann eindringlich zu dem gelassen dastehenden Künstler. Der hatte ihn dann ebenso eindringlich angesehen. „Das müssen Sie schon Johann Sebastian Bach sagen und nicht mir! Ich habe das Stück schließlich nicht komponiert." Mit diesen alles umfassenden Worten drehte er sich um und schritt selbstbewusst von dannen. Der Gottesdienstbesucher blickte ihm innerlich grollend nach und nahm sich fest vor, künftig und für alle Zeit Sanftlebens künstlerische Exzesse zu meiden, mit denen er die Orgel bis an ihre Grenzen trieb.

Als Frau Stahlheimer die Türe des Andachtsraumes geöffnet hatte, sah sie Pfarrerin Sebald und Pfarrer Harro von Weinheim vor sich im Raum stehen. Beide waren bereits in ihre Talare gekleidet. Jeder von ihnen hatte eine Mappe aufgeschlagen und studierte offenbar seinen bevorstehenden Part.

„Guten Morgen!“, grüßte Annemarie Stahlheimer strahlend, „ja haben wir heute unsere zwei Pfarrersleute im Gottesdienst? Also da werden sich die Besucher aber freuen! Was verschafft uns denn das Vergnügen?“ Dann verzog sich ihr Mund jedoch schmerzlich und jammerte los: „So ein, nein zwei Unglücke! Eines kommt ja selten allein, sagt man. Das schöne Bild! Mein Mann sagt immer, das passt so gut in den Raum da draußen. Ich fand es auch gut, so schön deutlich gemalt. Das kann heute doch gar keiner mehr, was die früher konnten.“ Ohne Punkt und Komma redete sie gleich weiter: „Und das mit dem Mario! Es stimmt schon, der Krug geht so lange zum Brunnen, bis er bricht!“

Die beiden Geistlichen hatten bei der über sie hereinbrechenden Wortflut zunächst missmutig, dann resigniert von ihrer Lektüre aufgesehen. Die wenigen Minuten waren für sie wichtig, bevor die sich laut begrüßenden und gleich drauflos redenden Helferinnen und Helfer, deren Gelächter und Späßchen die Stille der Sakristei völlig in Fetzen riss, über sie hereinbrachen. Damit war jetzt Schluss. Jetzt war keine Gelegenheit mehr gegeben, sich auf etwas zu konzentrieren außer auf die jeweilige Person, die sich vor sie drängte und unheimlich wichtige Informationen zum Besten geben musste.

Dazu trafen dann auch noch nach und nach geschäftig schwätzende Konfirmanden in der Sakristei ein, die ihren Gottesdienstzettel auf den Haufen schmissen, auf dem schon die Berichte ihrer Kameraden lagen. Sie kamen meistens herein, scherten sich wenig um die, die drinnen herumstanden, warfen nebenher den Zettel und redeten dabei die ganze Zeit miteinander. So im traulichen Gespräch vertieft ging es dann die nächste Stunde, meistens auf einer Empore, weiter. Manchmal wagte es ein Besucher, der sich dadurch gestört fühlte, zu ihnen hinzugehen und gegen das Geplapper zu protestieren. Die Jugendlichen starrten den Störenfried meist mit völligem Unverständnis an. „Hey, was will der oder die Alte? Die sollen uns doch in Ruhe lassen." Mit Unschuldsmiene fragten sie dann: „Was haben wir Ihnen denn getan? Stören Sie doch bitte unsere Andacht nicht!"

Maria Sebald war klar, dass die beiden Unglücke das beherrschende Thema dieses Morgens sein würden, deshalb redete sie Frau Stahlheimer schnell ins Wort, in der Hoffnung, diese würde ihren Redeschwall abbremsen. „Heute halte ich die Predigt, ich werde mich darin den beiden schlimmen Ereignissen zuwenden", verkündete sie zum Entzücken der Kirchenvorsteherin. Frau Stahlheimer war ein ausgewiesener weiblicher Fan der Pfarrerin.

„Die predigt mit Herz und Seele!", schwärmte sie immer wieder, „das ist so erbaulich. Da zehre ich die ganze Woche davon!"

Dann klärte die Pfarrerin Annemarie Stahlheimer darüber auf, dass sich Harro von Weinheim eine Zehe gebrochen hätte. Es sei für ihn zu beschwerlich, mit dem verletzten Fuß auf die Kanzel zu steigen. „Na, auch das noch!" Die Kirchenvorsteherin warf einen bedauernden Blick auf Harro. „Tut es denn weh?"

„Nein, die Zehe ist geschient. Ich kann nur nicht gut laufen, sonst geht es schon."

Jetzt wurde die Sakristeitüre wieder mit Schwung geöffnet. Herein strömten die Kirchenvorsteher Nothnagel, Meier und Bieber. Sie fingen alle fast gleichzeitig aufgeregt zu reden an. Alle Rede drehte sich um das Bild und den Tod von Mario.

Heute war Frau Eveline Schwalbe mit den Lesungen dran, das bedeutete, wenn sie kam, war Showtime angesagt. Sie betrat die Sakristei an diesem Tag mit Besonnenheit und öffnete bewusst langsam die Türe. Die elegante Dame wollte den Anwesenden die Gelegenheit geben, ihren Auftritt auch wirklich wahrzunehmen. Heute war sie ganz in Rot gekleidet, sprich, sie hatte wegen der warmen Temperaturen über ihrer exklusiven Kleidung lediglich einen leichten, leuchtend roten Sommermantel angezogen. Ihn hatte sie erst diese Woche gekauft. Ihren Kopf schmückte ein rotes Hütchen, ebenfalls neu, das etwas schief saß. Genau im richtigen Winkel also. Es passte farblich perfekt zum Mantel und zu den roten Pumps. Leider wurde sie an diesem Morgen von niemandem recht wahrgenommen, denn alle waren ganz intensiv mit dem Lamentieren über die furchtbaren Ereignisse beschäftigt.

Dazwischen kam auch noch Alexander Weber in den Raum und schaltete die Glocken ein. Er mischte sich sofort in die Gespräche ein und gab seinen Senf zu dem der anderen hinzu.

Schließlich wurde es Harro einfach zu bunt. Er sagte sehr laut: „Meine Herrschaften, gleich beginnt der Gottesdienst. Wir wollen uns doch jetzt innerlich sammeln. Ich spreche ein Gebet." Alle schwiegen abrupt und blickten auf ihre gefalteten Hände. Der Pfarrer bat Gott um seinen Segen für diesen Gottesdienst, dann schloss er: „Jetzt lasst uns in Gottes Namen beginnen."

Er öffnete die Sakristeitüre und trat in den Kirchenraum. Unmittelbar neben ihm schritt Maria Sebald, danach folgten Eveline Schwalbe und dann alle anderen.

Die Kirche war an diesem Morgen ungewöhnlich dicht besetzt. Manch einer beziehungsweise eine hatte Berichte über die Ereignisse in den Radionachrichten gehört. Sie waren auch im Fernsehen gesendet worden. Die

Stadt hatte am gestrigen Tag bereits gebrummt von Diskussionen über diese Nachrichten. Die abenteuerlichsten Spekulationen dazu waren von Mund zu Mund weitergegeben worden.

Nun wartete man natürlich gespannt darauf, was die Pfarrer zu all dem zu sagen hatten. Das Orgelspiel war inzwischen verstummt. Im Hintergrund hörte Patrik die Glocken läuten. In der Kirche wurde es ganz leise. Mit dem Öffnen der Sakristeitüre kamen zwei junge Pfarrer, eine Frau und ein Mann, in sein Blickfeld. Hinter ihnen schritt eine Schar Frauen und Männer mit ernsten Mienen. Dieser Auftritt wirkte ein wenig wie ein Hochzeitszug, bei dem die begleitenden Angehörigen mithilfe ihrer Mienen bezeugten, dass sie mit der Verbindung des Paares nicht einverstanden waren.

Es folgten Lieder, Gebete, Lesungen. Alles war Patrik fremd. Er beobachtete immer die Menschen neben sich. Wenn sie aufstanden oder sich wieder hinsetzten, tat er es auch.

Der Gottesdienst nahm seinen normalen Verlauf. Frank Sanftleben nützte in einem unendlich lang erscheinenden Orgelvorspiel wieder alle Kapazitäten des Instruments bis zum Anschlag aus. Zart besaitete Menschen waren damit bereits innerlich zerrüttet.

Nach dem Singen des ersten Liedes leitete Pfarrer Harro von Weinheim die Liturgie ein und sprach die Gebete.

Eveline Schwalbe gestaltete ihren Auftritt als Lektorin mit gebotener Sorgfalt und sonnte sich dabei in der Tatsache, dass alle Blicke in der Kirche in dieser Zeit nur auf sie gerichtet waren. Hut, Mantel, Schuhe, alles wurde gesehen und begutachtet. Die Investitionen hatten sich bereits gelohnt. Außerdem war sie sich ihrer schönen Haare, der guten Figur und ihrer wunderbar wohlgeformten Beine nur zu bewusst. Während sie die Stufen zum Lesepult hochstieg und dann mit ihrer klaren Stimme aus dem Lektionar vorlas, spürte sie sich selbst mit allen Fasern von Leib, Seele und Geist. Was gab es Schöneres?

Die junge Pfarrerin betrat die Kanzel, während die letzten Töne eines Liedes verklangen. Patrik fand, dass sie eigentlich ein süßer Käfer war, wie sie da oben stand. Dann fing sie mit angenehmer Stimme zu sprechen an.

Maria Sebald sprach in ihrer Predigt unter anderem die Vorfälle des letzten Tages ganz offen an. Ihr war das Bedauern über den Tod des jungen Menschen deutlich anzuspüren. Sie erinnerte die Gemeinde daran, dass es zu den christlichen Tugenden gehörte, mit Urteilen über Menschen vorsichtig zu sein. Den Verlust des wertvollen Bildes beklagte sie und sprach gleichzeitig von der Hoffnung, dass das einmalige Kunstwerk möglichst bald unbeschadet wieder an seinen Platz in der Kirche zurückgebracht werden konnte.

Über einen Satz, den sie aus der Bibel vorgelesen hatte, machte sie sich in ihrer Rede unheimlich viele Gedanken. Patrik wunderte sich, was der alles zu dem kurzen Text eingefallen war.

Schließlich verband sie die ganze Gedankenflut mit dem Absturz von Mario, dem Tod von Kevin und dem Diebstahl des Bildes. Patrik wurde es bei ihren Worten ganz heiß. Er spürte einen dicken Kloß im Hals und blickte auf den Boden vor sich, damit niemand sah, dass sich schon wieder Tränen aus seinen Augen drängten. Der Junge konnte sich selbst nicht mehr verstehen. Wann hatte er zuletzt geweint? Seine inneren Mauern schienen zu bröckeln, das verwirrte und ängstigte ihn, aber er konnte gerade nichts dagegen tun.

Nach einer, wie es ihm schien, unendlich langen Zeit kam die Pfarrerin endlich zum Abschluss ihrer Rede.

Wieder wurde gesungen. Nach dem Lied trat der junge Pfarrer an das Lesepult und verkündete, was in der nächsten Woche in der Gemeinde los sein würde. Er berichtete auch von Beerdigungen, Taufen, Trauungen der vergangenen Woche. Am Schluss seiner Informationen lud er alle sehr freundlich nach dem Gottesdienst zu einem Kaffeetrinken und Kuchenessen in das Gemeindezentrum ein.

Patrik spürte schon wieder Hunger und Durst. Er beschloss, die Einladung anzunehmen. Danach würde er bei der Polizei anrufen und mit denen verhandeln.

Im Rahmen der Abkündigungen der Termine und Ereignisse der Woche bat Harro von Weinheim die anwesenden Kirchenvorsteher nach der Feier noch zu einer Besprechung in den sogenannten Gewölberaum im Beringershof.

Sofort nach dem Orgelnachspiel standen die Menschen um ihn herum auf. Einige liefen zu einem der Ausgänge, andere begrüßten sich händeschüttelnd, ernst blickend oder erfreut lachend.

Patrik ging an allen mit einem möglichst neutralen Gesichtsausdruck vorbei, verließ die Kirche und wandte sich dem Gemeindezentrum zu.

Im großen Saal des Zentrums waren Tische aufgestellt und hübsch mit Blumen geschmückt. Kaffeetassen und Teller mit verschiedenen Kuchenstücken standen für die Gäste bereit. Als er sich etwas abseits an einen Tisch setzte, kam gleich eine junge Frau mit einer Kaffeekanne zu ihm, begrüßte ihn freundlich und schenkte ihm ein. Patrik war froh, dass sich zunächst niemand an seinen Tisch setzte. Er aß und trank mit Genuss. Der Kuchen schmeckte ihm ausgezeichnet. Dabei beobachtete er die Gemeindeglieder, die sich im Raum niederließen. Die meisten schienen sich gut zu kennen. An allen Tischen gab es lebhafte Unterhaltungen und Diskussionen.

Als Patrik satt war, kamen einige Leute auf seinen Tisch zu und fragten, ob sie sich zu ihm setzen könnten. Er sagte mit seiner rauen Stimme, er müsse sowieso gehen, stand auf und lief auf den Gumbertusplatz hinaus. Schon im Laufen zog er sein Handy heraus und wählte die Nummer der Polizei.

Die Schar der Kirchenvorsteher strebte nach Abschluss des Gottesdienstes zügig zum Beringershof hin. Unterwegs diskutierten sie bereits wieder heftig. Im Gewölberaum erwartete sie eine Überraschung. Vor ihnen stand Herr Dekan Ernst Hase höchstselbst. Wie üblich im schwarzen Anzug mit weißem Kollar glich er einem traurigen Pinguin, dem man gerade einen Fisch weggenommen hatte.

Als alle versammelt waren, erhob er seine kräftige Stimme und sprach mit sorgengefurchter Miene zu den Anwesenden: „Liebe Schwestern und Brüder im Herrn! An diesem Morgen konnte ich nicht umhin, mich Ihrem Versammlungsort zu nähern. Sicher erwarten Sie nun geistlichen Trost und Beistand. Ich weiß, auch Ihre Pfarrer bemühen sich darum. Gleichwohl ist es mir doch ein Anliegen, Ihnen, als ihr städtischer Oberhirte, Mut und Zuversicht zuzusprechen. Ja, diese Zeit mag schwer für Sie sein. Gerade als Vorsteher der Gemeinde haben Sie manche Last zu tragen. Mehr noch als alle anderen Gemeinden ist Sankt Gumbertus in letzter Zeit von großen Unbilden betroffen worden. Wir brauchen Beistand und alle geschwisterliche Liebe, die wir aufbringen können, um uns gegenseitig zu trösten und uns aufzuerbauen."

Er holte ganz tief Luft, um in dieser Weise fortzufahren, als ihm Kirchenvorsteher Hans Meier unerwartet in die Parade fuhr und im fränkischen Dialekt händefuchtelnd widersprach: „Des is scho alles rechd und schee, wos Sie do sogn, obber des hilft uns etz net werkli weider. Ich frog mich die ganze Zeid, wies des gibd, dass jemand einfach su in unser Kerch neigeh konn und des Bild glauer. Wer hoddn dem den Schlüssl gem? Hom mir vielleichd an Maulwurf under uns oder wos? Und dann schbringd anner a no von dem Grüsd runder. Ja wos denn no alles. Des häld doch der Kupf net aus!"

Sein Kopf war unter dieser hoch engagierten Rede feuerrot geworden. Er rang schwer nach Luft.

Eveline Schwalbe schaltete sich gleich mit schriller Stimme ein: „Wir brauchen sofort einen guten Rechtsanwalt. So geht das nicht weiter. Von der Polizei kann man in dieser Stadt fast gar nichts erwarten. Lauter unfähige Softis. Ein scharfer Rechtsanwalt muss her!"

Jetzt stürmte Oswald Nothnagel kreidebleich ein paar Schritte nach vorne und fuhr den etwas derangiert dastehenden Dekan an: „Was passiert eigentlich, wenn das Bild nicht zurückkommt? Von wem bekommen wir dann eine Entschädigung? Was zahlt uns zum Beispiel die Landeskirche? Das Bild ist bestimmt Millionen wert. Wir könnten das Geld gut brauchen."

Und zu seinen KV-Kollegen gewandt: „Ich schlage vor, wir lassen uns in diesem Fall eine Kopie anfertigen, die wir an die Stelle von dem alten Bild hinhängen. Ich kenne da einen Kunstmaler, der macht uns das billig, vielleicht sogar um Gotteslohn."

Frau Stahlheimer wandte in weinerlichem Ton ein: „Und was ist mit dem armen jungen Mann? Wer kümmert sich denn um seine tief gebeugten, todtraurigen Eltern? Ist es nicht unsere vornehmste Christenpflicht, diesen von einem solch schweren Unglück Betroffenen auch finanziell beizustehen?"

Nothnagel wandte sich ihr mit einer schnellen Bewegung zu und hob mahnend seinen Finger: „Frau Stahlheimer, da sieht man, dass Sie wenig Ahnung von der finanziellen Lage unserer Gemeinde haben. Ich als der

Verantwortliche für die kirchlichen Gelder sage Ihnen, wir werden in Zukunft alles Geld dringend brauchen können, das in diesem Zusammenhang hereinkommt. Sentimentalitäten können wir uns in unserer angespannten Situation nicht leisten, das sage ich Ihnen als einer, der das weiß. Sonst fahren wir diese Gemeinde noch schneller an die Wand."

Die anderen brummten jetzt vor sich hin, ob aus Zustimmung zu Nothnagels Ansicht oder dagegen, war daraus nicht zu erkennen. Man mäßigte sich wie so manches Mal, wenn die allgemeine Windrichtung noch nicht auszumachen war.

Harro hielt es nun nicht mehr aus, weiter zu schweigen. „Maria Sebald und ich hatten eigentlich vor, in diesem Treffen die gegenwärtige Sachlage zu besprechen. Die Vorfälle sind ja gestern erst passiert. Wir möchten Sie im Moment einfach um Geduld bitten. Die Polizei tut gerade ihr Möglichstes, um die Täter zu fassen und alle Hintergründe der Taten aufzuklären. Maria Sebald und ich haben heute bereits vor dem Gottesdienst ein Telefongespräch mit Herrn Hauptkommissar Sperber geführt. Darum können wir Sie nun über die neueste Entwicklung informieren. An diesem Morgen wird Herr Oberstaatsanwalt Doktor Sauber vor die Vertreter der Medien treten und sie über folgende Sachlage informieren: Es sieht im Moment so aus, als habe eine mehrköpfige Jugendbande – alle sind übrigens Ansbacher – unser Bild aus der Kirche gestohlen. Wie Sie wissen, ist einer der jungen Männer bei dem Diebstahl ums Leben gekommen. Im Verlauf des gestrigen Tages hat sich ein Mord an einem weiteren jungen Mann ereignet, der wohl ebenfalls an der Diebesaktion beteiligt war. Die Polizei hat inzwischen zwei weitere Mittäter gefasst. Vorläufig hat einer davon die Tat in allen Einzelheiten gestanden. Er und seine Kumpane haben im Auftrag gehandelt. Wer die Auftraggeber des Diebstahls und somit vielleicht die Mörder im Hintergrund sind, ist noch nicht bekannt. Ob noch weitere Einbrecher an der Tat beteiligt waren, wollte Sperber aus Ermittlungsgründen nicht sagen. Die Wohnungen der bisher gefassten Bandenmitglieder wurden von der Polizei gründlich durchsucht. Das Bild ist bisher leider nicht aufgefunden worden. Das Landeskriminalamt ist an den laufenden Ermittlungen beteiligt. Ob wir unter diesen Umständen wieder zu dem einmaligen Kunstwerk kommen, scheint mir eher zweifelhaft."

Die beiden Pfarrer hatten miteinander ausgemacht, dass Maria Sebald an dieser Stelle die weitere, ziemlich heikle, Information übernehmen sollte.

Sie fuhr fort: „Woher die Mitglieder der Jugendbande den Kirchenschlüssel bekamen, ist inzwischen bekannt."

„Hört, hört!", erscholl es aus der Gruppe der Kirchenvorsteher, die bis dahin mucksmäuschenstill zugehört hatten. „Ruhe!", schrie jemand dagegen.

„Ja, es tut mir sehr leid, Ihnen sagen zu müssen, dass es jemand aus unserem Kreis war, der das getan hat", fuhr Maria Sebald fort. Gleich entstand große Unruhe unter den Versammelten. Vermutungen wurden gemurmelt. Eveline Schwalbe rief: „Wo ist eigentlich Florian Meusel?"

Maria Sebald antwortete: „Florian ist nicht hier, weil wir beide, Harro von Weinheim und ich, ihm gesagt haben, er soll nicht kommen. Wir wollten erst in Ruhe mit Ihnen reden. Es besteht kein Zweifel, dass Florian derjenige ist, der den Schlüssel weitergegeben hat."

Jetzt schwoll das Gemurmel an. Hans Meier schrie: „Des ist die größte Sauerei, die ich in dem Gremium erlebt hob. Der werd ausgschlossn ausm Kerchnvurstand. Des is a Verbrecher!"

„Moooment!", wandte die Pfarrerin mit einer abwehrenden Handbewegung scharf ein, „seien Sie nicht so schnell mit dem Urteil über einen Menschen, ich denke, dass ich mich gerade in meiner Predigt in dieser Hinsicht deutlich genug ausgedrückt habe!"

Meier wollte noch etwas einwenden, ließ es dann aber und brummte nur vor sich hin: „Is doch wohr!"

„Florian Meusel ist von der Bande erpresst worden", erklärte die Pfarrerin den Anwesenden, „sie kennen sich aus der gemeinsamen Schulzeit in Ansbach. Man hat dem Florian damit gedroht, dass man seiner kleinen Schwester etwas antut, wenn er den Schlüssel nicht besorgt. Florian hat uns überzeugend erzählt, wie hart er mit sich gerungen hat, bis er sich aus Liebe zu seiner Schwester entschlossen hat, der Bande den Schlüssel zu übergeben."

„Warum ist denn der dumme Kerl nicht gleich zur Polizei gegangen?", wollte Annemarie Stahlheimer wissen.

„Einfach weil er Angst gehabt hat", antwortete die Pfarrerin schlicht, „er kannte die Mitglieder der Bande nur zu gut, um zu wissen, dass die tatsächlich nicht zögern würden, sich an jemandem zu rächen, der ihrem Willen nicht nachgibt. Die jungen Leute sind seit ihrer Kindheit berühmt-berüchtigt. Viele Menschen hatten in Ansbach Angst vor ihnen. Sie haben auch Kontakte zum organisierten Verbrechen. Das Risiko, sich mit denen große Probleme einzuhandeln, war ungefähr einhundert Prozent. Harro von Weinheim und ich können den Florian verstehen und wir bitten Sie inständig, ihm zu vergeben und ihn wieder in Ihren Kreis aufzunehmen. Stellen Sie sich bitte vor, wie es Ihnen zumute wäre, wenn ein geliebtes Familienmitglied von Ihnen in dieser Weise von solchen Verbrechern bedroht würde."

Der eindringliche Appell von Maria Sebald verfehlte seine Wirkung nicht. Im Grunde mochten sie alle den Florian ganz gern, wenn er sie auch immer wieder mit seinen pubertären Ansichten im Kirchenvorstand gehörig nervte. Gerade weil er noch so jung und unerfahren war, musste man ihm doch wieder eine Chance geben. Darin waren sich alle ziemlich schnell einig. Meier war umgeschwenkt. „Soll er hald widder kummer. Mir reißn ihm den Kupf scho ned ab", grantelte er. Die anderen stimmten ihm zu.

Nun war für Dekan Hase der Moment gekommen, sich wieder in die Debatte einzuschalten. „Wie schön ist es, wenn Brüder friedlich beieinander wohnen", deklamierte er, „mag es so sein und bleiben, jetzt und immerdar!"

„Ist das Bild eigentlich versichert?", unterbrach Nothnagel schroff seinen Sermon.

„Da müssen Sie schon Ihre beiden Pfarrer fragen", entzog sich Hase dieser Frage. Jetzt schauten alle Maria und Harro fragend an. Die beiden schauten sich ebenfalls fragend an. Harro zuckte die Schultern und breitete die Hände aus: „Tut mir leid, da sind wir beide überfragt. Wir sind erst so kurz in Ihrer Gemeinde tätig und waren mit Versicherungsfragen noch nicht konfrontiert. Ich werde mich gleich morgen früh bei der Gesamtkirchenverwaltung danach erkundigen."

„Das tun Sie mal, Herr Kollege, das gehört nämlich zu Ihren ureigensten Aufgaben. Verbrecherjagd gehört übrigens nicht dazu!", sagte Hase in autoritärem Ton und hoffte, damit den Schwarzen Peter an die jungen Pfarrer abgegeben zu haben.

„Sie sin doch denen Ihr Vorgesetzter. Außerdem sin Sie doch scho lang im Dienst in Ansbach. Warum wissen Sie su wos net?", fragte ihn Hans Meier ein wenig hinterfotzig. Hase war bleich geworden. So hatte er sich das Gespräch nicht vorgestellt. Der Schuss war gerade nach hinten losgegangen.

„Na ja, ich bin eben in erster Linie der oberste Seelenhirte in dieser Stadt", erwiderte er etwas zögernd, „für all diese profanen Dinge gibt es schließlich das Gemeindeamt. Ihre Pfarrer haben jetzt die verdammte Pflicht und Schuldigkeit, sich für das Wohl der Gemeinde einzusetzen." Das klang nun schon wieder schneidig. Er fand, dass er den Ton eines Vorgesetzten, der für Ordnung sorgt und die Linie klar vorgibt, sehr gut getroffen hatte.

„Das tun sie bereits, Herr Dekan. Wir sind jedenfalls mit den beiden sehr zufrieden. Seit die hier sind, ist es aus mit dem Geschluder hinten und vorne. Leicht haben die es bestimmt nicht. An den Vorkommnissen der letzten Zeit sind sie auch nicht schuld. Ich würde mir an deren Stelle einen Vorgesetzten wünschen, der seine Augen offen hat und sieht, wenn wo etwas mal gut läuft. Unterstützen sollten Sie die. Ich sage Ihnen, Ihr autoritärer Ton unseren beiden Pfarrern gegenüber passt mir schon die ganze Zeit nicht. Das wollte ich Ihnen einmal gesagt haben!", Annemarie Stahlheimers Stimme hatte sich bei dieser kleinen Rede von zuckersüß zu beißend scharf gesteigert.

Die anderen Kirchenvorsteher waren mit ihr einer Meinung und riefen durcheinander: „Jawoll! Genau! So isses!"

„Gut gesprochen, Annemarie!", ließ sich Frau Schwalbe vernehmen, „du bist heute in Hochform. Alle Achtung!"

Hases Gesichtsfarbe hatte inzwischen von ganz Hell, fast Weiß, zu Dunkelrot gewechselt. Er sagte mit mühsam unterdrückter Wut: „Das ist ungeheuerlich, was ich hier erleben muss. Da komme ich zu Ihnen, um Ihnen meinen geistlichen Trost zuzusprechen, und muss mir Ihre Unverschämtheiten anhören." In Richtung von Maria und Harro mahnte er mit erhobenem Zeigefinger: „Das wird ein Nachspiel haben, das sage ich Ihnen!"

„Und jetz ist besser, Sie dädn geh. Mir wolln nämlich

wos besprechen“, knurrte Hans Meier. Hase ließ sich das nicht zweimal sagen und stürmte empört hinaus.

„Oh Mann, oh Mann“, meinte Harro kopfschüttelnd, „das hat uns gerade noch gefehlt, als hätten wir nicht schon genug Probleme.“

Auch Maria machte ein verzweifeltes Gesicht. „Danke für Ihre Unterstützung“, sagte sie zu den Umstehenden, „ich weiß, das war gut gemeint, aber ich befürchte, damit verschärft sich die Lage für uns gegenüber unserem Vorgesetzten nochmals erheblich.“

„Das tut mir jetzt auch leid“, seufzte Annemarie Stahlheimer, „aber ich habe dem sein bigottes Gerede und die autoritäre Art und Weise, wie er mit Ihnen ständig umgeht, einfach nicht mehr ausgehalten. Ich glaube, ich wäre geplatzt, wenn ich gerade nichts gesagt hätte.“

„Mir ging es ganz genauso“, stimmte ihr Eveline Schwalbe eifrig zu, „wir stehen jedenfalls hinter Ihnen, das verspreche ich für mich und ich glaube, damit spreche ich für uns alle.“ Sie blickte sich ein wenig drohend um, sah aber nur nickende Köpfe und war erst einmal zufrieden.

„Nochmals vielen Dank!“, lächelnd musterte Maria Sebald die Gruppe, „ich bin gerührt, das muss ich sagen. Gerechnet habe ich mit Ihrer großzügigen Solidarität heute Morgen nicht, das macht mich ein wenig beschämt. Ich denke, ich spreche auch für dich, Harro, wenn ich sage, dass mich Ihr Beistand sehr für meine Arbeit hier bei Ihnen motiviert. Nochmals herzlichen Dank!“

Nun klatschten alle Beifall. „So, es langt mit Süßholzraspeln!“, schloss Eveline Schwalbe resolut, „wer weiß, was noch kommt, aber wir stehen jedenfalls hinter Ihnen. Außerdem wird mein Mann jetzt hoffentlich das Mittagessen fertig haben. Wenn nicht, werde ich ihm mal zeigen, wer Chefin ist.“ Alle grinsten und glaubten ihr ihre Worte sofort.

In gehobener Stimmung verabschiedete man sich voneinander in der Hoffnung, dass der Sonntag weiterhin so interessant und anregend verlief wie dieser Morgen.

Sonntag halb elf Uhr

Wolfgang Sperber saß an seinem Schreibtisch und überdachte sein Konzept der anschließenden großen Dienstbesprechung. Gerade wollte er sich erheben, um in den Besprechungsraum zu gehen, da läutete sein Telefon. Er hob den Hörer ab und hörte die Stimme von Barbara Robertazzi.

„Hallo Wolfgang, ich habe hier einen jungen Mann an der Strippe, der den ‚Oberbullen', wie er sagt, in Sachen Bilderraub sprechen möchte. Das bist du doch gerade?"

„Da bin ich ja froh, dass ich nicht als ‚Oberochse' bezeichnet werde", antwortete Sperber launig, „stell den Viehspezialisten zu mir durch, Barbara, aber tu mir bitte den Gefallen, sag unseren Leuten für Handy-Ortung gleich Bescheid, wenn ich übernommen habe. Vielleicht können die feststellen, woher das Gespräch kommt. Sie sollen dem Anrufer sofort alle Streifen auf den Hals hetzen. Es könnte sich um Patrik Gensch handeln. Das Bild von dem haben die Streifenbesatzungen bei sich."

„Wird gemacht! Hier kommt dein Anruf."

Es klickte im Hörer. Sperber meldete sich mit Namen.

Er hörte eine junge, aber merkwürdig heisere Stimme am anderen Ende: „Hey Mann, bist du der Oberbulle von eurem Verein?"

„Wenn Sie mit dieser Bezeichnung den meinen, der gerade den obersten Dienstrang hier in der Inspektion hat, dann ja. Was wollen Sie?"

„Patrik Gensch hier. Ich biete dir einen Deal an. Ich weiß, wo euer beschissenes Bild ist, und gebe euch die Daten. Du sorgst als Gegenleistung dafür, dass ich nicht in den Knast fliege, wenn ich mich euch stelle."

„Tut mir leid, ich kann das nicht allein bestimmen. Ich werde mich mit der Staatsanwaltschaft in Verbindung setzen und nach der für den Fall geltenden Rechtsprechung erkundigen, dann kann ich Ihnen einen definitiven Bescheid geben, ob das möglich ist. Wo kann ich Sie erreichen?"

„Hör auf mit deinen superbescheuerten Ausdrücken. Willst mich wohl verscheißern. Definitiv, was solln das heißen? Bei mir zieht nur klare Kante, entweder ja, dann kriegt ihr das Geschmiere zurück, oder nein, dann isses halt weg, und erreichen kannst du mich noch lange nicht, jetzt bin ich am Drücker und wenn ihr nicht so spurt, wie ich will, dann kriegt ihr eben einen Dreck, so einfach ist das. Hast mich verstanden, Mann? Und keine Tricks! Wenn ihr nicht genau das macht, was ich sage, präsentiere ich euch das gute Stück in Fetzen. Hast du das mit deinem Bullenverstand kapiert?"

Sperber ließ sich nicht aus der Ruhe bringen, obwohl er sich im Inneren gespannt fühlte wie eine Stahlfeder. Er hoffte, dass seine Kollegen sich bereits auf dem Weg zu dem Anrufer befanden.

„Sie haben sich auf Ihre Weise recht deutlich ausgedrückt. Ich will sehen, was ich machen kann. Wie ist Ihre Telefonnummer, dass ich Ihnen eine Antwort zukommen lassen kann?"

„Lass das beknackte vornehme Getue, das hasse ich." Er gab Sperber seine Handynummer. Der schrieb sie schnell auf einen Zettel.

„Wirst schon was von mir zu hören kriegen, wenn du mich anrufst, aber nur wenn ich mag. Ich hab euch in der Hand, ihr Staatswichte, vergesst das nicht, sonst schaut ihr in die Röhre."

Der Anrufer kicherte höhnisch und legte auf.

Sperber wählte sofort die Nummer der Sekretärin an. „Barbara, verbinde mich bitte mit unseren Telespezialisten."

„Sofort Wolfgang."

Es klickte wieder in der Leitung. Eine Frauenstimme meldete sich. Sperber nannte seinen Namen. „Habt ihr den Anrufer orten können?"

„Ja, der Anruf kam aus der Nähe der Schalkhäuser Straße. Die Kollegen von der Streife haben sich sofort auf die Suche gemacht. Ich verbinde Sie weiter zu einer Streife."

Wieder klickte es. „Hier Markgraf vier", meldete sich ein Polizist.

„Hier Sperber, Kripo. Habt ihr den Patrik Gensch erwischt?"

„Tut mir leid Kollege, nein. Wir haben ungewöhnlich schnell herausgefunden, wo sich das betreffende Handy befindet, und sofort mit drei Streifen das bewusste Gebiet abgesucht. Die gesuchte Person wurde aber leider nicht aufgefunden. Mit dem Handy ist der natürlich sehr mobil und kann sich schnell irgendwo verstecken. Vielleicht klappt es beim nächsten Mal. Einen guten Tag wünsch ich!"

Sperber bedankte sich. Er war nicht besonders enttäuscht über den Fehlschlag. Es wäre zu schön gewesen, um wahr zu sein, den Knaben so problemlos zu fassen.

Alle am Fall „Freiflug" beteiligten Polizisten hatten sich im großen Besprechungsraum in der Inspektion am Karlsplatz eingefunden.

Alle, außer Polizeidirektor Rudolf Dotzauer natürlich, der zu dieser Stunde schon am Golfplatz angetreten war, um an diesem Tag noch verschiedene Löcher im Boden mit kleinen, harten, weißen Bällen zu füllen.

Wolfgang Sperber begrüßte alle Anwesenden. Dann stellte er die Münchner Beamten den Ansbachern vor und umgekehrt. Er umriss kurz die Sachlage. Im Anschluss daran sollten die Spezialisten unter ihnen ein kurzes Statement ihrer Erkenntnisse abgeben. Zunächst berichtete er aber über den Anruf von Patrik Gensch.

An dieser Stelle war vor allem Oberstaatsanwalt Doktor Sauber gefordert, einen kurzen Bericht abzugeben. „So eine Pauschalstrafermäßigung ist immer eine heikle Sache", meinte er zweifelnd den Kopf hin und her wiegend, „wir müssten genauer wissen, was der Knabe uns wirklich anzubieten hat. Ich schlage vor, wir knüpfen eine Strafermäßigung an das Ergebnis, das durch die Information erzielt werden kann. Angenommen, wir fassen die Hintermänner dadurch, könnte ich auf Bewährung plädieren. Andererseits muss ein Gewohnheitstäter, und um so einen handelt es sich hier, auch seine Strafe bekommen. Herr Hauptkommissar Sperber, ich möchte Sie bitten, dass Sie das so weitergeben und versuchen, den Weg zu verschiedenen Optionen offen zu halten. Also wie gesagt, ich würde das Strafmaß an das Ergebnis angleichen wollen, ob ein Richter allerdings darauf eingeht, das kann ich nicht sagen."

„Gut", erwiderte Sperber, „in diesem Sinn werde ich mit ihm sprechen. Ich stelle Ihnen jetzt ein kurzes Porträt von Patrik Gensch vor Augen: Patrik ist polizeibekannt. Wir haben einen dicken Ordner über ihn bei uns gefunden. Er ist schon als Kind im Kindergarten und in der Schule durch seinen Hang zur Gewalttätigkeit und durch seine kriminelle Energie auffällig geworden. Patrik hat andere Kinder und Jugendliche nicht nur misshandelt, sondern auch bedroht, erpresst, bestohlen. Er und seine Komplizen Kevin, Mario und Justin haben sich frühzeitig zu einer Jugendbande zusammengeschlossen, um größere Aktionen gemeinsam durchzuführen. Während Kevin und Justin nach unseren Unterlagen diejenigen waren, die kriminelle Aktivitäten planten, könnte man Mario Kobilke als einen Mitläufer bezeichnen. Saskia stieß als Freundin von Mario Kobilke vor kurzem zu der Clique. Über sie haben wir auch bereits einen Ordner. Diebstahl, Gewalt gegen weitere männliche und weibliche Schulkameraden. Sie hat jede Menge Delikte auf ihrem Kerbholz. Patrik war der ‚Haudrauf' der Gruppe. Der Mann fürs Grobe sozusagen. Auch wenn Justin Huber im Verhör angegeben hat, dass er sich manchmal ängstlich zurückgezogen hätte, wenn es gefährlich wurde, lassen unsere Unterlagen einen anderen Schluss zu. Patrik war immer dann dran, wenn Gewalt auszuüben war. Er hat sich als völlig unberechenbar gezeigt und schlug manchmal so hart zu, dass seine Opfer schwer verletzt wurden. Nur seinem jugendlichen Alter und den Richtern, die neben mehreren Bewährungsstrafen nur kurze Aufenthalte im Jugendarrest über ihn verhängten, hatte er es bisher zu verdanken, nicht schon jahrelang weggesperrt worden zu sein. So hat er immer weitermachen können."

Missmutiges Gemurmel hatte sich bei dieser Schilderung unter den Polizisten erhoben.

Sperber redete weiter: „Insgesamt scheint Patrik nicht so dumm zu sein, wie Justin Huber ihn hinstellt. Vielleicht will er seinen Kumpel mit seinen Aussagen irgendwie decken, ich weiß es nicht. Unsere Auswertung ergab das Bild eines brutalen, aber manchmal auch recht geschickt und klug handelnden gewohnheitsmäßigen Gesetzesbrechers. Bedenklich erscheint mir die Verbindung der ganzen Bande zu dem bei uns existierenden Rockerclub. Die scheint zunächst noch nicht gefestigt. Die vier waren keine, vielleicht noch keine richtigen Mitglieder. Sie wurden wohl immer wieder als sogenannte ‚Supporter' von den Bikern in Anspruch genommen. Wir können nicht ausschließen, dass die Rockerbande Auftraggeber des Kunstdiebstahls war. Bezeichnend für die Jugendbande ist, dass bei ihren Mitgliedern seit Jahren der Alkohol und seit kürzerem verschiedene Drogen eine Rolle spielen. Missbrauch ist ihnen zumindest nachgewiesen worden und sie haben deswegen auch schon Bewährungsstrafen bekommen. Es ist durchaus möglich, dass sie sich auch mit Drogenhandel beschäftigten. Auch der Kontakt zum organisierten Verbrechen lässt darauf schließen. Noch einmal zu dem gesuchten Patrik Gensch: Ich habe angeordnet, dass der Tatort, also der Schrebergarten und die Hütte, observiert werden. Bisher ist Patrik allerdings dort noch nicht aufgetaucht. Die gesamte Fahndung nach ihm ist, trotz aller Bemühungen, bisher ins Leere gelaufen."

Haberschlachter meldete sich mit einem Handzeichen. Der Beamte erbat sich die Handynummer des Anrufers. Eifrig sagte er: „Ich nehme weitere Nachforschungen nach dem Gemälde ab sofort selbst in die Hand."

Sperber nickte: „Wir geben Ihnen selbstverständlich jede Unterstützung, die Sie brauchen." Haberschlachter nickte, bemerkte aber weiter nichts mehr dazu.

Gottfried Arpogaus meldete sich: „Wir haben jede Menge Spurenmaterial gesammelt und sind immer noch bei der Auswertung. In letzter Zeit scheinen viele verschiedene Menschen in der Hütte gewesen zu sein."

Ein weiterer Kollege berichtete, dass er herausgefunden hatte, dass die Hütte Kevin Döbrichs Onkel gehören würde. Von dessen Frau wurde ihm gesagt, dass ihr Mann das ganze Wochenende auf einer Tagung ist und erst am Abend nach Hause kommen würde. Sie selbst sei seit einer Woche krank und wolle ihre Wohnung nicht verlassen.

Sperber ergänzte: „Vermutlich wusste Kevin darüber Bescheid und hat die Hütte als Zwischenlager für das Bild bestimmt."

Arpogaus fuhr fort: „Das Bild scheint mit ziemlicher Sicherheit in dem Häuschen gewesen zu sein. Wir fanden Schleifspuren am Boden. Der Abrieb von Fasern wurde gefunden. Wir fanden auch geringe Spuren von Holzlack. Der deckt sich mit den Lackspuren, die wir in der Schwanenritterkapelle sowohl an der Innenwand als auch an dem Gerüst gefunden haben. An den Wänden und am Boden und an einigen Möbeln in der Hütte fanden wir überall Blutanbringungen und Gehirngewebe, beides stammt von dem Opfer. Der Täter scheint eine Waffe des Kalibers neun Millimeter benutzt zu haben. Die beiden Kugeln fanden wir in der Hüttenwand. Die Geschosse werden gerade noch untersucht. Ich tippe bei der Waffe auf eine Cheska Vz 82, eine Waffe, die in Tschechien hergestellt wird. Die Nazis von der NSU haben sie bei den Morden vor einiger Zeit auch verwendet, wie Sie wissen."

Frau Doktor Renz wandte ein: „Ich habe die Leiche noch nicht obduziert, aber nach meiner ersten Untersuchung kann ich bestätigen, was Sie vermuten, Herr Arpogaus. Der Tote hat zwei Einschüsse im Kopf, einer davon war aufgesetzt. Ich fand am Hinterkopf des Toten natürlich auch die Austrittswunden der Geschosse."

Sperber ergriff wieder das Wort und wandte sich den beiden Münchner Beamten zu: „Nachdem wir Ihnen, verehrte Kollegen, den Stand unserer Ermittlung zur Kenntnis gegeben haben, will ich Ihnen nun Gelegenheit geben, uns ausführlich über Ihre bisherigen Ermittlungsergebnisse zu berichten."

Alfred Haberschlachter umriss kurz die bisherigen Maßnahmen seiner Behörde in diesem Fall. Unter anderem wurde ein Bewegungsprofil aller des Kunstdiebstahls verdächtigen Personen zur Verfolgung möglicher Täter herangezogen. Er berichtete, dass sich nach den Erkenntnissen seines Amtes zwei der aktivsten Händler von geraubten Kunstwerken in der näheren Umgebung aufhalten würden. Wo genau, das war bisher nur schwer festzustellen, weil diese ihre Handydaten durch Benutzung von jeweils neuen Handychips verändern konnten. Es werde von seinem Amt weiterhin ganz intensiv nach diesen Personen gesucht. Außerdem wurden alle

Kunsthändler auf den Raub aufmerksam gemacht und gebeten, Augen und Ohren aufzusperren, ob das Bild irgendwo auf dem Kunstmarkt angeboten würde. Der Zoll überwache verstärkt die Ausfuhren in das Ausland.

„Das Kunstwerk ist ja nicht gerade klein. Bei seiner Größe kann man es nicht unter dem Arm transportieren, obwohl natürlich zu befürchten ist, dass es von den Händlern aus seinem Rahmen herausgeschnitten wird, um es leichter zu transportieren. Das ist schon oft in bedauerlicher Weise geschehen. Immer wieder ist dabei eine Beschädigung entstanden. Wir können nur hoffen, dass wir das unersetzliche Stück so bald wie möglich wieder in Sicherheit bringen können." Haberschlachter gab seinem Gesicht bei diesen Worten einen zweifelnden Ausdruck und fügte hinzu: „Gegenwärtig gibt es vielleicht noch eine Chance, das Bild zu finden. Es könnte noch irgendwo in der Gegend aufbewahrt sein. Manchmal lässt sich so ein auffälliges Gemälde nicht gleich verkaufen. Wir müssen einfach alle Hebel in Bewegung setzen, sonst läuft uns die Zeit davon und damit wird die Aussicht, das Kunstwerk zu finden, immer geringer. Oft handelt es sich bei so einem Kunstraub leider auch um die Bestellung eines bestimmten Sammlers, dann geht natürlich alles ganz schnell über die Bühne. Eine Auffindung ist dann oft nur ein Produkt des Zufalls oder sie erweist sich als ganz unmöglich."

Er gab mit dieser skeptischen Beurteilung das Wort weiter an seinen Kollegen Moritz Engel. Der sagte: „Ich will Ihnen den ideellen Wert des Bildes, unabhängig von seinem derzeitigen Marktwert, vor Augen stellen, indem ich Ihnen einen kleinen kunsthistorischen Abriss des sogenannten ‚Kelterbildes' vor Augen stelle. Das Bildmotiv der Kelter leitet sich von verschiedenen Aussagen der Bibel ab. Die Kelter gehört zum Weinberg. Dieser wird in der Heiligen Schrift immer wieder als Symbol für das

Volk Gottes gewählt. Die Kelter wird in einigen Schriftzeugnissen jedoch zu einem eigenständigen Motiv. Das Eintreten und das Einstampfen der Weintrauben werden darin zu einem Bild des Gerichts und des Zornes Gottes. Wie der Keltertreter alles zermalmt, wird Gott im Zorn zermalmen, die sich gegen ihn versündigt haben, verkünden einige der alttestamentlichen Propheten. Im Neuen Testament wird das Rachemotiv von der Offenbarung des Johannes wieder aufgenommen. Zwischen dem zwölften und dem fünfzehnten Jahrhundert entstehen eine ganze Reihe dieser Darstellungen. Es beginnt zu diesem Zeitpunkt, dass Kleindarstellungen hergestellt werden, die das Motiv zeigen. Dann ging die Malerei mehr und mehr dazu über, größere Formate herzustellen, dazu gehört auch das Ansbacher Kelterbild, das in der zweiten Hälfte des fünfzehnten Jahrhunderts als Andachtsbild entstanden ist. Wenn wir uns an die Geschichte dieses speziellen Bildes annähern, kommt zunächst sein Stifter ins Blickfeld. Es handelt sich um den Stiftsdekan Mathias von Gulpen, der von 1464 bis 1475 dieses Amt innehatte. Von ihm wissen wir nicht allzu viel. Es ging ihm bei der Stiftung dieses Bildes um die Anregung zum Gebet für den verstorbenen Stifter, wie das in der damaligen Volksfrömmigkeit üblich war. Über die Entstehung des Bildes gibt es viele Theorien, aber auch gewisse Anhaltspunkte dazu. Eine Skizze von Albrecht Dürer zu dem Bild befindet sich in Berlin und eine Notiz von ihm über die Anordnung der Figuren wird in London aufbewahrt. Als Entstehungszeit werden die Jahre fünfzehnhundertzwei und elf angesehen. Auch die Meinungen über den Künstler selbst sind geteilt. Es werden berühmte Namen genannt: Hans Baldung Grien zum Beispiel oder Hans von Kulmbach sowie Hans Spinginklee und weitere Meister der Malkunst. Die Frage der genauen Herkunft bleibt jedoch offen."

Engel schaltete nun den Overheadprojektor ein. Auf der weißen Wand hinter ihm erschien großformatig eine Abbildung des Kelterbildes.

„Betrachten wir nun das Bild. In der Mitte steht der leidende Christus. Die Kelter hat einen Bodentrog, in dem sich der Saft der ausgepressten Trauben sammeln sollte. Christus steht gebückt unter dem Kelterbalken, der nach unten drückt. Gottvater dreht an der Spindel, um den Balken weiter nach unten zu drücken. Links neben der Kelter steht Maria, deren Herz von Schwertern durchbohrt wird. Darüber schwebt der Heilige Geist. Rechts ist ein Chor von Engeln zu sehen. Vor der Kelter kniet Petrus im Papstornat, der die herausfallenden Hostien auffängt. Es fliest kein Wein, sondern Hostien fallen heraus. Links vorn kniet der Stifter, Mathias von Gulpen. Verschiedene Spruchbänder wollen die Szene deuten. Sinn des Bildes ist eine Ausdeutung des Leidens Christi. Gottvater an der Spindel zeigt an, dass es bei dem Heil, das Christus erwirkt, um ein Handeln Gottes geht. Petrus als Papst nimmt im Sakrament der Eucharistie das Heil entgegen, dadurch kommt das Heil uns zugute. Damit ist die katholische Dogmatik jener Zeit bis in unsere Tage umrissen. So ein Andachtsbild will anregen zum Nachdenken und zum Gebet. Der Betrachtende soll anschauen und darüber nachdenken, was Gott uns in Christus Gutes getan hat.“

Engel beendete sein Referat mit dem Hinweis, dass es sich bei dem Bild um ein unschätzbar wertvolles Kulturgut handle, dessen Wert eben nicht nur in Zahlen ausgedrückt werden konnte. Dennoch würde es bei einer Auktion sicher einen Höchstpreis erzielen.

„Mit meinem sehr unvollständigen Abriss wollte ich Sie alle dazu motivieren, sich in außerordentlicher Weise dafür einzusetzen, dass das Bild wieder an seinen Platz in der Sankt-Gumbertus-Kirche zurückkommt. Jeder und jede von Ihnen trägt dafür jetzt eine besondere Verantwortung."

Konstanze hatte dem mit einer gewissen Leichtigkeit vorgetragenen Referat von Moritz Engel fasziniert zugehört. Sie hatte der großen Kirche in der Ansbacher Innenstadt und auch deren Schwanenritterkapelle hie und da aus unterschiedlichen Gründen einen Besuch abgestattet. Jetzt sah sie das Gemälde, das ihr bis dahin von seiner Aussage und Gestaltung fremd erschienen war, mit völlig anderen Augen. Sie verstand mit einem Mal, warum das Verschwinden des Bildes eine gigantische Aufregung in der Fachwelt auslösen konnte. Wenn sich ein zahlungskräftiger Käufer dafür fand, war es womöglich für die Allgemeinheit für alle Zeit verloren. Das durfte nicht sein. Sie nahm sich vor, sich mit allen ihr zu Gebote stehenden Fähigkeiten für dessen Wiedererlangung einzusetzen.

Fasziniert war Konstanze aber insbesondere von dem Mann, der eben den Vortrag gehalten hatte. An diesem herrlichen, sonnenerfüllten Morgen, pünktlich um acht Uhr, hatte sie Moritz Engel von dem Hotel am Drechselsgarten abgeholt. Sie waren dann die Straße bis zum Ansbacher Klinikum gefahren und hatten das Auto auf dem großen Parkplatz davor abgestellt. Hinter der Klinik begann ein Weg, der sich bis nach Strüth, einem kleinen Ort mit einer großen Lungenheilstätte, erstreckte. Ganz gleichmäßig waren sie etwa fünf Kilometer hin und fünf Kilometer zurück gejoggt. Dabei hatten sie sich entspannt über Beobachtungen am Wegesrand und über private Dinge unterhalten, die sie gerade beschäftigten.

Konstanze hatte sich gewundert, wie leicht es ihr fiel, mit diesem Mann Gedanken auszutauschen. Wieder beim Hotel angekommen, setzte sie Moritz Engel ab und fuhr in ihre Wohnung zurück, um sich zu duschen. Anschließend wollte sie mit ihm zusammen im Hotel frühstücken. Als sie dort wieder ankam, fühlte sie sich frisch und munter und freute sich auf das Zusammensein mit ihm. Er saß bereits ganz förmlich gekleidet an einem Tisch, von dem man die morgendliche Stadt übersehen konnte.

Sehr genussvoll hatten die beiden gespeist und sich dabei wunderbar unterhalten. Immer wieder hatte Moritz Engel dabei seinen Blick in ihre Augen gesenkt. Das Rundfluggeschehen in ihrem Bauch wurde dabei zu einer beeindruckenden Flugschau. Plötzlich nahm er ihre Hand in die seine und begann mit verblüffender Offenheit: „Liebe Frau Grunwald, ich möchte Ihnen sagen, dass mich keine Frau seit dem Tod meiner Frau so angesprochen und innerlich berührt hat wie Sie. Bitte hören Sie das nicht als eine billige Anmache. Sie beeindrucken mich sehr, obwohl wir uns erst so kurze Zeit kennen. Von mir aus war es Sympathie auf den ersten Blick, als ich Sie neben Ihrem Kollegen auf dem Bahnsteig dort unten stehen sah. Ich denke, es war sogar viel mehr als nur Sympathie. Aber darüber muss ich mir erst klar werden. Ich hoffe, wir sehen uns immer wieder, solange ich in Ansbach bin auch ab und zu zum Essen oder zu einer Joggingrunde oder zu einem Spaziergang zwischendurch. Ich möchte Sie näher kennenlernen, das ist mir ganz wichtig." Er sah sie eindringlich an und suchte in ihrem Gesicht nach einem Widerschein seiner Worte.

Konstanze war es bei diesem Bekenntnis richtig heiß und ein wenig schwindlig geworden. Wann hatte ihr ein Mann auf diese Weise seine Zuneigung bekundet?

Sie antwortete ihm trotz ihrer inneren Erregung: „Mir ging es ganz genauso, Moritz. Ich möchte, dass wir du zueinander sagen, weil du mir irgendwie so nahe bist. Ich wünsche mir auch, dass wir uns in diesen Tagen öfter sehen und sprechen können. Fast wünsche ich mir, dass die Suche nach dem Bild noch längere Zeit andauert."

Moritz hatte sich nach ihren Worten, ohne etwas zu sagen, zu ihr hingeneigt und sie ganz sanft auf ihre Lippen geküsst. Konstanze meinte in diesem Moment, von irgendwoher Geigenklänge zu hören. Das war natürlich reine Einbildung, aber ihr Herz schien sich bei diesem Kuss wirklich in eine Trommel verwandelt zu haben, und der Schwindel, den sie schon die ganze Zeit des Zusammenseins empfand, hatte sich erheblich verstärkt. Hand in Hand waren die beiden dann aus dem Hotel hinausgegangen und über einen Feldweg zum sogenannten Bismarckturm gelaufen.

Unterwegs blieben sie einige Male stehen und küssten sich erst vorsichtig, wie tastend, dann immer fordernder und leidenschaftlicher.

Am Turm selbst setzten sie sich auf eine Bank, sahen auf die ungemähte Wiese, die sich bunt vor ihnen ausbreitete. Konstanze befand sich dabei in einer Art von Glückszustand, wie sie ihn kaum jemals in ihrem Leben erlebt hatte. Zurückgekehrt in das Hotel, liebten sie sich im Zimmer von Moritz, als würden sie sich kennen, seit die Erde erschaffen wurde. Als würden sie zusammengehören wie Tag und Nacht, Ebbe und Flut. So als hätten sie sich geliebt seit dem Anfang der Schöpfung.

Beide waren dabei vor lauter Glückseligkeit eine Zeit lang nicht mehr von dieser Welt. Zwei Stunden hatten sie sich geliebt, danach waren sie erschöpft und zugleich ein wenig verwirrt, so als hätten sie eben ein Wunder erlebt, das sich nicht beschreiben ließ.

Jetzt hatte sie diesen Mann die ganze Zeit vor sich. Sie hatte ihm aufmerksam zugehört und seine Beschreibung des Bildes voll und ganz in sich aufgenommen. Dabei fühlte sie sich jedoch so leicht, als würde sie ein ganzes Stück über ihrem Stuhl schweben. Begleitet von dem leichten Schwindelgefühl fühlte sie sich, als wäre ihr ganzer Körper von zauberhafter Musik erfüllt.

Wolfgang Sperber hatte sich im Anschluss an die Dienstbesprechung etwas Besonderes einfallen lassen. Es war Sonntag und bevor sie wieder an ihre Arbeit gingen, wollte er der gesamten Sonderkommission ein gemeinschaftliches Erlebnis verschaffen. Schon nach dem Eintreffen hatte er vorsorglich jeden und jede darauf hingewiesen, dass sie sich im Anschluss an die Besprechung noch etwas Zeit geben sollten. Jetzt führte er sie in einen größeren Nebenraum. Als er die Türe dazu öffnete, strömte ein sagenhaft guter Duft heraus, der die Köstlichkeiten bereits erahnen ließ, die sie erwarteten. Hinter einer extra aufgebauten Theke wurden sie von einigen Köchen erwartet, die ihnen verschiedene warme Speisen anboten, dazu gab es unterschiedliche Salate und natürlich Getränke nach Wahl. Wolfgang Sperber lud alle herzlich ein, sich zu bedienen. „Wir können die Speisen zu dem großen Tisch im Besprechungsraum mit hinübernehmen und dort erst einmal in Ruhe essen, danach geht es richtig mit Schwung weiter."

Bald darauf hörte man das lebhafte Gemurmel vieler Gespräche, dazu das Klappern von Tellern, Gläsern und Bestecken.

Konstanze hatte sich an Moritz herangeschlichen, der sich gerade am Büfett bediente. „Darf ich neben dir sitzen?", fragte sie ihn lächelnd.

„Neben niemandem sitze ich lieber", ließ Moritz sie wissen und strahlte über das ganze Gesicht.

Wolfgang Sperber freute sich über die gute Atmosphäre in seiner Arbeitsgruppe. Er beobachtete, auf welche Art sich Konstanze und Moritz Engel anblickten, und zog daraus seine Schlüsse: „Zwischen den beiden hat es wohl gefunkt!"

Er holte sich sein Essen und setzte sich damit neben Alfred Haberschlachter. Der langte bereits kräftig zu und stellte während des Essens fest: „Ich bin wirklich überrascht, wie effektiv Ihr Betrieb hier läuft. Sie haben in dieser kurzen Zeit wesentliche Erfolge mit der Aufklärung erzielt."

Sperber konnte das Kompliment nicht recht annehmen. Er antwortete: „Wir hatten einfach das Glück, dass uns manches vom ‚Kommissar Zufall' beschert wurde. Zwar ist die Diebesbande wahrscheinlich bis auf einen gefasst oder tot, aber eigentlich kann man das nicht als unser Verdienst bezeichnen. Wesentlich ist nun, dass wir Patrik Gensch erwischen und natürlich, dass es uns gelingt, die Hintermänner des Diebstahls zu fassen. Am wichtigsten ist mir im Augenblick, das Bild wieder zu bekommen. Die Zeit drängt und ich hoffe, dass jetzt kein Stillstand bei den Ermittlungen eintritt."

Haberschlachter lächelte wieder sein schiefes Lächeln, blickte ihn mit seinen extrem verkleinerten Augen an und sagte lakonisch: „Das hoffe ich mit Ihnen."

Sperber konnte wieder keine Gefühlsregung in den Augen seines Gegenübers erkennen. Er empfand deshalb wie schon bei anderen Gesprächen mit Haberschlachter ein irgendwie ungutes Gefühl.

Gleich nachdem er gegessen hatte, stand Haberschlachter auf und verließ eilig den Raum, ohne jemandem Bescheid zu geben, wohin er ging.

Karlo und Konstanze mussten wieder an ihre Arbeit. Sie verabredete sich noch mit Moritz Engel zum Essen an diesem Abend, dann rannte sie schnell hinter Karlo her.

Beide Kommissare gingen in Richtung ihrer Büros. Karlo fing auf dem Gang gleich zu frotzeln an. „Oh, so verliebt wie eine gewisse Kollegin möchte ich auch mal wieder sein. Die schwebt gerade so zirka zehn Zentimeter über dem Boden."

Konstanze boxte ihn spielerisch in die Seite. „Kriegst gleich einen K.-o.-Schlag", versetzte sie grinsend, „wenn einer den dauerverliebten Gockel gibt, dann doch du, alter Macho!"

Flachsend ging es weiter, bis sie die Büroräume erreicht hatten. Vor den Türen stehend, nörgelte Karlo demonstrativ weiter: „Was habt ihr da bloß für zwei Typen angeschleift? Einer ein Schönling, der meine Kollegin gleich zum Glühen bringt, und der andere ein schwarz verkleideter Kunstzwerg mit Locken bis zum Hintern und einer Brille mit Gläsern wie Flaschenböden. Ich frage mich besorgt, was der anstellt, wenn er noch stärkere Brillengläser braucht. So was führt doch kein Optiker. Der muss dann bestimmt in den Baumarkt, Abteilung Glasbausteine!"

Daraufhin brachen beide in ihr berühmt-berüchtigtes ungezügeltes Gelächter aus, das sie bei einem bestimmten Grad oft so weit brachte, dass ihnen alles wehtat vor Lachen und sie abwechselnd lachend und stöhnend zugleich zusammengekrümmt um Gnade flehen ließ.

Sonntag am frühen Nachmittag

Die Frau und der Mann hatten es sich auf dem Sofa bequem gemacht. Im Fernsehen lief ein alter Film. Beide waren angespannt und konnten sich auf die heitere Komödie nicht recht konzentrieren. Sie warteten darauf, dass ihr dritter Geschäftspartner sich endlich bei ihnen meldete.

Plötzlich läutete das Telefon. Der Mann sprang auf und hob den Hörer ab. „Hallo!", auf der anderen Seite eine Stimme, die knapp ankündigte: „Ich komme gleich zu euch." Dann wurde aufgelegt.

Der Mann sah die Frau an und zuckte die Schultern. „Er kommt gleich", nuschelte er lakonisch.

Dann setzte er sich wieder hin. Beide saßen nun schweigend da und sahen gebannt dem Ablauf der Komödie im Fernsehen zu. Sie waren überzeugt, irgendetwas würde nun geschehen. Ihre derzeitige Situation würde sich verändern.

Sie waren sehr froh darüber. Die Warterei in der angemieteten Wohnung am Stadtrand von Ansbach ging ihnen auf die Nerven. Dazu belastete sie ihr Mord an dem jungen Mann in der Hütte. Das war durchaus nicht ihre Art. Der Mann hatte in Notwehr gehandelt, darüber waren sie sich einig. Außerdem ging es um ungeheuer viel Geld, da konnte man kein Risiko eingehen. Dass sich ihr Geschäftspartner nun meldete, konnte nur bedeuten, dass er einen solventen Kunden gefunden hatte, der bereit war, die geforderte riesige Summe für das Gemälde auf den Tisch zu legen. Ihr Geschäftspartner war ein Profi, der sich in der Kunstszene auskannte wie kein Zweiter. Seit er mit ihnen zusammenarbeitete, waren sie ein gutes Team. Die drei waren auf Schmuggel von Waren aller Art spezialisiert, er war der Beschaffer der Ware und gab ihnen zugleich Rückendeckung. Das Risiko ihrer Arbeit war groß. Ihre Gegenüber waren oft gefährliche Leute. Sie hatten sich gut bewaffnet und waren mehr als vorsichtig bei allen Aktionen. Das Paar wollte schließlich nicht so enden wie der dumme junge Mann in der Hütte. Bisher war alles sehr gut gelaufen. Sie hatten sehr viel Geld verdient. Der Diebstahl und der Weiterverkauf dieses Gemäldes aber waren ihr bisher größter Coup. Das Bild würde sie reich machen. Vielleicht konnten sie sich sogar zur Ruhe setzen und nur ab und zu, quasi aus Spaß und um nicht aus der Übung zu kommen, einen harmloseren Deal über die Bühne gehen lassen.

Ihr Geschäftspartner war ein furchtbarer Pedant. Alles musste einhundertzwanzigprozentig geprüft und abgesichert werden.

Bevor er kam, würde er bestimmt wieder auf Nummer sicher gehen und erst einmal das ganze Gelände um das Haus überprüfen, damit er nicht in eine Falle tappte. Bis der eintraf, würde es noch ein wenig dauern.

Schließlich hörten sie an der Haustüre Geräusche. Die Frau stand auf und ging zur Wohnungstüre. Der Mann war sitzen geblieben. Wer konnte das schon sein? Natürlich Mister Übervorsichtig. Als die Frau die Türe öffnete, stand der kleine Mann unmittelbar vor ihr. In der Hand hielt er eine Pistole, die genau auf ihre Brust gerichtet war. Er schoss, ohne ein Wort gesagt zu haben. Die Frau hatte noch kurz aufgeschrien, dann war sie tödlich getroffen zusammengebrochen.

Ihr Mann, der noch auf dem Sofa saß, griff schnell zu seiner Pistole, die er bei ihren geschäftlichen Aktionen immer in Reichweite hatte, riss sie hoch, um sich zu wehren. Bevor er aber seinen Finger krümmen konnte, traf ihn ebenfalls der tödliche Schuss des anderen. Er sackte auf dem Sofa in sich zusammen.

Der Mörder prüfte zunächst akribisch, ob die beiden

auch wirklich tot waren, dann steckte er ganz ruhig seine Waffe in den Hosenbund und sah sich um. Was er suchte, befand sich offensichtlich nicht in diesem Zimmer. Mit behandschuhten Händen öffnete er nacheinander alle Türen und ging in jeden Raum des Hauses.

Nichts zu finden!

Er suchte auf dem Dachboden und im Keller. Das Bild war doch so groß, dass es ihm sofort auffallen musste. Dann kam ihm eine Idee. Er blickte zu einem Fenster hinaus. In der Garage, die er vor sich sah, stand vielleicht das Auto des Paares. Er suchte nach einem Schlüssel für das Garagentor. „Womöglich hat ihn der Kerl in der Hosentasche."

Er drehte den Leichnam des Mannes ein wenig auf die Seite und fuhr mit einer Hand in dessen Hosentasche. Da war ein Schlüsselbund. Er zog ihn heraus und betrachtete ihn. Den Hausschlüssel erkannte er sofort. Einer der anderen musste der Garagenschlüssel sein.

Er ging durch den Hausflur hinaus auf das Grundstück. Aufmerksam blickte er sich um. Er hatte das Haus gut gewählt. Das große, ringsum mit Büschen eingewachsene Grundstück war von außen nicht einzusehen. Das Nachbarhaus stand ein ganzes Stück weg. Bestimmt hatte niemand die Schüsse im Haus gehört. Alles war ringsum völlig ruhig. Nirgendwo ein Mensch zu sehen und zu hören. Die Toten im Haus würden so schnell nicht entdeckt werden. Für ihn war es höchste Zeit geworden, die beiden zu beseitigen. Die Polizei war ihnen hier in der Kleinstadt dichter auf der Fährte als notwendig. Er brauchte sie nicht mehr. In Zukunft würde er alleine arbeiten. Außerdem wussten sie viel zu viel über ihn. Das wurde ihm langsam gefährlich. Der wichtigste Grund aber war, er wollte das einmalige Kunstwerk für sich selbst. Er war geradezu süchtig geworden nach dem Gemälde, nachdem er es vor einiger Zeit bei einem

Besuch in Ansbach betrachtet hatte. Seitdem war es ihm nicht mehr aus dem Kopf gegangen. Niemals hätte er das Geld aufbringen können. Er war ein sorgfältiger Planer. Sein Plan war bisher aufgegangen. Die Kollateralschäden, wie er die Todesfälle bei sich abfällig bezeichnete, waren ihm unwichtig. Er konnte skrupellos über Leichen gehen, wenn es darauf ankam.

An der Garage angekommen, fand er schnell den passenden Schlüssel. Der weiße VW Bus stand darin. Er öffnete die Seitentüre und sah sehr zu seiner Erleichterung das Bild, zwar in einer verrutschten Verpackung, aber unversehrt vor sich. Er atmete auf. Dann überlegte er: „Wohin damit?" Er konnte es alleine nicht tragen, dazu war es zu schwer. Es musste mit dem Fahrzeug weitertransportiert werden. Er war überzeugt davon, irgendwann würde die Polizei hier auftauchen. Das Auto mit dem Gemälde darin musste schnellstens hier raus. Er lief zum Haus zurück und sperrte es ab. Im Wohnzimmer des Hauses lief immer noch der Fernseher. Die Komödie, die gerade gezeigt wurde, kam mehr und mehr dem Punkt näher, an dem die beiden Hauptdarsteller sich „kriegten". Die beiden Leichen hatten freilich kein Interesse mehr daran.

Am Schlüsselbund hatte der Mörder der beiden auch den Schlüssel für den VW Bus gesehen.

„Wo kann ich den verstecken?", sinnierte er, „viel herumfahren darf ich mit dem Ding nicht. Die Polizei wird vielleicht schon danach fanden? Das Auto irgendwo im Wald zu verbergen, war auch keine gute Idee. Schließlich würde es von Wanderern oder einem Jäger entdeckt werden. Gut, dass er in Ansbach jemanden kannte." Er hatte Verwandte in der Stadt. Ihm fiel ein, dass einer seiner Verwandten über ein altes Lagerhaus verfügte, das er so gut wie gar nicht benutzte. Er klagte ständig darüber, dass ihm der Kasten wie ein Klotz am Bein hing, aber einmal hatte er sich in weinseliger Stimmung zu dem Bekenntnis hinreißen lassen, dass die große Halle für ihn ein wunderbares Spekulationsobjekt darstellte. In guter Lage gelegen, wartete er einfach darauf, bis die Immobilienpreise so gestiegen waren, dass er es für einen saftigen Preis verkaufen konnte. „Meine Altersversorgung!", hatte er schelmisch dazu gesagt.

„Kein Problem für mich, in die Halle reinzukommen. Dort steht der Bus erst einmal sicher."

Er atmete auf, setzte sich ans Steuer und fuhr los. Schnell hatte er das große Gebäude erreicht. Ein Kinderspiel für ihn, das alte Schloss des Tores zu öffnen. Er fuhr das Auto hinein, stieg aus und versperrte seine Türen. Dann schloss er auch das Tor ab und ging zu Fuß in die Innenstadt zurück.

Was er nicht wissen konnte, war, dass sich der Eigentümer der Lagerhalle in diesen Minuten mit seiner Frau auf einem Waldspaziergang in der Umgebung von Ansbach befand. Die beiden überlegten, ob es angesichts der historisch niedrigen Zinsen und der unmäßig in die Höhe geschossenen Immobilienpreise nun nicht doch an der Zeit war, die alte Lagerhalle endlich zu verkaufen. Sie wies mittlerweile solch gravierte Schäden an der Bausubstanz auf, dass eine Reparatur unvermeidlich schien, sollte sie nicht eines Tages in sich zusammenfallen. Nach einigem Hin- und Herreden war sich das Ehepaar darüber einig, dass jetzt der günstige Zeitpunkt zu einem Verkauf gekommen war. Gleich noch heute wolle er versuchen, sich mit einem ihm bekannten Makler zu treffen, der die Halle ansehen sollte, um ein Exposé für den Verkauf zu erstellen, kündigte der Mann seiner Frau an.

Zur selben Zeit

Ein Polizeibeamter meldete sich gleich am Telefon. Patrik verlegte sich aufs Schauspielern, er sagte mit einer Stimme, die ängstlich und hektisch klingen sollte: „Jemand hat gerade mein Auto angefahren und sich aus dem Staub gemacht. Ich habe den Fahrer aber noch gesehen und seine Autonummer aufgeschrieben. Bevor ich ihn anzeige, will ich versuchen, die Sache mit ihm gütlich zu regeln. Können Sie mir seine Adresse sagen, wenn ich Ihnen die Nummer gebe?"

„Das ist eigentlich nicht üblich", sagte der Polizist, „aber ich will auch nicht bürokratisch sein, vielleicht können wir auf diese Weise wenigstens einen Gerichtsprozess verhindern." Patrik nannte ihm das Kennzeichen von dem weißen VW Bus der beiden Mörder. Es dauerte nicht lange: „Der Halter ist erst seit kurzem in Ansbach gemeldet." Der Beamte nannte einen Namen und die dazugehörige Adresse.

Patrik beschloss, sich wieder in sein Versteck zurückzuziehen und von dort nochmals mit dem Polizisten zu verhandeln.

Er suchte sich eine Nische in der Kirche, die nicht leicht einzusehen war. Diesmal war er schlauer und hatte sich von einigen Bänken Sitzkissen mitgebracht, die er vorsorglich auf den Boden übereinander legte, sodass er, wenn nötig, heute Nacht ein bequemeres Lager hatte.

Kurz dachte er darüber nach, woher er sich Essen und Trinken besorgen konnte. Er hatte kein Geld mehr. Außerdem wollte er nicht wieder durch die halbe Stadt laufen müssen, um sich etwas in einer Tankstelle zu besorgen.

Die beiden Pfarrer fielen ihm ein. „Ich läute einfach mal bei denen und frage, ob sie mir etwas geben." Damit hatte er diesen Gedanken abgehakt. Patrik spürte nun wieder eine große Müdigkeit. Er legte sich auf sein Lager und schlief ein.

Als er wieder erwacht war, setzte er sich auf eine Bank und sah auf seine Armbanduhr. Sie zeigte bereits fünfzehn Uhr an. Er hatte immer noch keinen Anruf des Polizisten erhalten, das ärgerte ihn. „Die wollen mich weich kochen. Jetzt ist Schluss mit deiner Ruhe, Bulle!“, dachte er grimmig und wählte die Nummer der Inspektion. Die Zentrale meldete sich. Er sagte, dass er den Sperber von der Kripo sprechen wolle.

Es dauerte nicht lange, dann meldete sich der Hauptkommissar mit seinem Namen. „Hier Gensch“, begann Patrik in geschäftsmäßigem Ton, „ich denk, ich hör was von euch. Schlaft ihr, oder was ist los? Ich kann nicht ewig warten, Mann. Also jetzt sag schon, was euer Zusammenkaspern ergeben hat.“

„Herr Gensch, ich habe mit Herrn Oberstaatsanwalt Sauber über Ihr Angebot und Ihren Wunsch gesprochen. Wir sind zu dem Ergebnis gekommen, Ihnen eine Straferleichterung in Aussicht zu stellen, die sich in ihrer Höhe danach bemisst, welchen Erfolg Ihr Tipp erbringt. Sie müssen mir als Erstes sagen, was Sie zu bieten haben. Ich überlege mir dann, ob ich darauf eingehen will.“

„Mann, du redest wieder eine gequirlte Scheiße! Das hört sich genauso an, als wolltet ihr mich über den Tisch ziehen, aber da bleibt euch der Schnabel sauber. Nicht mit mir! Aber ich will euch nicht sofort ins Leere laufen lassen, deshalb rede ich überhaupt noch mit dir, aus lauter Barmherzigkeit, verstehst du?“ Patrik kicherte vor sich hin. Er fand sich gut. „Also Angebot eins: Autonummer und Marke von dem Auto, das die Mörder von Kevin gefahren haben, da ist auch euer Ölschinken damit transportiert worden. Angebot zwei, da kannst du jetzt staunen über den cleveren Patrik, Adresse der Typen. Na, was sagst du jetzt?“

„Hört sich gut an. Als Gegenleistung biete ich, wenn die Täter gefasst werden und wir auf diese Weise wieder zu dem Bild kommen, dass der Oberstaatsanwalt von seiner Seite auf Bewährung plädieren wird. Wir können aber damit keine Garantie über die Entscheidung eines Richters abgeben."

„Was habe ich dann davon? Das ist kein gutes Angebot."

„Sie haben mein Versprechen, dass wir tun, was wir können, so wie ich es gerade gesagt habe."

„O.k. Ich hoffe für dich Bulle, dass du dein Wort hältst, sonst garantiere ich für nichts."

Patrik nahm seinen Schmierzettel zur Hand und gab Sperber die Autonummer durch und dann auch die Adresse.

„Und was ist mit Ihnen?", wollte Sperber wissen, „wenn Sie sich selbst stellen, wirkt sich das noch einmal strafmildernd aus. Bedenken Sie, dass Sie sich nicht ewig verstecken können. Wir finden Sie über kurz oder lang, darauf können Sie sich verlassen."

„Nu mal langsam mit die jungen Pferde, Bulle. Ich will erst mal sehen, was läuft, dann reden wir weiter." Damit legte er auf.

Wolfgang Sperber war durch das Gespräch richtig in Schwung geraten. Wenn das alles zutraf, was ihm Patrik Gensch gerade übermittelt hatte, dann waren sie ihrem Ziel ganz nahe. Er rief gleich wieder seine Kollegen an, die während des Gesprächs noch einmal versucht hatten, die Funkzelle zu ermitteln, von der aus mit dem Handy telefoniert worden war. Leider hatte es auch diesmal damit nicht geklappt. Das Gespräch war zu kurz gewesen. Wolfgang Sperber alarmierte als Nächstes das Spezialeinsatzkommando und bat um Unterstützung bei einer möglichen Verhaftung der Täter. Dann rief er die Funkstreifenzentrale an und beorderte alle Streifen, die aufzubieten waren, in die unmittelbare Umgebung der genannten Adresse. Die Zentrale sollte auch gleich Notarzt und Sanitäter anfordern.

Er ordnete an, dass alle Zufahrtsstraßen mit Straßensperren versehen wurden. Der Chef der Funkstreife sollte dafür sorgen, dass seine Leute das bewusste Gebäude von allen Seiten her möglichst unauffällig umstellten. Alle sollten zunächst um das Grundstück herum sichernd in Deckung gehen und abwarten, bis das SEK kam. Deren Spezialisten hatten die Verhaftung nötigenfalls zu übernehmen. Vorher wollte er die Täter mit einem Lautsprecher dazu auffordern, sich freiwillig zu ergeben. Sperber wies Barbara an, sofort alle Beamten der Soko „Freiflug" aufzufordern, zum Ort der Aktion zu kommen. Als er das geschafft hatte, lief er schnell zu Karlo und Konstanze und rief sie zum Einsatz. Zu dritt rannten sie die Treppe des Gebäudes hinab und warfen sich in ihren bereitstehenden Dienstwagen.

Karlo setzte sich mit Begeisterung ans Steuer, stellte das Blaulicht auf das Dach, schaltete es ein, fuhr jedoch ohne Martinshorn los. Glücklicherweise war auf den Straßen nur mäßiger Sonntagsverkehr. Sie kamen schnell voran und erreichten ihr Ziel nach kurzer Zeit. Einige Streifenwagen waren bereits eingetroffen. Die Polizisten hatten mit ihren Fahrzeugen schon die wenigen Zufahrtsstraßen zu dem Grundstück abgesperrt und ließen nur Einsatzfahrzeuge passieren. Schnell füllten sich die Straßen um das bewusste Grundstück mit Polizeikräften. Der Chef der Funkstreife agierte mit großer Umsicht und verteilte seine Leute so sinnvoll, dass niemand dem anderen im Wege war. Auch Sanitäter und Notarzt waren in Bereitschaft. Es dauerte nicht lang, dann kamen auch die Beamten des SEK dazu. Sie waren schwer bewaffnet und hatten sich entsprechend ihrer Aufgabe gekleidet. Als alles für die Aktion stand, nahm Wolfgang Sperber den Handlautsprecher, setzte ihn an den Mund und rief zum Haus hin: „Achtung, Achtung, hier spricht die Polizei! Das Haus ist umstellt. Kommen Sie unbewaffnet und mit erhobenen Händen heraus. Sollten Sie sich nicht freiwillig ergeben, werden wir das Haus stürmen."

Alle waren in höchster Spannung, was sich auf die Aufforderung hin ergeben würde. Die Beamten der Streifen und die der Soko lauerten hinter ihren geöffneten Autotüren. Alle hatten ihre Waffen auf das Haus gerichtet. Die SEK-Beamten waren auf einen Funkspruch Sperbers hin bereits dabei, sich vorsichtig an das Haus heranzupirschen. Nichts rührte sich in dem niedrigen Gebäude außer dem Geräusch eines eingeschalteten Fernsehers, dessen Ton durch die Fenster drang. Auch sein flackerndes Licht war zu sehen. Also war doch jemand in dem Haus. Sperber wiederholte seine Aufforderung. Wieder keine Reaktion. Nach einer weiteren Aufforderung ohne Erfolg gab Sperber dem SEK das Signal zum Zugriff.

Die ganz in Schwarz gekleideten Gestalten, mit Stahlhelmen und schussfester Kleidung bewehrt, griffen blitzschnell an. Der Angriff erfolgte gleichzeitig gegen die Haustüre und gegen verschiedene Fenster. Blendgranaten explodierten in verschiedenen Wohnräumen. Dann waren die Beamten auch schon im Haus verschwunden. Von drinnen hörte man Kommandos, dann war es plötzlich sehr still. Ein paar von den SEK-Leuten erschienen in der Haustüre. Über Funk bekam Sperber die Nachricht, dass in dem Haus zwei erschossene Menschen gefunden worden waren. Er forderte gleich die Spusi und die Gerichtsmedizinerin an.

Inzwischen hatten die Polizisten an den Absperrungen alle Hände voll zu tun, um die Pressevertreter daran zu hindern, dem Haus zu nahe zu kommen. Sperber nahm ihre Aufstellung aus den Augenwinkeln wahr und fragte sich wieder einmal, von woher die so gut unterrichtet waren. Immer erschienen sie gleich nach einem Vorfall.

Die Situation hatte sich entspannt. Sperber, Konstanze und Karlo zogen sich an der Haustüre Handschuhe, Kopfbedeckungen und Schuhüberzüge an und gingen hinein. Mit Entsetzen nahmen sie das Bild auf, das sich ihnen bot. Sie sahen das viele Blut überall. Es klebte an den Wänden, auf dem Boden, an den Möbeln. Am schlimmsten erschütterten sie aber die beiden erschossenen Menschen. Die Frau lag auf dem Boden hingestreckt in ihrem Blut. Der Mann hing halb vom Sofa herab mit dem Kopf auf dem Boden. Jeder der drei Kommissare hatte angesichts dieses Anblicks ganz und gar mit sich zu tun. Außer einigen Seufzern und leisem Aufstöhnen war im Raum nichts zu hören. Es dauerte geraume Zeit, bis einer von ihnen wieder reden konnte. Konstanze sagte mit erstickter Stimme: „Lasst uns hier rausgehen, wir können nichts mehr tun."

Die drei drehten sich um und verließen den Ort des Verbrechens. Vor dem Haus stellten sie sich erst einmal so hin, dass ihre Gesichter von den Umstehenden nicht gesehen werden konnten. Am liebsten hätten sie sich vielleicht an den Händen gehalten oder sich umarmt, um sich mit dem fürchterlichen Bild der Ermordeten nicht so alleine zu fühlen. Keiner von ihnen war so hart gesotten, dass ihn so etwas nicht zutiefst berührte.

So standen sie eine Weile wie im Gespräch vertieft. Die Nähe der anderen gab jedem von ihnen wieder Kraft für ihre Arbeit. Als Sperber sich gefasst hatte, ordnete er eine sofortige Durchsuchung des Hauses nach dem Gemälde an. Polizisten zogen sich schnell Schutzkleidung über und gingen in das Gebäude hinein. Kurz darauf kam einer von ihnen heraus und hob bedauernd die Hände. „Wir haben alles durchsucht, das Gemälde ist nicht da. Auch wenn es aus dem Rahmen geschnitten worden wäre, ist es meiner Erinnerung nach so groß, dass wir es sehen mussten."

Das SEK hatte inzwischen die Garage geöffnet. Sie war leer. Sperber gab sofort eine landesweite Fahndung nach dem VW Bus heraus. Er wies den Einsatzleiter der Polizisten an, dass er einige der Streifenwagen, die immer noch vor dem Haus standen, von dort zur Suche in Ansbach losschicken sollte.

Inzwischen war Oberstaatsanwalt Doktor Sauber eingetroffen. Sperber ging zu ihm hin und berichtete ihm: „Im Haus liegen zwei Erschossene. Es sieht so aus, als wären sie hingerichtet worden. Wir müssen sobald wie möglich diesen Patrik Gensch finden. Ich will wissen, ob der auf diese Art seinen Freund Kevin gerächt hat. Vielleicht gelingt es mir, ihn telefonisch zu sprechen?"

Sperber nahm sein Handy und wählte die Nummer, die ihm Patrik Gensch gegeben hatte. Der meldete sich sofort. Sperber ließ ihn gar nicht zu Wort kommen. In scharfem Ton sagte er: „Herr Gensch, ich will, dass Sie sich uns sofort stellen. Ich gebe Ihnen diesen guten Rat, weil Sie sich in Teufels Küche begeben, wenn Sie weiter durch die Stadt laufen. Stellen Sie sich, damit wir sicher sein können, dass Sie kein Mörder sind. Wenn Sie nicht der Mörder sind, dann ist der wahre Mörder jetzt hinter Ihnen her. Ich kann nur an Ihre Vernunft appellieren. Sie können ganz sicher sein, wenn Sie sich nicht von alleine stellen, finden entweder wir Sie oder der Mörder. Beten Sie, dass wir es sind."

Auf der anderen Seite war es nach diesem Appell ganz still. Sperber glaubte schon, die Verbindung wäre unterbrochen, dann antwortete Patrik: „Was immer ihr gefunden habt, ich habe nichts damit zu tun. Ich war die ganze Zeit hier in meinem Versteck. Ich habe Angst, Mann, das kannst du mir glauben. Aber ich will auch nicht in den Knast. Was ist jetzt mit unserer Abmachung?"

„Wir haben in dem Haus, dessen Adresse Sie uns gegeben haben, zwei tote Menschen gefunden. Sie müssen von uns erst identifiziert werden. Unsere Abmachung besteht, dafür verbürge ich mich. Aber Sie müssen sich jetzt unbedingt stellen, sonst wird es für mich immer schwieriger, mich für Sie einzusetzen. Dann kann auch der Staatsanwalt nichts mehr für Sie tun. Helfen Sie uns doch ausnahmsweise bei unserer Arbeit. Ich glaube, wir ziehen im Moment am gleichen Strick."

„Hej Mann, das hört sich komisch an. Ich und die Bullen am gleichen Strick. Du wirst immer komischer, kannst schon bald im Zirkus auftreten mit der Nummer. Vielleicht hast du recht, aber ich will erst noch mit ein paar Leuten quatschen, bevor ihr mir die Eisen anlegt. Ich melde mich wieder."

„Hoffentlich gesund und munter!", wollte Sperber noch sagen, aber da hatte sein Gesprächspartner schon aufgelegt.

Mit ausgebreiteten Händen und hochgezogenen Schultern ging Sperber auf Doktor Sauber zu. „Ich habe ihn nicht überreden können, sich zu stellen. Er will erst mit jemandem reden, bevor er sich dazu entschließt, sagt er."

Nachdem es so aussah, als würde Konstanze den Sonntag über voll und ganz von ihrer Arbeit beansprucht sein und sein Kollege Haberschlachter es offenbar vorzog, auf eigene Faust zu ermitteln, ging Moritz Engel nach der Dienstbesprechung in das Museum hinter der Johanniskirche und war von der dortigen Präsentation der Geschichte des Kaspar Hauser sehr angetan.

Bevor er das Museum verließ, fragte er an der Kasse: „Wissen Sie, was man an diesem Nachmittag in Ansbach noch unternehmen kann?"

„Einen Moment, ich schaue schnell in der Zeitung

nach“, gab ihm die Museumsmitarbeiterin hilfsbereit zur Antwort und eilte weg. Nach einiger Zeit kam sie wieder und hatte eine Zeitungsseite in der Hand. „Wenn Sie hier fremd sind, könnten Sie zum Beispiel an einer Stadtführung teilnehmen. Die beginnt in dreißig Minuten auf dem Platz vor der Residenz.“

Dieser Vorschlag war ganz in Engels Sinn. Er bedankte sich und lief an der Sankt-Johannis-Kirche vorbei über den Martin-Luther-Platz in Richtung Residenz. Auf dem großen Platz vor dem repräsentativen markgräflichen Schloss hatte sich bereits eine Gruppe Leute eingefunden, auch ein Stadtführer war unter ihnen. Er hatte bereits eifrig angefangen, einzelne Fragen seiner Gäste zu beantworten.

Die Führung startete pünktlich. Zunächst steuerte der Informator mit seiner Gruppe den Beringershof an und hielt dort einen längeren Vortrag über die Geschichte der umstehenden Gebäude. Engel erfuhr, dass es sich bei dem Hof um einen Teil des früheren Klosters handelte und dass hier in alten Zeiten ein Chorherrenstift bestanden hatte. Weiter ging es in die Sankt-Gumbertus-Kirche. Nach einer allgemeinen Erklärung über ihre Geschichte ging der Stadtführer auf den Raub des Kelterbildes ein. Seine Erklärungen mutierten schnell zu einer blutigen Moritat. Die Zuhörer lauschten gebannt seiner Erzählung.

Im Anschluss wurde die Gruppe in die Markgrafengruft unter der Schwanenritterkapelle geführt. Auch hier erzählte ihnen der Mann eine gruselige Geschichte von Überfall und Mord, die sich jüngst in dem Raum mit den vielen verschiedenen Särgen zugetragen haben sollte. Seine Zuhörer fanden auch diese Geschichte spannend. Einige von ihnen sahen sich scheu im Raum um. Ihnen ließen diese Geschichten eine Gänsehaut nach der anderen den Rücken hinunterlaufen. Sie wollten eigentlich auf dem schnellsten Weg dieses unheimliche Gebäude wieder verlassen.

Auch Moritz Engel fand die Erzählungen nicht besonders erbaulich, war er doch in den aktuellen Fall verwoben. Er war deshalb ganz froh, als man wieder etwas von anderen Themen zu hören bekam.

Die Geschichte des Findelkindes Kaspar Hauser stand nun auf dem Programm ihres Führers. Vor einem Haus in der Pfarrgasse verweilte die Schar andächtig. Herr Leubold, so hatte sich der Stadtführer vorgestellt, wies darauf hin, dass das „Kind Europas", wie Hauser von seinen Zeitgenossen genannt wurde, in diesem Haus gelebt hatte und nach einem Anschlag auf sein Leben auch darin gestorben war.

Der Stadtführer erklärte: „Das graue Gebäude hinter uns, das auch heute noch ein Gerichtsgebäude ist, war zeitweise sein Arbeitsplatz. In der Schwanenritterkapelle von Sankt Gumbertus ist Hauser konfirmiert worden." Die Zuhörer hatten ihre Köpfe jeweils den beschriebenen Objekten zugedreht. Leupold verkündete schließlich verheißungsvoll: „Ich will Sie nun weiter auf Kaspar Hausers Spuren führen", und trabte entschlossen durch die romantische Innenstadt voran.

Zunächst lief die Gruppe entlang der Uzstraße und durch das Herriedener Tor ein großes Stück hinaus zum Stadtfriedhof bei der Heilig-Kreuz-Kirche.

Im hellen Sonnenschein wirkte der Friedhof, den seine alten Grufthäuser säumten, wirklich imposant. Überall auf den Gräbern blühten Blumen. Sie verliehen dem ernsten Ort ein fröhliches Aussehen.

„An einem grauen Tag im November wird dieser Friedhof wohl ganz anders aussehen", überlegte Moritz Engel, „wenn sich dann noch Menschen in dunklen Gewändern zu einer Beerdigung versammeln, wird der wahre Charakter dieses uralten Friedhofes sicher sehr viel deutlicher zu erkennen sein als an diesem strahlenden Tag."

Vor einem Grab hielt der Stadtführer an. Hier war Kaspar Hauser begraben.

Auf dem Grabstein standen in lateinischer Schrift die Buchstaben eingemeißelt:

HIC JACET
CASPARUS HAUSER
AENIGMA
SUI TEMPORIS
IGNOTA NAVITAS
OCCULTA MORS
MD CCCXXXIII

Herr Leupold übersetzte: „Hier ruht Kaspar Hauser ein Rätsel seiner Zeit eine unbekannte Geburt ein geheimnisvoller Tod." Darunter stand das Jahr seines Todes: 1833.

Doktor Engel sah unter dem Stein eine kleine Engelsfigur, die versonnen zum Himmel blickte. Es lagen auch zwei Blumensträuße und mehrere sorgfältig hingelegte kleine Steine davor.

Offenbar war das Grab eine Art Wallfahrtsstätte für Hauser-Verehrer, zu denen, wie er wusste, auch die Anthroposophen zählten.

Der Stadtführer musste zugeben, dass niemand wusste, ob sich die sterblichen Überreste des geheimnisumwitterten Menschen noch in dem Grab befanden. „Im Krieg wurde Ansbach schwer bombardiert", berichtete er, „das eigentliche Ziel des alliierten Angriffs war der Bahnhof Ansbachs. Viele Bomben fielen leider auch auf die Umgebung. Unter anderem ist dieser Friedhof schwer getroffen worden. Durch die Wucht der Explosionen wurden damals auch die Leichen aus ihren Gräbern geschleudert."

Bei dieser Mitteilung schauderten wieder einige

zusammen. Engel vermutete, dass für manchen fremden Besucher mit der Zeit der Eindruck entstand, dass dieses ganze Ansbach im Grunde ein schauerlicher Ort war.

Gruslig ging es weiter. Im Hofgarten verharrten die Wissbegierigen vor dem Mahnmal, das an den Anschlag auf das Leben von Kaspar Hauser an dieser Stelle erinnerte.

HIC
OCCULTUS
OCCULTO
OCCISUS
EST
XIV. Dec. MDCCCXXXIII

stand in schwarzer Schrift auf dem grauen Stein, der im Stil vergangener Jahrhunderte gestaltet war.

Auf einem Steinsockel darunter sah Engel einige Blumensträuße liegen. Auch an diesem Stein wurde Hauser also verehrt.

Der Stadtführer übersetzte: „Hier wurde ein Geheimnisvoller auf geheimnisvolle Weise getötet."

„Datum des Attentats auf Hauser war der vierzehnte Dezember achtzehnhundertdreiunddreißig", offenbarte ihnen der Ortskundige. Dann fing er an, seine Gruppe über die verschiedenen Theorien zu den Anschlägen auf Hauser in Nürnberg und Ansbach zu unterrichten.

Während alle gebannt lauschten, meldete sich Engels Handy. Er entschuldigte sich, ging etwa zehn Meter von der Gruppe weg und meldete sich. Ein Polizeibeamter am anderen Ende eröffnete ihm, dass ein Doppelmord geschehen sei, der im unmittelbaren Zusammenhang mit dem Bilderraub zu stehen schien. Engel solle sofort zum Tatort kommen.

Der Gelehrte bestellte sich ein Taxi. Vom Eingang des Hofgartens aus ließ er sich von ihm zu der angegebenen Adresse fahren.

Vor der Absperrung der Polizei musste das Taxi anhalten. Er bezahlte den Fahrer. Nachdem er sich ausgewiesen hatte, durfte er zu dem Tatort hinter der Absperrung gehen. Sein Blick suchte Konstanze. Er sah sie schließlich bei ihren beiden Kollegen stehen. Engel wurde von einem großen Gefühl der Zärtlichkeit erfasst. Schon die Stunden vorher hatte er sich sehr nach ihr gesehnt und musste immer wieder voller Liebe an sie denken. Konstanze machte auf ihn einen sehr gestressten Eindruck. Auch ihre beiden Kollegen sahen unnatürlich blass aus. Engel vermutete, dass sie in dem Haus etwas sehr Erschütterndes gesehen haben mussten.

Jetzt erblickte er auch den ein wenig abseits stehenden Haberschlachter. Der machte ein Gesicht, als würde er intensiv und verärgert nachdenken. Er ging zu ihm hin. „Was ist geschehen?", fragte er ihn.

„Im Haus liegen zwei Leichen, ein Mann und eine Frau", stieß Haberschlachter hervor.

„Hat die Tat etwas mit dem Bilderraub zu tun?"

„Was weiß ich! Die Ansbacher Polizisten sind dieser Meinung. Ich bin aber der Meinung, dass wir es hier mit einer Hinrichtung durch einen Profi aus dem organisierten Verbrechen zu tun haben. Diese Provinzler lassen sich ja von mir nichts sagen." Haberschlachter zuckte grantig mit den Schultern. „Hier sind lauter Besserwisser und Pfuscher am Werk. Ich glaube nicht, dass die mit ihren Methoden dieses Bild jemals wieder zu Gesicht kriegen."

Engel wiegte zweifelnd seinen Kopf: „Welche Argumente werden denn von Seiten der Ansbacher angeführt?"

„Ach was Argumente, lauter Unsinn. Die haben sich an etwas festgebissen, weil sie sonst nichts auf der Pfanne haben, das ist alles."

Engel wunderte sich, denn so erregt hatte er Haberschlachter bisher noch nicht erlebt. Aber kannte er ihn wirklich?

Dieser Mann, mit seinen hinter dicken Gläsern fast unsichtbaren Augen, arbeitete zwar in der selben Abteilung der Verbrechensbekämpfung wie er, aber bisher waren sie sich kaum einmal wirklich bei einer Zusammenarbeit begegnet.

Engel hatte bisher immer mit anderen Sachbearbeitern zu tun gehabt. Der Ruf von Haberschlachter als Kunstkenner war in ihrem Haus jedoch Legende und Engel hatte es als eine besondere Anerkennung empfunden, mit ihm zusammen auf Aufklärungstour gehen zu können.

Nun war er enttäuscht, denn er hatte das Gefühl, Haberschlachter wolle ihn bei seinen Ermittlungen nicht dabei haben. Engel hegte die Vermutung, er sollte erst in die Arbeit einbezogen werden, wenn das Bild gefunden würde. Vielleicht sah er in ihm lediglich einen Gutachter, der gebraucht wurde, wenn eine Feststellung der Echtheit eines Gemäldes zu erbringen war, oder als eine Art Fachmann für Bilderrestaurierung, wenn etwas schiefging und das Bild beschädigt aufgefunden wurde. Er empfand seine Position neben Haberschlachter als eine Warteposition.

So hatte der Gelehrte sich das nicht vorgestellt, sondern sich gewünscht, zusammen mit Haberschlachter und den Ansbacher Polizisten auf Verbrecherjagd gehen zu können. „Aber ein Glück war es ja doch, dass ich hier bin“, dachte er bei sich mit einem heißen Gefühl in der Brust, „auf diese Weise habe ich Konstanze kennengelernt.“

Sie hatte sein Herz wirklich voll und ganz entflammt. Er war in die attraktive Polizistin inzwischen verliebt wie ein Schuljunge. Auch jetzt, während er mit seinem Kollegen redete, ging sein Blick immer wieder zu ihr hinüber. Inzwischen hatte sie ihn natürlich auch bemerkt und es schien ihr genauso zu gehen wie ihm. Ihre Blicke überwanden die Entfernung und verhakten sich ineinander, bis sie es beide nicht mehr aushielten und aufeinander zugingen. Als Konstanze bei ihm angekommen war, streifte er ihre Hüfte wie unabsichtlich mit seiner Hand. Sie strahlte ihn an und sagte leise: „Ich freue mich auf heute Abend. Bitte rechne mit mir, auch wenn es mit meiner Arbeit später werden sollte."

„Ganz bestimmt!", flüsterte er zurück.

Haberschlachter war noch einen Moment nachdenklich stehen geblieben, dann ging auch er auf Sperber und die anderen Ansbacher Kollegen zu.

Als alle beieinander standen, verzog Sperber sein Gesicht schmerzlich und sagte zu Engel: „Wir sind leider zu spät gekommen." Er zeigte auf das Haus, vor dem jetzt der graue Kastenwagen des Erkennungsdienstes stand. Personen in weißen Overalls gingen aus und ein. „Jemand ist uns zuvorgekommen. Da drinnen liegen zwei Leichen, ein Mann und eine Frau. Die Szene erinnert an eine Hinrichtung."

Haberschlachter legte sofort los: „Das ist ja alles ganz furchtbar, aber haben Sie wenigstens inzwischen das Gemälde gefunden?"

„Nein, das ganze Haus wurde von unseren Leuten gründlich danach durchsucht. Es ist ja verhältnismäßig klein. Ein derart großes Stück wäre schnell zu finden gewesen. Wir fanden auch das von Gensch beschriebene Fahrzeug, den weißen VW Bus, nicht. Ich vermute, der Täter ist mit dem Bild darin auf dem Weg in ein Versteck."

Haberschlachter und Doktor Engel reagierten auf diese schlechten Nachrichten mit Entsetzen. Ersterer stellte fest: „Nach meiner Erfahrung wird es nun fast unmöglich sein, dieses Kunstwerk noch zu finden. Im Übrigen, was macht Sie eigentlich so sicher, dass die beiden

Toten etwas mit dem Bild zu tun hatten? Könnte es nicht sein, dass der flüchtige Patrik Gensch mit seinem Hinweis eine eigene Tat verschleiern will? Womöglich hat er einen Raubmord verübt und will ihn nun jemandem in die Schuhe schieben."

Sperber schüttelte den Kopf. „Das da drinnen sieht überhaupt nicht nach einem Raubmord aus. Dafür lagen zu viele Dinge herum, die ein Dieb leicht an den Mann bringen könnte. Ich sah zum Beispiel eine wertvolle Uhr am Handgelenk des Mannes. Die Frau trug Schmuck. Auf dem Tisch liegt ein Handy. Unter dem Tisch sah ich eine Pistole liegen. Auch ein Fotoapparat liegt noch auf dem Tisch. So weit ich das beurteilen kann ein Modell, das sehr teuer ist. Nein, da hat ein Komplize zugeschlagen, der sich das ungleich wertvollere Gemälde schnappen wollte. Wahrscheinlich wollte er mit den beiden schlicht und einfach den Erlös nicht teilen. Das soll ja öfter vorkommen unter Gaunern."

„Trotzdem, ich bleibe dabei", beharrte Haberschlachter, „Gensch ist für mich der Hauptverdächtige, der das Bild mit den anderen gestohlen hat. Er hat angeblich den Mord an Kevin Döbrich miterlebt. Zwar war er vor der Hütte, aber er war dabei. Um uns seine Mittäter ans Messer zu liefern, gab er uns die Nummer des VW-Kennzeichens und die Adresse ihres Aufenthaltsortes. Vorher hat er sie erschossen. Jetzt schwärzt er jemanden an, indem er den harmlosen Zeugen spielt. Ich sage Ihnen, wenn wir Gensch gefasst haben, haben wir auch den Haupttäter." Haberschlachter war während seiner Rede immer leidenschaftlicher geworden und offensichtlich vollkommen überzeugt von seiner These.

Sperber hatte sehr aufmerksam zugehört und schüttelte wieder den Kopf: „Ich müsste mich da wirklich sehr täuschen. Patrik Gensch hat einfach nicht das Format, alle diese Dinge zu planen. Ich habe ihn jetzt immer wieder gesprochen. Er macht auf mich, trotz seines rüden Auftretens, den verängstigten Eindruck eines Gejagten. Ich mache mir große Sorgen um sein Leben, denn wenn der wahre Täter die gleichen Gedanken in sich trägt wie Sie, dann muss er zwangsläufig Gensch zum Schweigen bringen. Er ist nun der Einzige, der ihm als der Schwarze Peter dienen könnte."

Haberschlachter grinste spöttisch: „Ich bin gespannt, wer von uns beiden recht behält."

Die Zuhörer hätten an dieser Stelle sicher gerne ihre eigene Meinung zu dieser Frage eingebracht, aber Doktor Sauber unterbrach die Diskussion energisch: „Meine Herren, wenn jeder seine Ansicht über den Fall so vehement vertritt, dann sollten Sie auch darüber nachdenken, welche konkreten Schritte nun zu unternehmen sind. Behalten Sie dabei aber auch immer die These des anderen im Hinterkopf. Ich muss mich nun der Medienmeute stellen und ein Statement abgeben. In der Frage, ob die beiden Getöteten etwas mit dem Diebstahl des Bildes zu tun haben, sollten wir uns noch bedeckt halten, um genügend Spielraum für unsere Ermittlungen zu haben. Allerdings ist es mir sehr wichtig, dass allerseits die Suche nach dem VW Bus auf größter Bandbreite schnell in Gang kommt. Ich werde die Medienvertreter bitten, einen Aufruf an die Bevölkerung herauszugeben, auf den VW zu achten."

Er wandte sich ab und ging mit gestrafften Schultern auf die Absperrung zu, hinter der ihm die Journalisten schon erwartungsvoll entgegensahen.

Frau Doktor Renz trat aus der Haustüre und ging auf die Gruppe zu, die jetzt noch beieinander stand. Sie meldete: „Ich bin mit meinen ersten Untersuchungen fertig. Die Todesursache der beiden scheint mir eindeutig. Beide wurden erschossen. Weil die Schüsse gar so perfekt platziert wurden, sieht die Tat für mich nach einer Hinrichtung durch einen Profi aus. Tatzeit zirka vierzehn Uhr, würde ich sagen. Ich setze die Obduktion für morgen um neun Uhr an. Herzlich willkommen dabei." Sie grinste die Kriminaler unverschämt an, grüßte kurz und ging weg.

Wolfgang Sperber sah auf seine Uhr, sie zeigte gerade sechzehn Uhr dreißig an. „Ich möchte, dass wir noch die ersten Untersuchungsergebnisse der Spusi abwarten. Dann machen wir für heute Schluss. Im Moment können wir nur hoffen, dass die Suche nach Patrik Gensch und nach dem VW Bus einen Erfolg zeigt. Der Kriminaldauerdienst übernimmt, wenn wir Feierabend machen. Ich nehme morgen zusammen mit Doktor Sauber an der Obduktion teil. Wir treffen uns danach zu einer Besprechung. Barbara sagt euch, wann ich von dieser grauenhaften Veranstaltung zurück bin."

Aber dann kam alles doch ganz anders. Er hatte kaum ausgeredet, als sie Gottfried Arpogaus aus der Haustüre treten sahen. Er trug einen Fotoapparat in der Hand und sagte, bei ihnen angekommen: „Wir haben einige Merkwürdigkeiten bei den Toten gefunden. Zunächst sieht die verwendete Munition nach dem Kaliber aus, das wir in unseren Dienstwaffen haben, also eine Heckler und Koch, HK P 7, Kaliber neun Millimeter. Der Mann wollte sich anscheinend verteidigen. Seine Waffe lag zumindest so unter dem Tisch, als hätte er damit schießen wollen. Es wirkt so, als sei sie ihm bei dem Schuss auf ihn aus der Hand gefallen und auf dem Boden unter dem Tisch gelandet. Das Paar scheint von seinem Mörder überrascht worden zu sein. Kann sein, sie kannten ihn und waren auf den Angriff von daher nicht vorbereitet. Offenbar hatte es der Täter sehr eilig. Der Fernseher lief noch und viele persönliche Gegenstände des Paares lagen einfach so herum. Wir haben also auch viele Möglichkeiten, eine

Spur zum Täter zu finden. Jetzt habe ich aber noch eine Überraschung für euch."

Er schaltete die Kamera ein. Auf dem Display erschien ein Bild. Er hielt es Sperber hin: „Hier sind zwei bekannte Gesichter zu sehen. Die beiden auf dem Foto habe ich in dem Zusammenhang nun wirklich nicht erwartet, das wirft ein ganz neues Licht auf diese Angelegenheit."

Sperber meinte, seinen Augen nicht trauen zu können. Ihm entfuhr ein erstaunter Pfiff, auf dem Bild erkannte er sofort, neben dem damals noch quicklebendigen Paar, die er als die beiden Opfer identifizierte, Maria Sebald und Harro von Weinheim.

„Guter Gott, unsere beiden Gumbertuspfarrer ausgerechnet mit denen auf einem Foto, das macht mich fassungslos", sagte er mit größter Verwunderung.

Alle vier schienen recht wohlgelaunt in die Kamera zu blicken. Er gab sie an die anderen weiter und erntete damit erstaunte Ausrufe. Haberschlachter rief mit Triumph in der Stimme: „Ich kann es nicht glauben. In deren Kirche wird ein wertvolles Gemälde gestohlen und die beiden Pfarrer sitzen vorher mit den potenziellen Tätern zusammen, die sie offenbar sehr gut kennen." In dozierendem Ton fuhr er fort: „Dieses Foto stützt meine These. An dem Bilderraub sind noch mehr Leute beteiligt, als wir bisher gedacht haben. Es wird doch immer offensichtlicher, dass diese ganze Sache ein inneransbachischer Fall ist. Die beiden Pfarrer hatten die Idee. Die Jugendlichen sollten den Raub durch eine Jugendbande vortäuschen. Unsere beiden Erschossenen in dem Haus waren ihre Hehler und diese beiden und Patrik Gensch haben miteinander Kevin Döbrich beseitigt. Sicher hätten sie auch die beiden anderen Jugendlichen noch ermordet, wenn Saskia nicht im Bezirksklinikum gelandet wäre und wenn Justin nicht von Herrn Grollmisch geschnappt worden wäre. Ist das nicht eine logische Auflistung der Ereignisse?" Wieder sah er sich triumphierend um.

„Das hört sich zwar schlüssig an", konterte Sperber, „hat aber einen entscheidenden Schwachpunkt. Ich kenne Maria Sebald und Harro von Weinheim schon seit einiger Zeit persönlich. Ich wage zu behaupten, dass die beiden ausgesprochen ehrliche und aufrichtige Charaktere sind. So eine kriminelle Aktion passt zu denen nie und nimmer. Für die beiden lege ich meine Hand ins Feuer!"

„Das tun Sie mal lieber nicht, mein Guter!", Haberschlachter lachte spöttisch, „man hat schon Pferde vor der Apotheke kotzen sehen. Wen kennt man schon so gut, dass man hundertprozentig über ihn Bescheid wüsste. Geld regiert die Welt und wer würde nicht gierig werden, wenn Millionen winken?"

Sperber ging auf dieses Argument nicht ein. Er schlug sich mit der flachen Hand an seine Stirn: „Um Himmels willen! Dann sind die zwei ja auch in Lebensgefahr! Karlo, Konstanze, schnell zum Auto!"

Die drei rannten zu ihrem Dienstwagen. Karlo warf sich wieder hinter das Steuer. Das Blaulicht stand sowieso noch auf dem Dach, so brauchte er nur noch den Motor zu starten und das Martinshorn einzuschalten. Er gab Gas, der Wagen schoss auf die Absperrung zu. Ein Polizist hob erschrocken das rotweiße Band hoch, um sie durchzulassen Die neugierige Menschengruppe, die bisher nicht von der Stelle gewichen war, spritzte auseinander. Karlo genoss es wieder einmal, mit Karacho durch die Stadt zu fegen. Während sich Konstanze protestierend am Türgriff festklammerte, hatte Sperber sein Mobiltelefon herausgezogen. Er versuchte, seinen Körper immer wieder auszubalancieren, dabei wählte er die Nummer des Pfarramtes. Harro von Weinheim meldete sich. „Hier Sperber", sprach der Kommissar aufgeregt in sein Handy, „ist Frau Sebald bei Ihnen?"

„Ja, Maria ist hier. Was ist denn los? Sie klingen so außer Atem."

„Hören Sie, das ist jetzt sehr ernst! Wir sind unterwegs zu Ihnen. Sie befinden sich in großer Gefahr. Öffnen Sie auf keinen Fall jemandem außer uns, auch wenn es ein Bekannter ist. Versprechen Sie mir das?"

„Ja klar", antwortete Harro verwundert, „ich verstehe nicht recht. Wir sollen in großer Gefahr sein. Warum denn?"

„Wir sagen es Ihnen sofort, wenn wir bei Ihnen sind. Bitte tun Sie auf alle Fälle, was ich sage!"

„Ja, versprochen. Melden Sie sich einfach am Haustelefon, wenn Sie da sind."

Sperber legte auf. Mit quietschenden Reifen umrundete Karlo gerade die Residenz und fuhr durch das Schlosstor in den Johann-Sebastian-Bach-Platz hinein. Vor dem Haus Nummer fünf sprangen die drei Polizisten aus dem Auto und gingen schnell durch den Durchgang zur alten Haustüre. Kaum hatte Karlo auf den Klingelknopf gedrückt, hörte er Harros Stimme, die fragte: „Wer ist da?" Sperber sagte laut: „Die Kommissare Grollmisch, Grunwald und Sperber." Dann surrte auch schon der Türöffner. Die Polizisten stiegen zur Pfarrwohnung hoch. Harro hatte bereits die Wohnungstüre geöffnet und spähte ihnen entgegen. Hinter ihm stand Maria Sebald. Sie schaute sie mit großen Augen erstaunt an: „Kommen Sie doch bitte herein."

Die Kommissare begrüßten die beiden. Als sie die Wohnungstüre hinter sich geschlossen und sich im Wohnzimmer auf die Sitzgelegenheiten verteilt hatten, zeigte ihnen Sperber das digitale Foto auf dem Display der Kamera und fragte sie direkt: „Wie kommt es, dass Sie mit diesen beiden Menschen auf dem Foto sind. Was haben Sie mit denen zu tun?"

Harro und Maria lächelten. Maria antwortete: „Das

sind Schulfreunde von uns, Rüdiger und Rosemarie Knoll. Die beiden wohnen in Hamburg und haben uns bis gestern auf der Durchreise hier besucht. Sie haben auch bei uns in der Wohnung übernachtet. Als gestern diese Unglücke eintraten, haben sie sich ziemlich schnell verabschiedet und sind nach Hamburg weitergefahren. Das Foto hat Rüdiger am Abend des Freitag gemacht. Es müssen noch mehr davon in der Kamera sein. Er hat uns oft geknipst. Wir verstehen Ihre Aufregung nicht. Bitte sagen Sie uns doch, was los ist, was haben wir und die Knolls mit Ihren Ermittlungen zu tun? Warum sollten wir in Gefahr sein?"

Sperber sah beide sehr ernst an. „Bitte lassen Sie mich das Schritt für Schritt erklären. Wir haben heute einen Tipp bekommen, dass sich die Bilderdiebe in einem bestimmten Haus in Ansbach aufhalten. Als wir in das Haus eindrangen, fanden wir zwei erschossene Menschen." Erschrocken legte Maria die Hand vor den Mund. Harro sagte plötzlich kreidebleich: „Sie wollen doch hoffentlich nicht sagen, dass diese beiden ...", weiter wollte er nicht sprechen.

„Wir sind ziemlich sicher, dass die beiden toten Menschen mit denen auf diesem Foto identisch sind. Herr und Frau Knoll sind nicht in Hamburg, wie Sie denken, sondern sie waren hier in Ansbach und es scheint so, als hätten sie durchaus etwas mit den Vorfällen zu tun. Das Auto der beiden, einen BMW X6, fanden wir übrigens in einer Nebenstraße, gar nicht so weit von dem Haus, in dem sie starben."

„Aber das kann doch alles gar nicht sein", Maria war geschockt, „sie sagten, sie hätten ein Import-Exportgeschäft in Hamburg. Beide haben uns ihre ganze Wohlhabenheit von A bis Z erzählt. Wir fanden das Zusammensein mit ihnen deshalb recht anstrengend. Wie sind die beiden denn um Himmels willen ums Leben gekommen?"

„Sie wurden erschossen. Es sah wie eine Hinrichtung aus."

Maria und Harro sahen sich mit ungläubiger Miene an und schüttelten stumm ihre Köpfe.

Harro wandte sich wieder Sperber zu: „Angenommen, die beiden hätten tatsächlich etwas mit dem Diebstahl und allem Weiteren zu tun, warum sollten wir dann in Gefahr sein? Ich verstehe das noch immer nicht."

„Sie sind in Gefahr, weil der Mörder von diesen beiden immer noch unterwegs ist. Es könnte sein, dass er alle Spuren, die er hinterlassen haben könnte, löschen will, um die Morde und den Diebstahl in ein besonderes Licht zu rücken. Es kann durchaus sein, dass er Sie beide als Mittäter hinstellen möchte. Dazu müsste er sie im wörtlichen Sinn mundtot machen, damit seine Version glaubhaft ist. Einer der am Diebstahl beteiligten jungen Leute, Patrik Gensch, ist immer noch flüchtig. Er ist entweder der Mörder oder er ist selbst in großer Gefahr, weil ihn der Mörder töten und beseitigen könnte, damit es so aussieht, als hätte Patrik das Bild verkauft und sich mit dem großen Erlös irgendwohin abgesetzt, wo ihn keiner findet. Wir, so denkt er vielleicht, würden seiner falschen Spur hinterherhecheln und nach Patrik fanden. Auf diese Weise könnte sich der eigentliche Täter mitsamt seiner Beute in Sicherheit bringen und auf Nimmerwiedersehen untertauchen. Ich glaube nicht ernsthaft, dass Sie beide in die Vorfälle irgendwie verwickelt sind. Aber ich habe leider keinen Beweis dafür, dass Sie es nicht sind, deshalb muss ich Sie bitten, für eine gewisse Zeit die Stadt Ansbach nicht zu verlassen. Außerdem werde ich Sie zu Ihrem Schutz rund um die Uhr bewachen lassen."

„Also Herr Sperber!", Maria blickte ihn eindringlich an, „Sie glauben doch nicht im Ernst, dass wir beide, Harro und ich, dieses Bild aus der Kirche gestohlen haben. Wir können zwar nur sagen, wir sind während des

Diebstahls hier in der Wohnung gewesen, und können auch keinen Beweis anführen, dass wir nicht mit irgendwelchen Kriminellen unter einer Decke stecken, aber ich verspreche Ihnen, wir haben damit nicht das Geringste zu tun."

„Ich persönlich glaube Ihnen beiden, aber ich brauche Beweise, um den Oberstaatsanwalt von Ihrer Unschuld zu überzeugen. Der beste Beweis ist das Geständnis des Täters. Wir werden alles tun, um ihn schnellstmöglich zu finden."

Maria und Harro machten sehr unglückliche Gesichter. Harro sagte: „Wenn in der Gemeinde bekannt wird, dass wir zu den Verdächtigen zählen, wird es schwierig für uns. Selbst wenn unsere Unschuld bewiesen werden kann, bleibt immer etwas an uns hängen. Es wird heißen: Die waren doch auch in den Diebstahl verwickelt. Unter diesen Umständen wird es für uns schwer werden, wieder das volle Vertrauen der Menschen zu gewinnen. Dieses Vertrauen ist ein sehr wertvolles und zugleich sehr zerbrechliches Gut. Es ist unsere Basis, auf der wir arbeiten können. Verstehen Sie das?"

„Ich verstehe das sehr gut", antwortete Sperber und auch seine beiden Mitarbeiter nickten verständnisvoll, „wir werden alles tun, damit Ihr guter Ruf von keinerlei Vorverurteilung getrübt wird. Ich möchte Sie vor allem geschützt wissen. Das können Sie mir wirklich glauben." Er fuhr fort: „Die beiden Getöteten waren Ihnen persönlich bekannt, deshalb möchte ich Sie bitten, sie zu identifizieren."

„Ach du Schreck!", Maria war nun auch kreidebleich geworden, „ich kann das nicht schon wieder. Ich knabbere immer noch an der Identifizierung von Doktor Julius Berger im Fall des Steinkreuzmordes."

Harro sagte beherrscht: „Ich mache das."

„Gut, dann fahren Herr Grollmisch und ich mit Ihnen zur Gerichtsmedizin nach Erlangen. Frau Sebald, Oberkommissarin Grunwald wird bei Ihnen bleiben, bis unser Personenschutz steht. Ist Ihnen das recht?"

„Ja, ich kann uns ja einen Tee machen, dann können wir ein wenig plaudern, solange Sie mich bewachen müssen", meinte Maria zu der ihr sympathischen Polizistin, „ich kann mir denken, dass Sie hungrig und durstig sind nach diesem aufreibenden Tag."

„Da haben Sie recht. Etwas zu trinken und eine Kleinigkeit zu essen könnte ich wirklich gut brauchen", erwiderte Konstanze erfreut. Auch sie mochte Maria Sebald und freute sich auf das Zusammensein.

Etwa zur gleichen Zeit lief ein Mann durch den Hofgarten von Ansbach.

Das erfrischende Grün, die schön gepflegte Anlage vor der Orangerie mit ihren leuchtenden Blumenrabatten, alles tat seinen Augen und seinen Nerven gut. Seine große innerliche Anspannung legte sich und er fand wieder ein wenig mehr zu sich selbst. Die vergangenen Stunden dieses Tages hatten neben Erfolgen auch Enttäuschungen für ihn bereit gehabt. Es war ihm zwar gelungen, seine beiden Geschäftspartner erfolgreich und elegant auszuschalten, aber die Tat war zu schnell von der Polizei entdeckt worden. Seine Situation war damit sehr viel unsicherer geworden. Er wusste, wer der Informant war, der ihm die Beamten auf den Hals gehetzt hatte. Patrik Gensch, der sich irgendwo in dieser Stadt versteckt hielt. Wenn sein Plan aufging, würde er ihn aufstöbern, bevor er sich der Polizei stellte oder er von ihr gefasst wurde. Wenn er nur wüsste, wo der Kerl steckte. Er sinnierte im Laufen und überlegte hin und her. „Wie die Nadel im Heuhaufen! Es ist zum Verrücktwerden!" Nun war es nicht seine Art, schnell aufzugeben. Sein Plan war, Gensch zu finden, ihn zu töten und ihn dann auf

Nimmerwiedersehen verschwinden zu lassen. Er selbst würde dann mithilfe des VW Busses das Bild in ein sicheres Versteck bringen, weit weg von dieser Stadt, die ihm mit der Zeit furchtbar auf die Nerven ging.

Er umrundete den gesamten Park. Gut, dass an diesem Wochenende wenigstens den ganzen Tag die Sonne schien. Die Wärme tat ihm gut. Er litt an Rheuma, das sich bei Kälte immer mehr verschlimmerte. Wenigstens davon war er gerade verschont. Auf dem Rückweg zum Ausgang kam er an der Orangerie vorbei. Auf den Stühlen vor der Gaststätte saßen noch viele Menschen in der Sonne. Er erblickte bunte Eisbecher. Manche aßen offenbar auch schon zu Abend. Bei dem Anblick verspürte er Appetit. Er schwenkte nach rechts und fand auch gleich einen Platz direkt an dem Gebäude. Von da hatte er einen wunderbaren Blick auf die bunten Anlagen.

Seine Stimmung stieg, als ihm eine recht hübsche Kellnerin flink die Speisekarte brachte. Er wählte mit Bedacht. Sie hatten hier eine Extraseite mit lauter Spargelrezepten. Da erinnerte er sich an einen Merkspruch: „Nicht vergessen, vor Johanni Spargel essen!“ Der Johannestag war der vierundzwanzigste Juni. Bis dahin war zwar noch ein wenig Zeit, aber er merkte, wie ihm bei dem Gedanken an das weiße Gemüse das Wasser im Munde zusammenlief. Er entschied sich für Spargel mit fränkischen Bratwürsten. Dazu ein kühles Bier. „Genau das Richtige für meine angegriffenen Nerven“, dachte er bei sich. Er schaute auf. Die ansehnliche Bedienung hatte sofort gesehen, dass er gewählt hatte, und kam freundlich lächelnd an seinen Tisch. Er nannte ihr seine Wünsche. Daraufhin sagte sie: „Kommt sofort, der Herr.“ Sie wandte sich mit Schwung ab und verschwand im Inneren des Lokals.

Während er wartete, überlegte er weiter. Diesmal nicht mehr so verkrampft. Der schöne Park, die aufmerksame Bedienung, die Aussicht auf ein gutes Bier und ein leckeres Essen, alles zusammen hatte ihn entspannt. Eine gute Basis, um zu einer Lösung seines Rätsels zu kommen. „Wo könnte er sich aufhalten? Wo würde ich mich verstecken, wenn ich an seiner Stelle wäre? Aufenthalt bei Freunden bedeutete in dieser Situation ein unkalkulierbares Risiko. Wie leicht konnte sich jemand verplappern. Bei einer Freundin, falls er überhaupt eine hatte, das Gleiche. Ein Ort müsste es sein, an dem man sich gut verstecken kann. Für die Hütte im Schrebergarten wird er sich wohl nicht entscheiden. Mit ihr sind für ihn zu viele schlechte Erinnerungen verbunden. Auch konnte er in ihr vom Besitzer oder von Gartennachbarn zu leicht entdeckt werden. In der Wohnung seiner Eltern, nein, die kam ebenfalls nicht in Frage, dort würde die Polizei immer wieder nachsehen. Unter einer Brücke, irgendwo im Freien? Das glaubte er auch nicht. Wer das nicht gewohnt ist, wird schnell mürbe durch die Umstände."

Während er noch nachdachte, stellte die Bedienung das Bier vor ihn hin. Er dankte ihr und hob das Glas gleich an seinen Mund. Mit Genuss trank er einen großen Schluck. „Der erste Schluck ist immer der Beste!" Zufrieden wischte er sich den Schaum vom Mund. Gleich darauf kam sein Essen. Er schaltete erst einmal die Grübelei ab und widmete seine ganze Aufmerksamkeit dem köstlichen Gericht. Gleich nachdem er gegessen hatte, winkte er die Kellnerin her, um zu zahlen. Alles war zu seiner Zufriedenheit gewesen. Er gab ihr ein reichliches Trinkgeld. Sie dankte es ihm mit einem erfreuten „Schönen Dank, ich wünsche Ihnen noch einen Guten Tag!".

Er trank sein Bier aus und erhob sich, um durch das große Tor die Straßen der Innenstadt zu erreichen. Vorbei am Theater und an der prächtigen Residenz der Markgrafen von Ansbach lief er durch das Schlosstor in Richtung Sankt Gumbertus. Wie ein Blitz durchzuckte ihn der Gedanke: „Da drin könnte er sich versteckt halten! Er kannte den großen Bau durch mehrere Besuche. Emporen und Treppen glichen einem Fuchsbau. Um sich zu verstecken und um Besuchern auszuweichen, waren viele Möglichkeiten vorhanden. Die weichen Bankpolsterungen boten sich zum Bau einer Lagerstätte an, auf der man gut übernachten konnte." Er wusste, dass es in der Kirche auch eine Toilette und eine Waschgelegenheit gab. „Ein idealer Platz, um für kurze Zeit abzutauchen. Ob die Kirche noch geöffnet ist?" Er beschleunigte seine Schritte.

Die Türe am Gumbertusplatz war tatsächlich noch offen. Äußerst vorsichtig zog er das schwere Portal auf. Er durfte das Wild nicht verschrecken. Um von oben nicht gesehen zu werden, schlich er geduckt die Treppe zum Kirchenschiff hinab und drückte sich zusätzlich an der Wand vorbei. Am Ende der düsteren Sankt-Georgs-Kapelle wollte er über eine Treppe auf die Emporen kommen. Vorsichtshalber zog er schon einmal seine Pistole aus dem Holster und entsicherte sie. Dann lief er los. Dabei blickte er ständig vorsichtig um sich.

Die Kapelle war leer. Er schlich Schritt für Schritt, setzte seine Füße mit Bedacht auf die Holztreppen und ging so leise als möglich auf die erste Empore hinauf.

Mit erhobener, schussbereiter Pistole durchquerte er die Eingangstüre. Ein schwacher Laut ließ ihn innehalten. Er hielt den Atem an und lauschte angestrengt. Da, noch ein Laut. In dem unübersichtlichen Raum vor ihm war jemand, dessen war er sich sicher.

Sonntagabend

Frau Doktor Renz hatte die beiden Leichen diesmal in das Gerichtsmedizinische Institut nach Erlangen bringen lassen.

So blieb den Kommissaren nichts anderes übrig, als dorthin zu fahren. Die Straßen waren an diesem Abend verhältnismäßig wenig befahren und sie waren gut vorangekommen. Im Gerichtsmedizinischen Institut mussten sie lange Gänge durchqueren und in den Keller zu einem großen, weiß gekachelten Raum hinabsteigen, in dem sich eine größere Anzahl von Kühlfächern befand. Es war kalt in dem Raum. Man hörte das Geräusch der laufenden Kühlmaschinen. Über ihnen leuchtete das harte Licht von Neonlampen. Schon beim Wegfahren hatte Wolfgang Sperber per Mobiltelefon in dem Institut angerufen und ihr Kommen angekündigt. Im Kellerraum wurden sie von einem Angestellten in grüner Arbeitskleidung empfangen, der sie begrüßte und ohne weitere Erklärung zwei der Fächer öffnete. Harro und die Polizisten traten näher heran, als er das erste Fach herausschob und das grüne Tuch vom Gesicht der Toten wegzog.

Harro fühlte sich krank vor Aufregung und hoffte, nicht gleich umzukippen, wenn er die Leiche ansah. „Ja, das ist Rosemarie Knoll", sagte er und versuchte, seiner Stimme Festigkeit zu geben. Sperber nickte dem Angestellten zu. Der rollte die Schublade wieder hinein und schloss die Kühlschranktüre, dann rollte er die andere heraus und deckte ebenfalls das weiße, völlig blutleere Gesicht des Liegenden ab. Rüdiger Knoll erschien Harro fremd mit seinen geschlossenen Augen, der spitzen Nase und den blauen Lippen. Aber er war es. Harro nickte und bestätigte mit einer verzerrt klingenden Stimme: „Ja, das ist leider Rüdiger Knoll." Er fühlte sich plötzlich irgendwie neben sich stehend. Sperber nahm behutsam seinen Arm und führte ihn aus dem schrecklichen Raum. Harro ging wie ein Roboter neben den beiden Polizisten durch die Gänge. Er wähnte sich in einem Alptraum. Auf der Rückfahrt im Auto sprach Harro kein Wort. Auch die Kommissare schwiegen. Sie hatten natürlich bemerkt, wie sehr ihn der Anblick seiner beiden ermordeten Schulfreunde erschüttert hatte, und wollten ihm Zeit lassen, damit er seinen Schock überwinden konnte und wieder zu sich selbst fand.

Patrik hatte noch geschlafen. Ein verhältnismäßig leises Knarren der Holzstufen hatte in seinem Unterbewusstsein jedoch sofort Alarm ausgelöst. Plötzlich war er hellwach. Er stand schnell auf, versteckte sich hinter einer Mauerecke und lugte zur Eingangstüre der Empore. Dort konnte er einen Schatten wahrnehmen. Beim näheren Hinsehen erkannte er die Umrisse eines Mannes. Dann sah er, dass dieser eine Pistole schussbereit vor sich hielt. Patrik bekam einen großen Schreck, sein Herz fing an, wie wild zu pochen. Natürlich konnte er nicht wissen, ob es sich bei der Gestalt um einen Polizisten oder um den Mörder handelte, der hinter ihm her war. Aber bei einer einzelnen Person tippte er sofort auf Kevins Mörder.

Sein gut entwickelter Instinkt, in den vielfältigen Diebesaktionen geschult, veranlasste ihn, sich sofort auf den Boden hinunterzuhocken und von dort aus den Versuch zu wagen, vor die letzte Bankreihe zu hechten. Der Mann hatte die schnelle Bewegung jedoch gesehen und schoss sofort in seine Richtung. Der Schuss hallte überlaut in der großen Kirche.

Patrik hörte das Sirren der Kugel und den Einschlag in das Holz unweit von ihm. Auf allen vieren floh er die Bankreihe entlang bis zu ihrem Ende. Dort hörte er, wie der andere mit schnellen Schritten die Bankreihe erreichte, in deren Gang er lag. Der Flüchtige bot nun ein einfaches Ziel, wie er so dalag. Jetzt konnte ihn der Täter ganz einfach abknallen. Patrik bekam Todesangst. In seiner Not funktionierte sein Gehirn wie das eines gejagten Tieres. Ein urzeitlicher Mechanismus war in Gang gesetzt. Ohne Nachdenken sprang er blitzschnell auf und rannte die kurze Treppe zum anderen Emporenteil hinauf.

Wieder krachten Schüsse. Kugeln ließen Holzsplitter herumfliegen. Patrik spürte einen starken Schlag an seiner Schulter. Sein Körper flog in eine der Nischen, die mit Sichtgittern abgetrennt waren. Ein heftiger Schmerz durchfuhr seinen ganzen Körper. Er fühlte, dass er ohnmächtig werden würde, und setzte seine ganze Willenskraft dagegen ein. Er versuchte hochzukommen. Als er sich auf seinen rechten Arm stützen wollte, fuhr ihm ein furchtbarer Schmerz wie eine Feuerflamme durch den Körper. Seine rechte Schulter war wohl getroffen worden. Patrik stöhnte vor Schmerzen. Er rappelte sich mühsam hoch. Auf der anderen Seite der Empore hörte er jemanden zur Treppe rennen. „Schnellstens raus!" Dieses Kommando in seinem Kopf ließ ihn seine Zähne fest zusammenbeißen. Er wandte alle innere Kraft auf, um den brennenden Schmerz in seiner Schulter zu ignorieren. Auf die Beine gekommen, rannte er zur Treppe hin. Hinter ihm krachte ein weiterer Schuss, aber er war bereits im Schutz des Treppenhauses.

Unten im Kirchenschiff angekommen, rannte er, so schnell es ihm möglich war, zu einer Kirchentüre hin. Er stemmte sie auf und gelangte in einen kleinen Vorraum. Dort klammerte er sich an den Türgriff des schweren Portals und drückte es so fest er konnte nach außen auf.

Die Anstrengung und die Schmerzen trieben ihm Tränen in die Augen. Schweiß lief ihm über das Gesicht. Wieder krachte ein Schuss. Glas splitterte, aber er war schon fast aus der Kirche. Wieder ein Schuss. Die Kugel fuhr neben ihm in das Holz der Türe. Hinter ihm fiel die schwere Außentüre ins Schloss. Ohne groß zu denken, schwankte Patrik unter Einsatz seiner ganzen Energie über die Straße und dann ein ganzes Stück die Kannengasse entlang. Der Weg kam ihm endlos vor. Ständig erwartete er den Einschlag einer weiteren Kugel in seinen Körper, aber nichts dergleichen geschah.

Dann erblickte er rechts vor sich den Eingang einer Gaststätte. Er zog die Eingangstüre auf und fiel direkt vor den Tresen hin. Bedienungen und Gäste starrten ihn entsetzt an.

„Schnell Polizei rufen!", krächzte der Verletzte, dann wurde er ohnmächtig.

Auch Sonntagabend

Sperber hatte sich noch vergewissert, dass die Bewachung der beiden Pfarrer stand, dann fuhren er und seine Kollegen in die Inspektion zurück.

Kaum waren sie wieder dort angelangt, wurde er ans Telefon gerufen. Die Notrufzentrale meldete, dass ein schwer verletzter junger Mann in eine Gaststätte in der Kannengasse gestürzt war. Vorher war die Mitteilung des Mesners von Sankt Gumbertus eingegangen, der meinte, Schüsse in der Kirche gehört zu haben. Mehrere Funkstreifen waren bereits vor Ort.

Inzwischen war der Notarzt mit der Erstversorgung des Verletzten befasst. Der sei ohne Bewusstsein, berichtete er. Nach der Beschreibung der Polizisten war der Mann Patrik Gensch.

Sperber und seine beiden Kommissare machten sich sofort auf den Weg zu dem italienischen Lokal. Als sie dort ankamen, war der Sanitätswagen bereits in Richtung Krankenhaus weggefahren. Die beiden Beamten der Funkstreifenbesatzung berichteten, dass sie den jungen Mann am Boden liegend vorgefunden hätten. Die im Lokal Anwesenden waren wie eine aufgeregte Schar Hühner um ihn herumgewuselt. Erste Hilfe mussten sie nicht leisten, weil gleich danach Sanitäter und Notarzt eintrafen, die sich des Verletzten annahmen.

Sperber überlegte, was geschehen sein könnte, deshalb ließ er sich von einem der italienischen Kellner nochmals genau die Szenerie schildern, die er beim Hereinstürzen des Mannes in das Lokal erlebt hatte. Aber auch dieser Bericht brachte ihn nicht recht weiter. Sperber wies einen der „Grünen“ an, Namen und Adressen der Zeugen aufzunehmen, dann ging er mit den beiden Kommissaren zur Kirche hinüber.

Die Kollegen von der Streife waren bereits damit

beschäftigt, das Gebäude zu untersuchen. An den Außentüren stand jeweils ein Polizist Wache. Sperber freute sich wieder einmal darüber, wie umsichtig und schnell die Beamten ihr Tun organisierten.

Kaum hatten sie die Kirche betreten, kam ihnen schon ein Polizist entgegen. „Der Mesner, ein Herr Alexander Weber, der einen Notruf abgesetzt hat, sagt, er hat von seiner Wohnung aus Schüsse aus der Kirche gehört. Er ist daraufhin gleich herübergeeilt, um nachzusehen, was los ist. Weber hat sich vorsichtshalber hinter einen Mauervorsprung gestellt und so laut es ihm möglich war losgeschrien: ‚Was ist denn hier los! Gleich kommt die Polizei!' Aus Leibeskräften hatte er immer weitergeschrien. Er hat gesagt, dass er daraufhin schnelle Schritte gehört hatte. Eine Kirchentüre wäre zugefallen. Weber hat dann erst den Notruf gewählt. Er ist ganz fertig und sitzt in der Sakristei. Wir haben oben auf der Empore eine Art Lager gefunden. Eine Plastiktüte mit Lebensmitteln und Getränkeflaschen lag ebenfalls unter einer Bank in der Nähe dieses Nestes. Wir fanden auch Holzsplitter und Einschüsse. Jemand muss es wohl auf den jungen Mann abgesehen haben, nehme ich an."

Sperber bedankte sich bei dem Polizisten und wies Karlo an, den Mesner zur Protokollaufnahme mit in die Inspektion zu nehmen. Konstanze sollte sich in der näheren Nachbarschaft umhören, ob jemand etwas beobachtet hatte, das mit dem Geschehen in Verbindung zu bringen war. Dann nahm er sein Handy heraus und rief die Zentrale an, dass der Erkennungsdienst kommen solle.

Sein zweiter Anruf galt dem Krankenhaus. Er ließ sich mit der Notaufnahme verbinden. Ein Arzt sagte ihm, dass der Verletzte bereits im Operationssaal wäre. Sperber solle morgen wieder anrufen. Wahrscheinlich würde man den Mann auf die Intensivstation bringen.

Der Kommissar ließ sich nach dieser Auskunft mit

der Intensivstation verbinden und teilte dem dort Dienst habenden Arzt mit, dass Patrik Gensch nach seiner Operation sofort eine polizeiliche Bewachung bekommen würde. Der Arzt nahm die Mitteilung zur Kenntnis und stimmte ohne Weiteres zu.

Sperber rief anschließend Haberschlachter und Doktor Engel an, um sie über die neue Entwicklung zu informieren. Beide reagierten mit einem gewissen Entsetzen. Haberschlachter meinte: „Ich bin überzeugt, dass die Rocker hinter ihm her waren. Meiner Theorie nach und nach allen Erfahrungen, die ich in meinem Beruf mache, erleben wir gerade Aktionen des organisierten Verbrechens. Fälle in dieser Größenordnung müssen von langer Hand vorbereitet werden. Einzelne können so eine Verbrechenslogistik überhaupt nicht planen und durchführen. Ich empfehle Ihnen ganz dringend, dass Sie sich jetzt ausschließlich mit der ortsansässigen Bikerbande befassen und alle anderen Verdachtsmomente ganz weit zurückstellen."

Sperber wandte sich daraufhin an Oberstaatsanwalt Doktor Sauber, berichtete ihm, was geschehen war und wen Haberschlachter hinter allem vermutete. „Vielleicht wäre es nun tatsächlich gut, wenn wir im Bikerladen nachsehen würden, ob wir das Bild finden. Möglicherweise könnten wir dabei auch die Tatwaffe sicherstellen."

Sauber stimmte ihm zu und versprach, so schnell wie möglich einen Durchsuchungsbeschluss an ihn herauszugeben. Eine Mitwirkung des SEK wäre unumgänglich, meinte er noch. Sperber forderte über die Zentrale das Spezialeinsatzkommando an.

Fast gleichzeitig stürmte eine gute Stunde später eine Gruppe des SEK das Bikerheim und eine andere Gruppe ihr Stammlokal in der Innenstadt. Einige Tage später sollte es in der Ansbacher Rundschau heftige Leserbriefe über die rüden Methoden der Polizei geben. Die Schreiber schilderten empört, wie die in der Gaststätte anwesenden Gäste von den Beamten gefesselt wurden und zum Teil in gefesseltem Zustand vor dem Lokal auf der Erde lagen.

Die Polizisten waren natürlich bei ihrer Aktion auf Nummer sicher gegangen. Sie kannten ihre Kundschaft und wussten, dass sie es mit keinen braven Bürgern zu tun hatten, sondern mit Kerlen, bei denen mit allem zu rechnen war. Außerdem stand der Mordverdacht im Raum. Mörder, die sich in die Ecke gedrängt sahen, reagieren nun einmal völlig unberechenbar. Die Polizisten erfuhren zwar keine Gegenwehr, mussten sich aber jede Menge Beleidigungen an den Kopf werfen lassen.

Die Durchsuchungen brachten weder im Vereinslokal noch in der Gaststätte das erhoffte Ergebnis. Zwar wurden bei den Rockern einige Schlag- und Stichwaffen sowie Pfeffersprays und verschiedene Drogen gefunden, aber von dem Bild fand sich nicht die geringste Spur. Einige Motorradfreunde fingen sich Anzeigen wegen Beleidigung, Drogenbesitzes und Besitzes unerlaubter Waffen ein. Ein paar verbrachten auch eine Nacht in einer Haftzelle, aber mehr Ergebnisse als die auch sonst üblichen Folgen einer solchen Aktion gegen sie waren nicht drin.

Sperber hatte mit seinen Kommissaren, Doktor Sauber und den beiden Münchner Kollegen den Einsatz verfolgt. Alle drei Kommissare waren nach diesen zwei dichten Tagen sehr müde. Sie hatten Hunger und Durst und wollten einfach nur noch nach Hause.

Wolfgang Sperber gab Karlo und Konstanze gegen zweiundzwanzig Uhr endgültig frei. Er wollte ebenfalls endlich Feierabend machen. Der Kriminaldauerdienst würde alles Weitere in seine Hand nehmen.

Für den nächsten Tag hatte er für sich die Teilnahme an der Obduktion der beiden Erschossenen um neun Uhr eingeplant. Um vierzehn Uhr würden sich alle Beteiligten zu einer Dienstbesprechung zusammenfinden. Konstanze und Karlo gab er bis zu diesem Zeitpunkt dienstfrei. Er erteilte der Zentrale entsprechende Anweisungen. Sie sollten das Treffen organisieren.

Total erschöpft machten sich die drei auf den Heimweg.

Ein Mann lief in dieser Stunde wütend und enttäuscht durch Ansbachs Straßen. Er versuchte, sich mit schnellen Schritten wieder zu beruhigen. Der Mörder von Rüdiger und Rosemarie Knoll war sich schmerzhaft bewusst, dass er mit dem fehlgeschlagenen Anschlag auf Patrik Gensch eine sehr wichtige Chance vertan hatte. Ausgerechnet als er den Kerl endlich im Visier hatte, war dieser Idiot von einem Mesner aufgetaucht und hatte herumgeschrien. Er hatte sich schnell aus dem Staub machen müssen und war die schmale Gasse zum Rezatparkplatz hinunter geflüchtet.

Dass sich die Polizisten dann mit großer Vehemenz auf die Rocker gestürzt hatten, wie er als Beobachter vor dem Lokal in der Innenstadt gesehen hatte, gab ihm leider nicht den erhofften Spielraum, um sich selbst aus der Schusslinie zu bringen. Vielmehr würden sie nun erst recht nach dem großen Unbekannten fahnden, der in der Stadt sein Unwesen getrieben hatte und noch immer in krimineller Absicht unterwegs war.

Montagmorgen

An diesem Morgen erwartete Wolfgang Sperber eine besondere Freude.

Schon am Abend zuvor, als er müde und erschöpft nach Hause gekommen war, hatte ihm Julia berichtet, dass sie ihre Tochter Theresa und ihr Enkelkind Sofia am nächsten Vormittag zu einem Brunch eingeladen hatte. Sperber fand die Idee wunderbar. Obwohl Theresa mit ihrem Mann Christian und mit Sofia in Ansbach wohnte, hatte er, wie er fand, viel zu wenige Begegnungen mit ihnen. Sein Dienst nahm ihn in letzter Zeit ziemlich in Beschlag und wenn endlich Zeit war, hatte seine Tochter Termine oder sie hatte mit ihrer Familie irgendetwas vor. So war es manchmal gar nicht so einfach zusammenzukommen. Während sein Schwiegersohn am Montagmorgen zur Arbeit gehen musste, hatte Sofia ausnahmsweise schulfrei. Er war also gespannt und in Vorfreude auf die beiden.

Sperber nahm die Tageszeitung zur Hand, die er aus dem Briefkasten geholt hatte. Schon auf der ersten Seite des Ansbacher Tageblattes fand er einen größeren Artikel, in dem die entsetzlichen und aufregenden Ereignisse in Ansbach wortreich beschrieben waren.

Er setzte sich an den Küchentisch, blätterte weiter in der Zeitung und schlug den Lokalteil auf. Gleich auf der ersten Seite fand er einen ganzseitigen Bericht über den Bilderdiebstahl, den Todessturz von Mario Kobilke und die Morde an dem Ehepaar Knoll.

Als er die Seite umblätterte, sah er, dass auf ihr weitere Artikel zum gleichen Thema folgten. Dabei war auch ein präziser Zeitablauf abgedruckt, mit dessen Hilfe man nachverfolgen konnte, wann etwas geschehen war.

Darunter fand er auf der Seite einen Kommentar des Chefredakteurs der Lokalausgabe, Herbert Mostrich, der sich wieder einmal süffisant darüber ausließ, dass die Ansbacher Polizei allen Geschehnissen lediglich hinterherhechelte.

Sein Spitzensatz lautete:

„In Ansbach läuft ein Killer frei herum und bedroht uns alle. Wer schützt uns vor dem Monstrum? Auf unsere Polizei können wir uns in dieser Hinsicht nicht verlassen, fürchte ich."

Wolfgang Sperber fühlte sich nach dem Lesen dieses Kommentars so, als hätte ihm jemand in den Magen geschlagen. Natürlich war mit kriminellen Vorfällen für die Stadt eine Sensation ersten Ranges geboten. Genüsslich wurde jeder Vorfall von den Medien ausgewalzt bis zum absoluten Gehtnichtmehr. Dafür hatte er ein gewisses Verständnis, weil eine umfassende Information der Bürger eben zur Aufgabe der Medien gehörte und weil es eben auch ihr Geschäft war, das ohne aufregende Geschehnisse nicht laufen konnte. Sie lebten ja von der Sensationslust ihrer Leser. Verstehen konnte er dagegen nicht, wenn die Grenzen der Information so rüde überschritten wurden wie im Kommentar von Mostrich. Der sadistische Wesenszug des Verfassers schimmerte zwischen den Zeilen durch, wenn er die Polizei als unfähig hinstellte und die Bürger durch seine aufgeplusterten Sätze über den Killer, der mordend durch die Straßen der Stadt zog, in Angst und Schrecken versetzte.

Als Julia zur Küchentüre hereinkam, las er ihr gleich den Kommentar vor. Sie reagierte sehr verärgert über das, was sie hörte: „Dieser Mostrich schreibt ohne Verantwortungsgefühl! Eigentlich gehörte so ein aufhetzerischer und Angst machender Artikel vor den Deutschen Presserat! Der macht es euch wirklich schwer!" Sie setzte sich zu ihrem Wolfgang und versuchte, sich selbst und ihn ein wenig zu beruhigen.

Gegen neun Uhr läutete es an ihrer Haustüre. Julia ging hin, dann hörte Wolfgang Sperber die Laute einer überschwänglichen Begrüßung. Die Türe der Küche, in der er sich gerade noch ein wenig mit der Vorbereitung des Frühstücks beschäftigt hatte, flog auf und herein stürmte Sofia, blond, acht Jahre alt und ein kleiner Wildfang. Er bückte sich zu ihr hinunter, sie warf ihm ihre Arme um den Hals und gab ihm einen feuchten Kuss auf die Wange.

„Guten Morgen Opalein!", sagte sie dabei zärtlich, „ich muss dir dann gleich was erzählen!" Inzwischen waren auch Theresa und Julia in die Küche gekommen. Auch Theresa gab ihm einen Begrüßungskuss und fragte: „Kann ich noch etwas tun oder seid ihr schon fertig mit der Vorbereitung des Frühstücks?"

„Ich habe gerade letzte Hand angelegt. Ihr könnt gleich auftragen", antwortete Sperber, „ich muss mich jetzt erst einmal dieser kleinen Dame widmen, sie will mir etwas Wichtiges mitteilen."

„Ach Opa", schnurrte Sofia, „du bist immer so charmant. Bin ich wirklich eine Dame?" Sie nahm seine Hand und zog ihn ins Wohnzimmer hinüber.

„Für mich bist du eine kleine Dame und dazu mein bestes Enkelkind. Aber jetzt erzähl mir bitte deine Geschichte, ich bin schon sehr gespannt darauf."

„Jetzt setz dich erst einmal, Wolfi. Im Stehen kann man ja wohl schlecht erzählen und zuhören", Sofia bediente sich zu seiner Belustigung manchmal des etwas autoritären Tons seiner Mutter, die in einem Luxusaltenheim in Ansbach wohnte und ihn manchmal noch immer wie ihren kleinen Sohn behandelte, dem man Manieren beibringen musste.

Sperber setzte sich also auf einen Sessel. Schwups hatte sich Sofia auf seinen Schoß gesetzt und ihren Kopf an seine Brust gelehnt: „Mein lieber, lieber Opi", schmeichelte sie.

„Also, du kleine Schnurrkatze, erzähl mir was von dir", forderte der glückliche Großvater.

„Also, hör gut zu, damit du was lernst!", spielte Sofia im strengen Uri-Stil.

„Ja, das tue ich", versprach Sperber brav.

„Stell dir bitte vor, wir haben in der Schule gerade Unterricht zu dem Thema Gesundheit gehabt. Da war ein richtiger Doktor, also ein Arzt, da und hat uns was erzählt. Er hat von den Infektzien geredet."

„Infektionen meinst du?", fragte Sperber nach.

„Na klar", antwortete Sofia ernst, „also der hat dabei auch von der Tollwut etwas gesagt und uns gewarnt, dass wir mit Tieren vorsichtig sein sollen, die sich irgendwie komisch benehmen. Die können nämlich durch ihren Speichel, sie deutete auf ihren Mund, diese schwere Krankheit übertragen. Manche Menschen sind daran schon gestorben, hat er gesagt."

Sofia schaute ganz ernst und konzentriert ihren Opa an und nickte bedeutungsschwer: „Er hat auch davon geredet, wie man erkennt, dass man angesteckt ist. Dann hat er uns gefragt: ‚Was tust du, wenn du solche Zeichen der Ansteckung an dir entdeckst?' Erst hat niemand eine Antwort gewusst, aber dann hat der Jonas seinen Finger gehoben und gesagt: ‚Dann würde ich meinen Lehrer beißen.'

Jetzt fing sie zu kichern an: „Unseren Lehrer tät der beißen. Kannst du dir das vorstellen?"

Wolfgang Sperber, den der Erzählstil seiner Enkeltochter ohnehin immer zum Schmunzeln brachte, fing an, lauthals zu lachen. Sofia lachte herzhaft mit. Da kamen Julia und Theresa mit allen möglichen Köstlichkeiten in der Hand herein. Neugierig fragten sie, weshalb sie sich so amüsierten.

Wolfgang Sperber antwortete, nach Luft ringend: „Sofia hat mir wieder eine ihrer großartigen Geschichten erzählt. Niemand bringt mich so zum Lachen wie mein liebes Enkelkind!"

„Ja, solche Geschichten kenn ich auch", bestätigte ihm Theresa, ebenfalls lachend, „manchmal kommt mir der Gedanke, ob meine Tochter eine besondere Schule mit einer ganz besonderen Klasse darin besucht. So viel Komisches hat es in meiner Klasse zumindest nicht gegeben."

„Vielleicht hat unser Kind einfach einen Sinn für Komik", schlug Oma Julia vor und lächelte dazu strahlend. Dann setzten sich alle an den Esstisch und genossen ihren Brunch. Die Gespräche gingen hin und her. Sofia mischte auf ihre Weise eifrig mit und erntete immer wieder Lachen.

Das Läuten des Telefons unterbrach das fröhliche Miteinander. Wolfgang Sperber ging hin, hob den Hörer ab und meldete sich. Dann hörte er eine kleine Weile zu und wurde blass: „Ja, ich fahre gleich hinauf. Danke für Ihre Mitteilung."

Er legte auf und ging zu den anderen zurück. „Keine gute Nachricht", sagte er zu ihnen mit kummervollem Blick, „die Hausdame des Wohnstifts hat angerufen. Meine Mutter ist heute Nacht gestürzt. Sie wurde ins Krankenhaus gebracht, Verdacht auf Oberschenkelhalsbruch, hat sie mir gesagt. Die Angestellte des Stifts bekam die Information, dass meine Mutter gleich nach ihrer Einlieferung operiert worden sei. Sie ist heute angeblich bereits auf eine Station gebracht worden. Irgendwie hat es am Morgen im Wohnstift Schwierigkeiten mit der Kommunikation gegeben. Die Hausdame hat jedenfalls eben erst von dem Vorfall erfahren und sich in aller Form bei mir entschuldigt, dass wir so spät benachrichtigt werden."

Einen Moment herrschte Stille, dann redeten die drei durcheinander. „Ach du Schreck", entfuhr es Julia. Theresa fügte entsetzt hinzu: „Oberschenkelhalsbruch, das kann dumm ausgehen."

Sofia begann sofort zu weinen: „Muss meine Uri jetzt sterben?“

„Nein, das muss sie nicht“, wurde sie von ihrer Mutter beruhigt, „unsere Hermine ist so vital, trotz ihres hohen Alters. Die schafft es schon, wieder gesund zu werden.“

„Ich fahre jedenfalls sofort ins Krankenhaus hinauf und sehe nach ihr“, sagte Wolfgang Sperber hastig und war schon auf dem Gang draußen. Sie hörten von dort seine schnellen Schritte und dann das laute Schließen der Haustüre.

Die zwei großen Damen und die kleine Dame blieben besorgt diskutierend zurück.

An der Pforte des Krankenhauses ließ sich Sperber die Station sagen, die seine Mutter aufgenommen hatte. Er sprintete die Treppe in den ersten Stock hoch, fand die Station und ging zum Stationszimmer in der Mitte eines langen Ganges. Eine Schwester, die an einem Sideboard mit irgendwelchen schriftlichen Arbeiten beschäftigt war, drehte sich zu ihm um.

„Grüß Gott, Sperber ist mein Name. Meine Mutter, Hermine Sperber, wurde heute hier eingeliefert. Können Sie mir bitte sagen, in welchem Zimmer ich sie finden kann?“

Die Schwester lächelte und antwortete: „Mein Dienst hat vorhin erst begonnen, darum weiß ich das nicht auswendig. Einen Moment bitte, ich sehe gleich nach.“ Sie zog eine Liste aus einem Schub und sah hinein. „Hier ist sie“, murmelte sie vor sich hin und dann zu Sperber: „Zimmer einhundertzwölf. Hier steht, dass Ihre Mutter operiert wurde. Ich weiß nicht, ob Sie sie schon sprechen können. Am besten, ich komme mal mit.“ Sie ging ihm voraus, klopfte kurz an der Tür von einhundertzwölf und öffnete sie behutsam.

Sperber sah sich um. Das Zimmer war mit zwei Frauen belegt. Die Patientin auf der Schrankseite schlief. Hermine Sperber lag im Bett am Fenster. Sie hatte bis zu diesem Zeitpunkt wohl auch geschlafen, so sah sie zumindest aus. Ihre sonst so gepflegte Frisur war völlig verstrubbelt. Ein ganz ungewöhnlicher Anblick für Sperber. Ihr Gesicht zeigte nun, ebenfalls ganz anders als sonst, die Züge einer sehr alten Frau. Sperber war äußerst berührt von ihrem Anblick. Es sollte noch schockierender kommen. Er ging nahe zu ihr hin und bemerkte, dass ihre Augen einen sehr eigentümlichen Ausdruck zeigten.

Die Schwester, die gleich hinter ihm hereinkam, stellte sich auf die andere Seite des Bettes und sagte in etwas betulichem Ton: „Grüß Gott Frau Sperber, ich bin Schwester Gisela, wir kennen uns noch nicht. Ich bringe Ihnen Ihren Sohn mit, der möchte sich nach Ihnen umschauen."

Hermine Sperber schaute etwas irritiert von ihr zu Wolfgang. „Was reden Sie denn da", wies sie sie schroff zurecht, „ich kenne Sie nicht und wer ist dieser Herr da? Mein Sohn? So ein Unsinn! Mein Sohn ist viel jünger. Dieser ältere Herr hier kann gar nicht mein Sohn sein, sonst wäre ich ja alt. Bin ich vielleicht eine alte Frau?" Den letzten Satz hatte sie heftig herausgestoßen.

Die Schwester wusste nicht, wie sie diese Frage beantworten sollte. Natürlich lag da eine alte Frau vor ihr im Bett. So auf den Kopf wollte sie das ihr aber auch nicht zusagen. Das wäre beleidigend, fand sie.

Wolfgang Sperber befand sich in heller Aufregung. „Mutter, ich bin doch Wolfgang, dein Wolfi. Erkennst du mich nicht oder tust du nur so?"

„Mein Herr, was erlauben Sie sich?" Hermine Sperber hatte sich im Bett aufgerichtet und sah ihn herrisch an. „Sie erdreisten sich zu behaupten, Sie wären mein Sohn

Wolfgang. Bin ich hier im Irrenhaus gelandet? Was ist das überhaupt für ein schäbiges Hotel, in dem man mich untergebracht hat? Wer ist diese Frau da in dem Bett neben mir? Ich muss mir das nicht gefallen lassen. Mein Sohn ist Kriminalhauptkommissar, den rufe ich jetzt sofort an. Ich werde ihm melden, dass Sie mich entführt haben, jawohl, entführt! Freiwillig hätte ich diese Bruchbude niemals betreten, niemals!" Sie suchte auf ihrem Nachtschrank nach einem Telefon, aber da war keines.

Sperber war erschüttert: „Mutter, hör doch bitte auf, uns etwas vorzuspielen. Kannst du dir nicht vorstellen, dass wir uns alle Sorgen um dich machen. Du bist hier im Ansbacher Klinikum, weil du dir etwas gebrochen hast. Du bist heute früh operiert worden. Bitte sag, dass du mich erkennst."

„Mein Herr, Sie reden irre! Man hat mich entführt und diese arme Frau hier im anderen Bett auch. Ich will, dass mein Sohn umgehend von meiner schrecklichen Lage erfährt. Er soll seine Polizisten zusammenrufen, damit sie mich und das andere Entführungsopfer hier befreien, notfalls mit Gewalt."

„Bitte rufen Sie einen Arzt, sie ist nicht mehr bei Sinnen", bat Wolfgang Sperber die Schwester in flehentlichem Ton.

Die Schwester nickte verständnisvoll, wandte sich um und lief schnell hinaus.

Sperber hatte den Kopf gedreht und ihr nachgeblickt, da hörte er hinter sich eine ganz gewohnte Stimme: „Siehst du, Wolfi, so macht man das. Erstens war mir diese Schwester spontan unsympathisch und zweitens wollte ich mal deine Reaktion sehen, wenn ich verrückt geworden bin."

„Verflixt, Mutter, ich glaube, du bist verrückt. Mich so zu erschrecken!", stieß Sperber in einer Gefühlsmischung von Zorn und Erleichterung hervor. „Das war eine ganz schlimme Aufführung. Dafür sollte ich dich wirklich wo einliefern lassen. Du bist und bleibst unberechenbar!"

„Mensch Wolfi, du gönnst deiner armen alten Mutter wirklich keinen kleinen Spaß", antwortete sie ihm und zog einen Schmollmund.

„Das ist gerade wirklich kein Spaß für mich gewesen. Meine Nerven liegen sowieso wegen eines schwierigen Falles blank und dann veräppelst du mich auch noch auf diese Weise. Du musst dich nicht wundern, wenn ich bald schneeweiße Haare habe vor lauter Stress."

Sie streckte die Hände nach ihm aus: „Komm her, armer Wolfi, lass dich an das Mutterherz deiner bösen, bösen Mama drücken."

Wolfgang umarmte sie und seufzte: „Ach Mutter, bin ich froh, dass du wieder einigermaßen normal bist. Ich glaube, ich wäre auch verrückt geworden, wenn du weiterhin verrückt geblieben wärst. Du bist und bleibst eine schrecklich unterhaltsame Person." Er küsste sie auf beide Wangen. „Wie geht es dir eigentlich?"

„Eigentlich gut", lächelte Hermine Sperber, „ich habe keine Schmerzen und du siehst ja, dass die Narkose bei mir keine größeren Schäden hinterlassen hat. Ich hoffe, sie lassen mich bald aufstehen. Mit ein wenig Training kommt bei mir sicher alles schnell wieder ins Lot. Du kannst mir schon einmal meine Friseurin vom Stift herbestellen. Sie soll schnellstens kommen, wenn möglich noch heute. Wenn meine Bekannten vom Stift zu Besuch kommen, sollen sie mich schließlich nicht als gerupftes Huhn vorfinden. Sie soll ihren Kosmetikkoffer nicht vergessen und Maniküre und Pediküre brauche ich auch. Frage Julia, ob es ihr etwas ausmacht, wenn ich nach dem Krankenhausaufenthalt ein paar Tage zu euch komme, bevor ich zur Reha gehe."

Sperber konnte ihr nicht antworten, denn nach einem kurzen, heftigen Schlag von außen auf die Zimmertüre wurde sie energisch aufgestoßen. Ein Arzt in Weiß trat geschwind herein. Hinter ihm kam die Schwester mit sehr besorgtem Gesichtsausdruck ins Zimmer.

Der Mediziner stellte sich ans Bett von Hermine Sperber, lächelte sie in professioneller Weise an und sagte: „Guten Tag Frau Sperber, wie geht es uns?“

Die Patientin grinste: „Ich war schon lange nicht mehr im Krankenhaus. Diese Frage stellen sie doch immer in bestimmten Arztserien im Fernsehen. Ich hätte gar nicht gedacht, dass die tatsächlich von einem wirklichen Arzt so gestellt wird. Also Herr Doktor, wenn Sie mich auf diese Weise fragen“, fuhr sie fort, „dann antworte ich Ihnen mit der Standardantwort, die ich von Arztsendungen im Fernsehen kenne: ‚Wie es Ihnen geht, das weiß ich nicht. Mir geht es ganz gut. Ich habe keine Schmerzen und möchte dieses Bett so schnell wie möglich wieder verlassen, schon dass ich nicht dauernd solche sinnigen Fragen beantworten muss.‘“

Sperber kniff seine Lippen zusammen, um nicht laut zu lachen. Dem Arzt war nicht zum Lachen zumute. Er drehte sich zu der Schwester um: „Verwirrt kommt mir die Patientin zwar nicht vor, aber doch ein wenig aufsässig.“ Und zu Hermine Sperber gewandt rügte er in tadelndem Ton: „Meine Gute, jetzt lassen Sie mal Ihren Sarkasmus. Wir sind schließlich bemüht, das Beste für Sie zu tun, da müssen Sie schon auch ein wenig mitmachen, sonst geht das hier nicht.“

Wolfgang Sperber erwiderte energisch: „Herr Doktor, nun lassen Sie aber mal die Kirche im Dorf. Wo bleibt denn Ihr Humor? Wer solche Fragen stellt, sollte sich nicht wundern über eine derartige Antwort. Meine Mutter ist jedenfalls ganz normal, das hat ihre Reaktion Ihnen hoffentlich gezeigt. Ich wünsche, dass sie hier anständig und wie ein erwachsener Mensch behandelt wird.“

„Sie müssen es schon uns überlassen, wie wir mit

den Patienten umgehen, wir sind schließlich die Fachleute." Die autoritären Worte des Arztes widersprachen seiner Körpersprache, die Sperber eindeutig verriet, dass er bei einem Fehlverhalten erwischt worden war.

„Natürlich sind Sie das", erwiderte Sperber in sachlicher Weise, „und nichts anderes erwarte ich mir von Ihnen. Danke, dass Sie gekommen sind, lassen Sie meine Mutter und mich bitte jetzt wieder alleine." Gegen Schluss seines Satzes war seine Stimme immer schärfer geworden.

Der Arzt drehte sich wütend um und murmelte etwas Unverständliches. Er ging mit großen Schritten hinaus. Die Schwester hinter ihm.

„Mensch Wolfi, dem hast du es aber gegeben. Jetzt kann ich mir vorstellen, dass du auch ein unangenehmer Chef sein kannst, falls das nötig ist", sagte seine Mutter mit Hochachtung in der Stimme, dann fuhr sie mit dramatischer Miene fort: „Dafür werden die mich jetzt behandeln wie einen Satansbraten."

Sperber nickte grinsend: „Du machst das schon. Am Schluss werden sie dich auf Händen tragen."

„Ja bestimmt, wenn sie mich hochkant hinausschmeißen", antwortete Hermine Sperber.

Nach einiger Zeit verließ Sperber seine Mutter wieder. Sie hatte es sich nicht nehmen lassen, ihm eine Fülle von guten Ratschlägen mit auf den Weg zu geben, gerade was seinen aktuellen Fall anbelangte, von dem in den Nachrichten im Bayerischen Fernsehen so ausführlich berichtet worden war.

Inzwischen war es halb elf geworden. Sperber rief in der Inspektion an und bat einen Kollegen, dass er für ihn an der Obduktion teilnehmen sollte. Er brachte sein Auto zu seinem Haus zurück. Julia, Theresa und Sofia waren gerade dabei, sich für einen Gang in die Stadt zu rüsten. Sperber erzählte ihnen die makabre Episode, die er gerade mit seiner Mutter erlebt hatte, und berichtete von der Diskussion mit dem Arzt.

Julia sagte lachend: „Du und deine Mutter, ihr seid schon ein verheerendes Gespann, wenn es darauf ankommt."

Sofia bemerkte zufrieden: „Da bin ich aber froh, dass es der Uri wieder gut geht. Ich möchte sie heute Nachmittag besuchen."

„Ja, das habe ich auch vor", wurde die Kleine von ihrer Mutter bestätigt. Julia klinkte sich in das Vorhaben ein: „Ich komme mit, obwohl ich ganz schön was zu tun habe."

Die Damen wollten jetzt aber endlich zum Einkaufen.

„Fein, dann können wir gemeinsam gehen", freute sich Sperber. Sofia hatte schon seine Hand ergriffen. Zu viert liefen sie los. Nun wurde es Sperber erst bewusst, wie schön dieser Tag geworden war. Der Monat Mai neigte sich schon wieder seinem Ende zu und der Sommer schien sich bereits fest in der Stadt etabliert zu haben. Als sie durch die Straßen gingen, hörten sie das Gezwitscher der Vögel. Die Bäume standen in vollem Laub und in den Rabatten blühten die Blumen in allen Farben. Julia und ihre Tochter gingen, in ein Gespräch vertieft, vor ihnen und Sofia hüpfte vergnügt neben ihm her.

„Wie schön könnte es jetzt sein, wenn ich nicht zum Dienst müsste", dachte Sperber sehnsuchtsvoll. Dann lenkte er sich von diesem Gedanken ab, indem er anfing, mit Sofia das Spiel zu spielen „Ich sehe was, was du nicht siehst".

Am Beginn der Uzstraße musste sich das Quartett voneinander verabschieden. Die Damen wollten zu einem Buchladen, während Sperber durch die Kannengasse in Richtung Karlsplatz ging.

Noch immer Montagvormittag

In der Inspektion angekommen, ging Sperber gleich in das Büro von Barbara Robertazzi. Die Sekretärin empfing ihn ganz aufgeregt: „Gut, dass du kommst. Dotzauer fragt schon dauernd nach dir. Er hat mir aufgetragen, dir zu sagen, du sollst dich stante pede bei ihm melden, wenn du kommst."

„Gut, ich gehe stehenden Fußes zu ihm. Aber kannst du mir sagen, wie ich das machen soll? Vielleicht geht es, wenn ich mit zwei Füßen zugleich hüpfe!"

„Mensch Wolfgang, du weißt, was er meint. Lass ihn bloß nicht länger warten, sonst wird er narrisch, dann hast du noch mehr am Hals als jetzt schon."

„Ich geh ja schon!", seufzte Sperber, ging zum Büro von Rudolf Dotzauer und klopfte an die Türe.

Ein freundliches „Ja, kommen Sie doch herein!" war die Antwort von drinnen. Sperbers Vorgesetzter saß mit frisch gebräuntem Gesicht und tadellosem Anzug hinter seinem blitzblank aufgeräumten Schreibtisch und lächelte ihn an. Sperber kannte die Methode Dotzauers, andere zunächst durch sein Lächeln zu täuschen, sodass sie sich in Sicherheit wähnten. Die Freundlichkeit war eine Masche, die darin bestand, dass man im nächsten Moment durch harsche Worte geschockt wurde, die Dotzauer einem wie einen Kübel eiskalten Wassers über den Kopf schüttete. Ein Machtmittel, das sich bewährt hatte. Die meisten Untergebenen des Polizeidirektors waren nach der Abkühlung kleinlaut und bereit zum Meinungsaustausch. Sprich, ihre Meinung wurde dabei durch die Meinung von Dotzauer ausgetauscht.

Sperber wappnete sich innerlich.

Seine Befürchtung war nicht umsonst. Dotzauers Lächeln verschwand plötzlich. Es war wie weggewischt. Jetzt starrte er ihn mit harten Augen und verkniffenem

Mund an. „Sie haben mir über das Wochenende ja einige dicke Kuckuckseier ins Nest gelegt. Oder soll ich sagen dicke Hunde!?“

Sperber beschloss, sich diesmal nicht fertigmachen zu lassen. Er entgegnete gelassen: „Ich kann weder Eier noch dicke Hunde legen und weiß gar nicht, was Sie meinen.“

„So, Sie wissen es nicht. Was wissen Sie denn? Ich bekomme den ganzen Vormittag einen Anruf nach dem anderen. Das Landeskirchenamt München fragt an, der Denkmalschutz, die Landesstiftung Kunst und Kultur in Bayern, die Oberbürgermeisterin, sogar der Innenminister. Alle fragen mich, wo dieses Bild aus der Gumbertuskirche ist, und ich weiß nichts, gar nichts!“ Er war bei seiner Rede immer lauter geworden und sein Gesicht war feuerrot. Die sowieso etwas vorstehenden Augen schienen ihre Höhlen endgültig verlassen zu wollen. „Als ich die Zeitung heute Morgen aufschlug, fand ich in Artikeln über die Fälle mehrere Scherbenhaufen von mieser Polizeiarbeit beschrieben. Die Haufen gehen alle auf Ihre Kosten! Mostrich, dieser Schmierfink, hat uns zu all dem in seinem Kommentar auf den Pranger dieser Stadt geschleift und dann mit Dreck beworfen. Wie stehe ich nun persönlich vor meinen Freunden und den Mitgliedern meines Clubs da? Mir erscheint dieser Vorgang wie die Szene, die immer in diesen Comics beschrieben wird. Wie heißen die doch gleich? Ach, Asterix heißen die. Ich denke an die Szene, wenn der römische Hauptmann verzweifelt an eine Wand haut und schreit: ‚Sie sind alle so doof und ich bin ihr Chef!‘ Genau wie der komme ich mir auch vor! Andauernd muss ich die Suppe auslöffeln, die Sie und Ihre Mannschaft angerichtet haben!“

Sperber hätte bei der Erwähnung der Szene aus Asterix am liebsten laut zu lachen begonnen, aber er ließ sich seine Erheiterung nicht anmerken. Im Gegenteil. In jedem guten Polizisten steckt ein Schauspieler, der seine Kunst ausübt, um bei seinem Gegenüber eine bestimmte Wirkung zu erzielen. Sperber blickte seinen Vorgesetzten nach wie vor sehr ernst an und ließ sich von seinem Ausbruch nicht aus der Ruhe bringen.

„Sehen Sie, Herr Polizeidirektor, da geht es Ihnen wie mir“, meldete er sich nun ironisch zu Wort, „ich weiß auch noch nicht, wo das Bild ist, aber dafür habe ich gestern und vorgestern einige Leichen eingesammelt. Ich hoffe, Sie hatten dieser Tage mehr Vergnügen beim Einsammeln von Golfbällen als ich mit den Toten?“

„Was soll diese impertinente Formulierung?“ Dotzauer war von seinem Bürosessel aufgesprungen und hing nun halb über dem Schreibtisch. „Wollen Sie vielleicht, dass ich Sie wegen Beleidigung Ihres Vorgesetzten von dem Fall abziehe?“, schrie er Sperber an.

„Das Geständnis von Justin hat uns Namen und Adressen eines weit verzweigten Drogenrings eingebracht. Ich werte das allein schon als einen riesigen Erfolg. Leider konnte die Zeitung darüber noch nicht berichten, dazu ist die Sache noch zu frisch. Die anderen Medien werden sich der Sache aber bestimmt schon angenommen haben.“

„Davon hat mir niemand etwas gesagt.“ Dotzauer war plötzlich verunsichert, dann fuhr er wieder auf: „Das ist es ja, was ich meine. Jeder macht hier, was er will, und ich erfahre alles erst am Schluss. Eine riesige Sauerei ist das, aber ich werde diesen Stall ausmisten, darauf können Sie sich verlassen!“

Jetzt war das Maß für Wolfgang Sperber ebenfalls voll. Mit scharfer Stimme fuhr er nun seinerseits Dotzauer an: „Dazu wünsche ich Ihnen diesmal keinen Erfolg, denn ich bin überzeugt, dass wir hier gut und effizient arbeiten. Sie müssten nur ab und zu vor Ort dabei sein, um sich von der Qualität unserer Arbeit zu überzeugen.

Manchmal ist es bestimmt leichter, vom Golfplatz aus Anweisungen zu geben, als mitten im Getümmel Entscheidungen zu treffen."

Ohne die Reaktion Dotzauers auf diese überdeutlichen Worte abzuwarten, fuhr er mit harter Stimme fort: „Tut mir leid, Herr Polizeidirektor, ich kann es mir bei meiner angespannten Arbeitssituation nicht erlauben, Ihnen bei dieser Arbeit zu helfen. Außerdem habe ich keine Zeit, mit Ihnen auf dieser Gesprächsebene weiter zu sprechen. Wenn Sie konkrete Fragen an mich haben, stehe ich Ihnen gerne zur Verfügung. Vorausgesetzt natürlich, ich befinde mich nicht in einem Einsatz, bei dem das Leben meiner Mitarbeiter und mein eigenes in Gefahr sind. Guten Tag!"

Er stand auf und ging zur Tür. Hinter ihm tobte Dotzauer und schrie: „Das sind grobe Unverschämtheiten. Ich werde dafür sorgen, dass Sie ein Disziplinarverfahren bekommen! Sperber, bleiben Sie sofort stehen! Kommen Sie auf der Stelle zurück! Das ist ein dienstlicher Befehl!"

Wolfgang Sperber zuckte mit den Schultern, wandte sich aber weder um noch blieb er stehen. Er ging einfach zur Türe hinaus, den Flur entlang zu seinem Büro.

Auf seinem Schreibtisch fand er die Berichte des Erkennungsdienstes vom Tatort. Er erkannte das Untersuchungsergebnis des Mordes an dem Ehepaar Knoll von der Spusi und deren Ergebnisbericht aus der Gumbertuskirche. Dabei lag auch der Bericht von Frau Doktor Renz von der Rechtsmedizin.

Es gelang ihm tatsächlich, das vorhergehende ungute Erlebnis zu verdrängen. Er widmete sich intensiv den vor ihm liegenden Schreiben.

Gottfried Arpogaus vom Erkennungsdienst hatte ihm unter anderem auch eine Liste der persönlichen Gegenstände des Ehepaares beigelegt, die er aufmerksam studierte.

Die Auswertung der Daten auf einem Laptop und der Bilder der Kamera sei gerade in Arbeit, schrieb er. Ebenso die DNA-Analysen der verschiedensten Funde. Das alles konnte geraume Zeit dauern, wie Sperber aus seiner Erfahrung wusste.

Der Erkennungsdienst teilte ferner mit, dass die in der Kirche gefundenen Geschosse die gleiche Kalibergröße, also neun Millimeter, und die gleichen Merkmale aufwiesen wie diejenigen, die Rosemarie und Rüdiger Knoll getötet hatten. Es folgten seitenweise Einzelheiten über Funde, die die Spusi in der Kirche gemacht hatte.

Arpogaus hatte sich zu der Bemerkung hinreißen lassen: „Wolfgang, denk mal darüber nach, dass der Täter eine Pistole von Heckler und Koch, die HK P7, verwendet hat, die auch wir als Dienstwaffe benutzen." Sperber notierte sich diesen Satz in seinem Kopf.

Nach dem ersten oberflächlichen Studium der Berichte hatte er für sich die Spreu vom Weizen in dem umfänglichen Werk getrennt.

Er schrieb sich seine verschiedenen Erkenntnisse daraus auf einen Block als Gedächtnisstütze für die Dienstbesprechung am Nachmittag.

Dann nahm er sich die beiden Obduktionsberichte von Frau Doktor Renz vor. Sie brachten ihm keine wirklich neuen Erkenntnisse. Der Tod der beiden Menschen war durch Erschießung eingetreten, das stand fest.

Sperber war an dem Satz hängen geblieben, dass die Geschosse gleiche Merkmale aufwiesen. Der Mörder schien also auch derjenige zu sein, der den Anschlag auf Patrik Gensch verübt hatte.

Patrik Gensch, das war sein Stichwort. Er griff zum Telefon und rief im Krankenhaus an. Von der Zentrale ließ er sich mit dem behandelnden Arzt von Patrik verbinden. Der teilte ihm mit, dass Herr Gensch zwar inzwischen von der Intensivstation auf die Unfallstation verlegt worden war, weil keine akute Lebensgefahr mehr für ihn bestand, dass er sich aber noch mindestens einen halben Tag mit einem Verhör des Patienten gedulden musste.

Sperber stöhnte innerlich auf. Er fand sich an einem Punkt wieder, an dem die sich in diesem Fall bisher überstürzenden Ereignisse plötzlich zu einem Stillstand gekommen schienen. Der Mörder war nach wie vor auf freiem Fuß.

„Wer weiß, was der noch anrichtet", überlegte der Kriminalbeamte besorgt. Außerdem schwand mit jeder Stunde die Chance, das Kelterbild wieder zu bekommen. Bisher war kein einziger Hinweis dazu eingegangen. Das Bild konnte bereits in einer privaten Sammlung auf Nimmerwiedersehen verschwunden sein oder es war ins Ausland gebracht worden.

Wolfgang Sperber spürte seine Erschöpfung. Für kurze Zeit barg er sein Gesicht in den Händen und versuchte, an nichts zu denken. Wie er so dasaß, spürte er mit einem Mal deutlich seinen Körper. Der fühlte sich völlig verspannt an. Sein Magen meldete sich mit kleinen Stichen. Gleichzeitig spürte er Hunger und Durst. Er rief Barbara an und bat die Sekretärin: „Bitte bestelle mir eine Pizza vegetaria." Dann holte er sich aus dem Trinkwasserbehälter auf dem Flur ein Glas Wasser.

Wieder an seinem Schreibtisch überdachte er nochmals den Fall in aller Ruhe. Immer wieder das gleiche Bild: Vorgestern und gestern war zwar sehr viel geschehen und der Ablauf der Ereignisse wurde immer durchsichtiger, aber die wichtigsten Ergebnisse fehlten. Von dem Gemälde fand sich keine Spur und der Mörder war immer noch auf freiem Fuß. Er konnte nun in sinnlosen Aktionismus verfallen oder einfach geduldig warten, bis irgendeine Situation eintrat, die sie weiterbrachte. Er entschied sich für das Abwarten.

Wenig später klopfte es an seiner Bürotüre. Barbara brachte die Pizza herein und wünschte ihm einen guten Appetit.

Wolfgang Sperber nahm sich Zeit, um in Ruhe zu essen, dann verließ er die Inspektion, um in einem Café einen Cappuccino zu trinken.

Montagmittag

Als Patrik erwachte, lag er in einem Bett. Um ihn herum standen alle möglichen Apparate und gaben piepsende Geräusche von sich. Über ihm hing eine Plastikflasche mit Flüssigkeit. Er war an verschiedene Kabel und Schläuche angeschlossen. Überall an seinem Oberkörper spürte er feste Verbände und konnte sich nicht bewegen. Auch sein rechter Arm und seine rechte Schulter waren bandagiert und dadurch zur Bewegungslosigkeit verurteilt. Neben seiner linken Hand lag ein Schalter. Patrik drückte auf den roten Knopf. Gleich darauf kam eine in Grün gekleidete Krankenschwester in den kleinen Raum herein, in dem er lag. „Sie sind ja jetzt aufgewacht, das ist gut. Ich rufe dann gleich einen Arzt."

„Wo bin ich?", brachte Patrik krächzend heraus. Sein Mund war vollkommen trocken.

„Sie sind im Ansbacher Klinikum und liegen auf der Intensivstation. Sie brauchen keine Angst zu haben, Sie sind hier in Sicherheit. Der Arzt wird Ihnen anschließend mehr sagen. Ich hole ihn gleich." Die Schwester drehte sich um und ging wieder hinaus.

Patriks Gedächtnis begann zu arbeiten. Er erinnerte sich an die Bedrohung und die Schüsse in der Kirche. Sofort erfasste ihn Panik. Er wollte aufstehen, aber dazu war er zu schwach. Er schloss die Augen und wartete, bis er Schritte hörte, die sich ihm näherten.

Ein Arzt in einem weißen Mantel war an sein Bett getreten. Er nahm die Hand des Verletzten.

„Grüß Gott, Herr Gensch. Ich bin Doktor Bierbaum. Sie haben ganz schön lange geschlafen. Wir mussten Sie gestern Nacht operieren. Sie erlitten eine Schusswunde im Schulterbereich. Sie hatten sehr viel Glück, der Schütze hätte auch das Herz treffen können. Ihre inneren Organe sind unbeschädigt. Die Blutuntersuchungen ergaben insgesamt ein gutes Bild. An Ihrem Körper fanden wir lediglich Prellungen, die wohl durch Stürze entstanden sind. Ihrer Heilung steht, wenn es zu keinen Komplikationen kommt, nichts im Wege." Patrik nickte schwach.

Der Arzt fuhr fort: „Ich muss Ihnen leider sagen, dass die Polizei großes Interesse an Ihnen zeigt. Wir wurden heute schon ein paar Mal angerufen, ob Sie vernehmungsfähig sind. Wir werden dieses Ansinnen noch mindestens einen Tag ablehnen, dann allerdings muss ich Sie denen überlassen. Sie stehen übrigens unter Polizeischutz. Vor Ihrer Pflegekabine sitzt rund um die Uhr ein Polizist, der auf Sie aufpasst." Patrik nickte müde, dann schlief er wieder fest ein.

Kurz nach vierzehn Uhr traf sich Glasermeister Meier mit einem Makler aus seinem Bekanntenkreis vor seiner baufälligen Scheune, die als Relikt früherer Tage wie ein unpassendes Überbleibsel der Vergangenheit am Rande der Innenstadt stand. Meier und der Immobilienhändler umrundeten zunächst das große Gebäude, dabei zeigte der Besitzer dem Händler auch einen Lageplan mit Angabe der Grundstücksgröße.

„Sie haben sich einen sehr guten Zeitpunkt zum Verkauf ausgesucht", begann der Fachmann anerkennend, „die Immobilienpreise sind enorm gestiegen und die Bankzinsen auf einem absoluten Tiefststand. In dieser Lage dürfte sich dieses Grundstück fast von alleine verkaufen. Das Gebäude ist allerdings nichts mehr wert, das muss ich Ihnen leider sagen. Als Lagerhalle ist es schon zu verfallen. Die Scheune muss man sich wegdenken. Allein der Verkaufspreis des Grundstücks ist zu berechnen."

„No wos denkns, wos ich für des Grundstück griech?", fragte Meier gespannt.

„Also das muss ich schnell mal durchrechnen. Ich

hole meinen Laptop aus dem Auto. Haben Sie irgendwo in der Halle einen Tisch oder so was, worauf ich den Rechner ablegen kann?"

„Ja freili! Ich sperr des Tor auf, dann kennä ma nei. A Disch steht a drin."

Während der Makler zu seinem Auto ging, um seinen Laptop zu holen, sperrte Meier das große Tor der Scheune auf und machte sogleich große Augen. Mitten in seiner Scheune stand ein weißer VW Bus.

Vollkommen überrascht murmelte er vor sich hin: „Ja, etz su wos, wie kummt denn des Audo do rei? Ich bin doch der Anziche, der an Schlüssel für des Dor hod."

Meier schüttelte seinen Kopf und ging auf den Bus zu. „A weißer VW Bus. Mich laust der Aff! Des wärd doch net der sa, mit dem die Bilderdiebe des Bild fodgforn hom? Des wor doch in der Zeidung gsdandn. ‚Dieser Mörderbus wird gesucht' hod die Bild-Zeidung gschriem."

Er näherte sich dem Fahrzeug mit aller gebotenen Vorsicht. Bevor er es erreicht hatte, nahm er sich eine Holzlatte, die an der Wand gelehnt hatte, als Waffe. Man konnte ja nicht wissen, ob der Mörder im Bus auf ihn lauerte. Mit erhobener Latte ging er schlagbereit auf das Auto zu. Dort angekommen, schaute er hinein und kam zu dem Schluss: „Ka Mensch drin, obber aff der Lodeflächn licht ä drum Ding, des schaud fasd asu aus, als wär des unser Bild!"

Ihm trat gleich der Schweiß auf die Stirn vor lauter Aufregung. Sein Gesicht hatte sich puterrot gefärbt. Nun kam auch der Immobilienhändler in die Scheune mit seinem Laptop unter dem Arm.

Er ging auf Meier zu: „So, ich bin da. Wo haben Sie einen Tisch, damit ich meine Sachen ablegen kann? Dann schaun mer amal!" Er blickte Meier an und erschrak: „Ja was ist denn mit Ihnen los, ist Ihnen nicht gut, soll ich einen Arzt rufen?"

Meier schüttelte den Kopf und deutete auf das Fahrzeug: „Des Audo do kärd mir ned, des hod einfach anner neigsdelld.“

„Ja wer macht denn so was, einfach sein Auto in eine fremde Scheune zu stellen!“ Jetzt schüttelte der Immobilienfachmann empört den Kopf.

„Do drin licht unser Kelderbild aus der Gumberduskerch!“, rief der Glasermeister aufgeregt und fuchtelte mit seinen Armen herum.

„Als Erstes müssen wir die Polizei rufen!“, meinte der Händler nun auch sehr aufgeregt.

„Na, bis die kumma, is der Mörder vielleicht scho do und will si des Bild holn“, wehrte Meier dieses Argument ab, „ich hob mein Lieferwong draußen steh. Do lodn mir zwa des Bild drauf und forns weg.“

„Ja wie stellen Sie sich denn das vor? Dieses Auto ist doch abgesperrt. Wir kommen doch gar nicht an das Bild ran!“

„Ach des ist doch für mich als aldn Handwerker überhabt ka Broblem!“

Meier suchte ein wenig in einem großen Schrank herum und hatte gleich ein langes Stück Draht gefunden, das er sich zurechtbog. Damit stocherte er durch die Gummidichtung der Wagentüre hindurch an dem Öffnungsknopf herum, dabei hatte er seine Zunge fest zwischen die Lippen geklemmt. Ruck zuck hatte er den Knopf hochgezogen.

„Ja sagen Sie einmal, haben Sie das schon öfter gemacht? Sie sind ja schneller als die Spezialisten aus dem Ostblock!“, staunte der Makler.

„Also ich hob ja ganz wenich Fehler“, gestand der wackere Meister etwas verlegen, „obber an Fehler hob ich scho ganz lang. Wenn ich an Schtress hob, dann hob ich immer widder emol mein Audoschlüssel im Schloss sdeckn lassn und die Tür zughaud. Bei meine neuen

Audos passierd des durch die Elekdronig nadürli nimmer su ofd. Obber ich hob mein Führerschein seit über fuchzg Johr. Wos denkns denn, wie oft ich scho vor am verschlossner Audo gstandn bin. Do hob ich hald amol an Hunderder geopferd und hob mir des von am echdn Fachmann zeign lassn, wie des gehd. Der Hunderder wor besdns onglegd, des soch ich Ihne." Dann drängte er resolut: „Obber etzertla derf mer net dou rumsteh und redn, sunst schnabbd uns nu der Mörder."

Er zog eine Decke weg, die das Gemälde schützen sollte, und schaute auf die freie Stelle. Andächtig murmelte er: „Allmächt unser Kelderbild ..." Dann fing er sich wieder und schnarrte: „Schnell, baggens mit o. Des Ding muss do raus und af mein Lieferwong."

Schon hatte er auch die hintere Tür des Busses geöffnet und zerrte an dem Bild. Der Immobilienmakler, dem inzwischen angst und bange geworden war, zog ebenfalls daran. Als es ihnen gelungen war, das schwere Bild aus dem Bus zu bekommen, trugen sie es unter Schnaufen und Ächzen zu dem Lieferwagen des Glasers, der vor der Scheune geparkt war.

Meier rannte zurück und verschloss das große Tor wieder, dann schrie er zu seinem Helfer hin: „Folgens mer!" Der Glasermeister schwang sich flott auf den Fahrersitz seines Lieferwagens und brauste los. Der Makler hatte alle Mühe, schnell in seinen repräsentativen Mercedes zu springen und ihm hinterher zu kommen.

Meier raste mit dem Bild auf der Ladefläche zu seinem Betrieb. Er fuhr sein Lieferauto mitsamt dem Bild in die Garage, die sich direkt neben der Werkstatt befand. Bevor er das Fahrzeug mit dem Bild darin einschloss, zog er die Decke nochmals etwas zur Seite und starrte das Kunstwerk ungläubig an. „Na, su wos, und dass des mir bassierd. Wer häddn des dachd?"

„Wos mach mer etz bloß?", sinnierte Meier. Der in

der Zwischenzeit neben ihm angekommene Makler ereiferte sich: „Das ist doch keine Frage! Sofort die Polizei anrufen. Etwas anderes kommt doch gar nicht in Frage.“

„Vorsichd is die Mudder der Borzelankiste!“, bemerkte Meier bedächtig mit erhobenem Zeigefinger, „do griechd vielleichd mancher wos mid, dem des gor nix ongehd. Verdrauen hob ich in ersder Linie zu meine Bfarrer. Etz ruf ich die zwa amol o und berod mi mid dene.“

„Wenn Sie meinen“, sagte der Immobilienhändler ein wenig genervt. Er wollte mit dieser heißen Geschichte am liebsten nichts mehr zu tun haben und so schnell es ging von hier fortkommen: „Mich werden Sie im Moment wohl nicht mehr brauchen, Herr Meier. Ich werde den Verkaufspreis für Ihr Grundstück in meinem Büro berechnen und Ihnen telefonisch Bescheid geben, wenn ich alles zusammen habe.“

„Ja, machns des. An schönen Dank für Ihre Hilfe!“

„Bitteschön, gern geschehen. Viel Erfolg bei Ihrer Aktion wünsche ich Ihnen“, verabschiedete sich der Händler mit professioneller Freundlichkeit, drehte sich um und ging erleichtert zu seinem Wagen.

Meier eilte in seine Werkstatt, um mit den beiden Pfarrersleuten zu telefonieren.

In der Inspektion hatten sich alle Beteiligten am von Dotzauer als „Freiflug“ bezeichneten Fall versammelt.

Wolfgang Sperber referierte zunächst die Ergebnisse der Kollegen von der Drogenfahndung. Er berichtete, dass sofortige Zugriffe auf die jeweiligen Täter erfolgreich verlaufen waren. Bei dem Landwirt aus der Umgebung von Neustadt an der Aisch wurden über dreihundertsechzigtausend Euro sichergestellt. Er hatte gestanden, rund sechzig Kilogramm Haschisch unters Volk gebracht zu haben. Erst jetzt stellte die Polizei fest, dass seine Stromrechnung auf monatlich fünfundzwanzigtausend Euro geklettert war.

Eine achtundvierzigjährige Biologin und ein zweiundsechzigjähriger Fernsehtechniker wurden dabei festgenommen, als sie einem Kunden gerade vier Gramm Haschisch übergaben. Noch einmal vierzig Kilogramm Haschisch wurden bei der Aktion bei ihnen entdeckt. Das Rauschgift war gut verpackt und in verschiedenen Behältnissen in Erdbunkern versteckt. Dort stießen die Fahnder auch auf Goldbarren, Silbermünzen und Bargeld im Wert von mehr als dreihunderttausend Euro. Die beiden gestanden, dass sie in den vergangenen vier Jahren mindestens einhundertacht Kilogramm Haschisch an den Landwirt in Mittelfranken geliefert hatten.

Sperber beendete seinen Bericht, indem er sagte: „Das ist aber durchaus noch nicht das Ende der Fahnenstange. Die Ermittlungen der Kollegen gehen weiter." Dann fuhr er fort: „Sie wissen natürlich, dass für uns das Thema Crystal ein Problem ist, das uns aus dieser Sicht am meisten umtreibt. Das ist wesentlich beunruhigender als alles andere. Die synthetische Droge, die hauptsächlich aus Tschechien kommt, überschwemmt derzeit den hiesigen Markt. Einer der Verdächtigen führte ebenfalls Crystal ein. Er hatte die kristalline Droge in einem Meerrettich-Glas versteckt, in dem Wissen, dass Drogenspürhunde um Meerrettich einen Bogen machen. Die Kollegen haben sie trotzdem entdeckt."

Sperber ließ den Blick schweifen. Um sich herum sah er nur zufriedene Gesichter. Allein Haberschlachter schaute missmutig drein.

Schließlich meldete der sich zu Wort und warf grantig ein: „Das ist ja so weit alles ganz recht und gut. Mit unserem Fall von Kunstraub hat es aber wenig zu tun. Ich will, dass wir unsere Zeit nicht damit vertun, Berichte von den Erfolgen Ihres Drogendezernates anzuhören."

Sperber musste ein paar Mal schlucken, um den eben von Haberschlachter erteilten Tadel zu verkraften, dann konterte er: „Ich meine, ein wichtiger Teil dieses Erfolges geht auch auf unser Konto. Wir können darauf stolz sein, besonders du, Karlo."

Der Erwähnte wurde vor Freude rot bis unter die Haarspitzen. Alle klatschten ihm Beifall, alle außer Haberschlachter.

Sperber fasste danach kurz alle Erkenntnisse zusammen: „Augenblicklich scheint ein gewisser Stillstand bei unseren Ermittlungen eingetreten zu sein. Ich warte darauf, dass wir Patrik Gensch befragen können. Vielleicht hat er den Täter gesehen und kann uns eine Beschreibung von ihm geben?" Zu Haberschlachter und Engel gewandt fragte er: „Gibt es vom Landeskriminalamt irgendwelche Nachrichten in unserer Sache?"

Haberschlachter schüttelte den Kopf: „Leider nein. Es ist zwar die ganze Maschinerie der Fahndung im großen Stil in Gang gesetzt und sie läuft nach wie vor, aber bisher fanden auch meine Münchner Kollegen noch keinen Hinweis auf das Gemälde. Ich selbst werde jedoch meine Bemühungen heute im Laufe des Tages noch einmal verstärken, um das Bild wieder in Sicherheit zu bringen. Ich werde mich nun persönlich in das Krankenhaus begeben, um ultimativ das Recht auf die Befragung von Patrik Gensch einzufordern, und möchte ihn dann selbst vernehmen. Mein Ergebnis dieser Vernehmung werde ich Ihnen anschließend mitteilen. Sollten wir bis heute Abend keinen Fahndungserfolg verzeichnen können, werden mein Kollege Doktor Engel und ich unsere Zelte in Ihrer Stadt wieder abbrechen. Wir können es nicht verantworten, in Ansbach bis zum Jüngsten Tag auf ein Ereignis zu warten, das vermutlich nicht mehr eintreten wird. Aus meiner jahrelangen Erfahrung weiß ich, dass ein gestohlenes Kunstwerk, das drei Tage lang verschwunden ist, auch nicht mehr auftaucht. In München warten bereits andere Fälle auf uns."

Haberschlachter lehnte sich mit einem Pokerface wieder zurück und verharrte reglos. Nachdem auch in seinen Miniaugen keine Reaktion zu lesen war, sah er in dem Moment aus wie eine schwarz gekleidete Puppe, die jemand aus Spaß an ihren Konferenztisch gesetzt hatte.

Die verschiedenen Untergruppen der Soko „Freiflug" gaben nun ihre Statements ab, leider war auch dabei keine echte Neuigkeit zu vernehmen. Sperber entließ alle wieder an ihre jeweiligen Arbeitsplätze und kehrte selbst in sein Büro zurück. Später müsste er Dotzauer wieder Rechenschaft über den Stand der Dinge ablegen, aber damit wollte er noch einige Stunden warten.

Haberschlachter hatte unmittelbar nach der Besprechung zu Moritz Engel gesagt: „Wenn meine Vernehmung von Patrik Gensch kein Ergebnis bringt, fahren Sie noch heute Abend zurück nach München. Ich werde spätestens Morgen nachkommen. Ich will heute Abend im Hotel ungestört meinen Bericht für das Amt schreiben und noch einmal übernachten. Morgen komme ich dann mit dem Zug ebenfalls nach München zurück."

Montag fünfzehn Uhr

Haberschlachter war mit seinem Dienstauto unterwegs zum Krankenhaus Ansbach. Dort angekommen, ließ er sich an der Pforte sagen, auf welcher Station er den Verletzten finden konnte. Vor dem Zimmer von Gensch saß noch immer ein Polizist und hielt Wache. Haberschlachter zeigte ihm seinen Dienstausweis und wurde von dem Beamten sofort in das Zimmer gelassen. Patrik Gensch schlief. Haberschlachter war das erst einmal recht, so konnte er ihn in Ruhe betrachten. Nachdem er sich vergewissert hatte, dass der Patient ihn nicht wahrnahm, schaute er sich dessen Medikamente erst ganz genau an, nahm eine Spritze aus seiner Tasche und machte sich am Infusionsschlauch zu schaffen, bevor er ihn schließlich weckte.

Patrik schrak auf. Vor ihm stand eine schwarze Gestalt mit dicker Brille ohne Augen dahinter, wie es ihm im ersten Moment schien. Er bekam Angst und drückte schnell auf den Rufknopf, der in seiner Hand lag.

Der Mann hatte die rasche Bewegung gesehen und lächelte etwas schief: „Sie brauchen vor mir keine Angst zu haben, ich bin Polizist und will nur ein paar Fragen an Sie stellen." Haberschlachter zog sich einen Stuhl her und setzte sich Patrik auf Augenhöhe gegenüber.

„Mann, was wollen Sie von mir", sagte Patrik mühsam, „ich weiß nichts. Mir ging der Arsch auf Grundeis, während der auf mich schoss. Ich wollte nur schnellstens weg, um nicht abgeknallt zu werden. Ich hab den in der Hektik nicht erkennen können. Lassen Sie mich in Ruhe. Ich habe Schmerzen."

In dem Augenblick wurde die Türe des Krankenzimmers energisch geöffnet. Ein Arzt im weißen Kittel stürmte herein, hinter ihm eine Krankenschwester. Nach der Krankenschwester erschien auch der Polizist im Türrahmen.

„Was fällt Ihnen ein, den Patienten zu belästigen!", herrschte der Arzt Haberschlachter an.

Der erhob sich, zeigte dem Arzt seinen Dienstausweis und schnarrte: „Ich bin Polizist und möchte einen Verdächtigen in einer Mordsache verhören. Sie haben uns jetzt lange genug hingehalten. Wir brauchen endlich Gewissheit über manche Zusammenhänge. Können Sie das denn nicht verstehen?"

Der Arzt war ganz bleich geworden. „Für mich als Arzt geht die Gesundheit meines Patienten vor", keuchte er wütend, „Sie verlassen jetzt sofort dieses Zimmer. Ich werde mich über Ihr unglaubliches Vorgehen bei Ihrem Vorgesetzten beschweren, darauf können Sie sich verlassen. Ihre Dienststelle bekommt auch mit unserer Krankenhausleitung einige Schwierigkeiten. Auch das kann ich Ihnen versprechen! Ungeheuerlich, was Sie sich herausnehmen! Gehen Sie jetzt hier raus, aber sofort!"

Der Arzt funkelte ihn aggressiv an und wies mit ausgestrecktem Arm zur Tür.

Haberschlachter zog nur lässig die Schultern hoch. Mit einer wegwerfenden Handbewegung maulte er: „Machen Sie kein solches Theater, ich bin ja schon weg."

Dann schlenderte er betont provokant langsam zur Türe hinaus. Der Arzt und die Schwester beugten sich zu Patrik hinab und sprachen beruhigend auf ihn ein.

Montag gegen sechzehn Uhr

Der Mann fuhr zur Scheune seines Schwagers. Alle Zeichen deuteten darauf hin, dass es nun höchste Zeit war, mit dem Gemälde zu verschwinden. In einer Nebenstraße stellte er seinen Wagen ab und ging mit schnellen Schritten in Richtung des alten Bauwerkes. Bei der Scheune angekommen, öffnete er das große Tor in seiner bereits bewährten Weise. Aufatmend erblickte er den weißen VW Bus vor sich. Er ging auf ihn zu. Bereits im Laufen zog er den Autoschlüssel aus seiner Hosentasche. Nachdem es sich bei dem VW um ein Modell mit zentraler Schließanlage handelte, musste er den Wagenschlüssel ins Schloss stecken, um die Türen aufzuschließen. Dabei merkte er zu seiner Verblüffung, dass die Fahrertüre bereits offen war. Bevor er losfuhr, wollte er noch den Laderaum öffnen, um nach dem Gemälde zu sehen.

In diesem Moment ertönte eine nur zu bekannte Stimme hinter ihm: „A sua Überraschung. Mei Cuseng. Wos host denn du mit dem Bus do zu schaffn?"

Der Mann drehte sich langsam zu Meier um: „Eigentlich geht dich das gar nichts an, mein Lieber. Halt dich lieber da raus, sonst bekommst du nur Schwierigkeiten."

„So, ich soll mich do raushaltn, wo des doch mei Scheune is. No du bist lusdich! Obber ich soch dir scho amol zur Informadion, dass ich unser Bild sichergschdelld hob."

Sein Gegenüber erblasste. „Sag mir sofort, wo du das Gemälde hast!", herrschte er Meier im Befehlston an.

„Wos willsd denn du mit dem Bild?", fragte der lauernd.

„Dieses außerordentlich wertvolle Gemälde wurde durch den Diebstahl mit Sicherheit beschädigt. Ich werde es mit nach München nehmen und von einem wirklich guten Restaurator untersuchen zu lassen. Solche hervorragenden Fachleute auf diesem Gebiet gibt es bei euch in Franken nicht, die haben nur wir in der Landeshauptstadt."

„Des wird ja immer besser!", schrie Meier mit hochrotem Kopf los, „ihr griechd wol gor ned gnuch, ihr verrückten Dypen! Ersd hobd ihr uns dem Dürer seine Gemälde glaud und es wolld ihr a no unser Ansbacher Kelderbild. Ihr machd wohl vor kanner Gaunerei Hald. Des Bild bleibd bei uns, des griechd ihr ned. Nur über meine Leiche!"

„Das kannst du haben. Wenn du mir nicht sofort sagst, wo du das Bild hast, bist du nämlich eine Leiche." Er hatte seine Pistole gezogen und richtete sie nun direkt auf Meiers Kopf.

„Mensch, bisd du denn ganz verrückd worn. Mir sin doch verwandt!", rief Meier angstvoll mit erhobenen Händen.

Der Schweiß lief ihm bereits in Bächen über sein Gesicht.

„Sag sofort, wo das Bild ist, sonst bist du ein toter Mann!", knurrte sein Cousin.

„Bevor ich dir des soch, will ich von dir wissen, ob du der bisd, der des Bild glaun hat lassn. Host du die zwa Leud umbracht?"

Sein Verwandter schien einen Moment nachzudenken, dann antwortete er grinsend: „Zu dir gesagt, das war ich und dieses Gemälde wird ab jetzt ganz mir gehören. So ein großartiges Kunstwerk zu haben, das war seit langem mein Lebenstraum. Dafür kann man schon Opfer bringen."

„Dann worn die zwa Menschn wohl deine Opfer?"

„So könnte man das sehen", sagte der andere nachdenklich. „Rosemarie und Rüdiger waren im Grunde nichts wert. Sie waren solche Materialisten, das kannst du dir nicht vorstellen. Ständig dachten sie nur an das

Geld, das sich mit dem Verkauf des Gemäldes gewinnen ließ. Sie waren einfach nicht würdig genug für dieses Werk. Wenn sie nur ein wenig mehr Geist besessen hätten, wären wir uns vielleicht einig geworden, das Bild gemeinsam zu besitzen. Sie hätten dann ab und zu in meinen Kunstbunker kommen können, um das Gemälde und meine anderen Schätze zu betrachten, aber die beiden hatten einen derart miesen Charakter. Ich musste sie ausschalten, sonst hätte ich mein Ziel nicht erreicht."

Er hatte wohl nicht bemerkt, dass ihm während des Redens die schwere Pistole langsam, aber stetig nach unten gesunken war.

Sperber und seine Leute nutzten diesen Moment. Auf seinen Wink sprangen sie aus ihren Verstecken in der Scheune und richteten ihre Waffen auf den Mann.

„Haberschlachter, keine Bewegung. Wir schießen sofort!", schrie Sperber so laut er konnte. Sein Finger lag schussbereit am Abzug.

Der LKA-Beamte schien wie zu Eis erstarrt. Karlo und Konstanze flitzten zu ihm hin und achteten dabei sehr darauf, Sperber nicht in die Schusslinie zu geraten. Meier schlotterte inzwischen so sehr, dass alles an ihm vibrierte, aber er bewegte sich ebenfalls nicht von der Stelle. Plötzlich riss Haberschlachter seine Waffe hoch. Sperber schoss im selben Augenblick. Die Pistole des Täters flog im Bogen durch die Luft und prallte auf den Boden. Haberschlachter war, von Sperbers Schuss in der rechten Schulter getroffen, nach rechts herumgeworfen worden. Er sackte unter lauten Schmerzensschreien neben dem VW Bus zu Boden. Seine dicke Brille fiel ebenfalls zu Boden. Ohne sie war er wie blind.

Hans Meier, der vor ihm gestanden hatte, verdrehte plötzlich die Augen und sank ebenfalls mit einem lauten Seufzer in sich zusammen.

Glücklicherweise war er außerhalb der Schusslinie gestanden und unverletzt. Seine Ohnmacht hatte nervliche Gründe.

Karlo und Konstanze hatten sich unmittelbar nach dem Schuss vor Haberschlachter aufgebaut und bedrohten ihn mit ihren Dienstpistolen.

Sperber beorderte mit seinem Sprechfunkgerät den Notarzt und die Sanitäter herein. Dann ging er schnell zu Haberschlachters Pistole hin, die ein Stück entfernt lag, und stellte sie sicher.

Zurück bei Haberschlachter sagte er: „Alfred Haberschlachter, ich verhafte Sie wegen schweren Diebstahls, wegen mehrerer Morde und wegen schwerer Körperverletzung und des zweifachen versuchten Mordes an Patrik Gensch. Dazu werden Sie des Drogenhandels verdächtigt. Ihre Dienstvergehen kann ich Ihnen jetzt nicht alle aufzählen, das würde an dieser Stelle zu lange dauern." Er nannte ihm in gebotener Kürze seine Rechte, dann forderte er seine Kommissare auf: „Fesselt seine Beine und schließt seinen linken Arm an Karlos Arm. Karlo, du musst ihn leider auf diese Weise ins Krankenhaus begleiten."

Während Konstanze und Karlo den stöhnenden und jammernden Haberschlachter fesselten, hatte sich der Notarzt um den bewusstlos am Boden liegenden Hans Meier gekümmert.

„Den nehmen wir auch gleich mit ins Krankenhaus", verkündete der Arzt. Zwei von den vier Sanitätern, die mit ihm in die Scheune gekommen waren, hoben Meier auf ihre Trage und schafften ihn hinaus.

Die beiden anderen nahmen Haberschlachter, legten ihn auf ihre Trage, dann gingen sie ebenfalls zum Ausgang. Neben der Trage lief Karlo her, getreulich mit Haberschlachter verbunden.

Sperber sagte zu Konstanze: „Du, das war eine wirklich gefährliche Aktion. Mensch, wenn das schiefgegangen wäre und Haberschlachter den Meier erschossen hätte, ich hätte mir mein Leben lang Vorwürfe gemacht."

„Ich verstehe auch nicht, dass Meier und die beiden Pfarrer so lange gezögert haben, uns zu alarmieren. Wir hatten in der Schnelle leider keine andere Wahl, als Meiers Angebot anzunehmen, seinen Schwager persönlich zu stellen. Ich bin sehr froh, dass nichts Schlimmeres passiert ist. Ich kann gar nicht sagen, wie erleichtert ich bin! Sag mal, warum hast du zu Haberschlachter gesagt, du verhaftest ihn wegen zweifachen versuchten Mordes an Patrik Gensch. Habe ich da etwas verpennt?"

„Nein, hast du nicht. Bevor wir gerade den Anruf erhielten, kam ein anderer aus dem Krankenhaus. Haberschlachter hat noch einmal versucht, Gensch umzubringen. Er hat ihn im Klinikum besucht und ihm Gift in seine Infusion gespritzt. Es war von der Art, das erst mit Verzögerung wirkt, wie manche Rattengifte. Er wollte wohl nicht damit in Verbindung gebracht werden. Ein Arzt hat ihn aus dem Zimmer geschmissen, als Gensch nach dem Personal geläutet hatte. Der Patient kam in eine schwere Krise, aber der Arzt hat wohl Zusammenhänge mit dem Besuch von Haberschlachter vermutet und Patrik die richtigen Medikamente verabreicht. Er ist mit dem Leben davongekommen. Wenn er das Krankenhaus verlassen kann, werde ich gleich dafür sorgen, dass er einen Betreuer bekommt."

„Tu das, Wolfgang, du bist einfach der gute Geist von Ansbach", schnurrte Konstanze, dann legte sie ihren Arm auf den von Sperber und sagte: „Wolfgang, komm wir gehen. Der Erkennungsdienst ist schon im Anmarsch, um den VW zu untersuchen. Die grünen Kollegen werden inzwischen das Gelände rings um die Scheune vor Neugierigen und vor den Medien abgesperrt haben. Ich meine, wir brauchen nicht länger in dieser Scheune herumzustehen. Einen Toten gibt es ja Gott sei Dank diesmal nicht."

„Moment", entgegnete Sperber in strengem Ton, „weißt du, wo sich eigentlich Herr Doktor Engel aufhält? Wir müssen ihn dringend verhören. Womöglich ist er ein Komplize von Haberschlachter."

„Hallo Wolfgang!", Konstanze tat, als wäre sie von diesem Gedanken völlig überrascht, „das muss aber fix gehen, weil ich mit ihm zum Abendessen verabredet bin!"

Auf Sperbers Nachfrage bei Maria Sebald und Harro von Weinheim, warum sie nicht früher bei ihm angerufen hätten, erzählten ihm die beiden, dass Harro gerade, als Meier bei ihnen anrief, eilig zum Telefon hingelaufen und dabei über einen Teppich gestolpert war. Ausgerechnet der Fuß mit der gebrochenen Zehe war daran hängen geblieben und Harro hatte sich vor Schmerz aufschreiend auf die andere Seite geworfen und dabei seinen Kopf derart an einen Schrank angeschlagen, dass er einen Moment bewusstlos wurde.

Maria hatte sich natürlich zunächst um ihn gekümmert und das Telefon läuten lassen. Meiers Anruf war dadurch erst recht spät bei ihnen angekommen. Sie veranlassten den Kirchenvorsteher, sofort bei Sperber anzurufen.

Bis aber alle schließlich in der Scheune waren und sich Meier und die Polizisten versteckt hatten, war es fast schon zu spät, um den Plan des Glasers umzusetzen.

Der bot sich an, seinen Cousin so auszufragen, dass ein eindeutiges Geständnis dabei herauskam. Er hoffte, ihn durch gutes Zureden zu überreden, sich der Polizei zu stellen.

Draußen rappelte es bereits am Tor, als sie noch dabei waren, sich zu verbergen, und wenig später betrat der Verbrecher schon den Raum.

Sperber war sich ziemlich sicher, dass Meier von Haberschlachter gleich nach ihrem Wortwechsel als Mitwisser umgebracht worden wäre.

Als Konstanze und er aus der Scheune ins Freie traten, sahen sie Doktor Sauber und ihren Chef Rudolf Dotzauer vor der Medienmeute stehen. Die Kameras waren auf Dotzauer gerichtet. Er redete gerade in die Mikrofone. Wolfgang Sperber und Konstanze Grunwald sahen sich perplex an: „Was der wohl gerade sagt?"

Als sie näher herankamen, hörten sie mit grenzenlosem Erstaunen Dotzauer triumphierend den Satz aussprechen: „Wir haben den Doppelmörder gefasst, das wertvolle Kelterbild wieder in Sicherheit gebracht und den ganzen Fall innerhalb von knapp drei Tagen völlig aufgeklärt. Ich bin der Chef dieser ausgezeichneten Polizeimannschaft und ich muss sagen, ich bin sehr, sehr stolz auf uns!"

ENDE

Nachwort zur zweiten Auflage

Die Geschichte ist frei erfunden. Jede Ähnlichkeit zur Realität, die meine Leserinnen und Leser vielleicht entdecken, geht auf mein Bemühen zurück, eine authentisch wirkende Geschichte zu gestalten, und ist nicht als persönliche Anspielung zu sehen. Viele Zusammenhänge zwischen real existierenden Personen und Dingen gibt es nur in der Geschichte.

Bei der Beschreibung von tatsächlich existierenden Orten habe ich mir dichterische Freiheiten erlaubt, wo es mir nötig erschien. Alle Abweichungen von der Wirklichkeit oder Fehler beruhen allein auf meinem Willen oder Unwissen.

Herzlich bedanken möchte ich mich bei Reinhard Baran für die freundliche Beratung und die kritische Begleitung beim Entstehen dieses Buches. Bei Herrn Hauptkommissar Falk für die Erläuterung polizeilicher Belange. Bei Frau Kathrin Erben für die Beratung in schulischen Belangen.

Der Verleger des Fahner Verlages, Herr Lambert Herrmann, und der Verlagslektor des Fahner Verlages, Herr Hartmut Wörnlein, haben mich wieder kreativ bei meiner Arbeit unterstützt. Ebenso danke ich Frau und Herrn Storch von „Storch Design", Lauf, für ihre wertvolle Mitwirkung.

Herzlichen Dank meiner Frau für ihre geduldige Begleitung meiner Arbeit.

Noch im Fahner-Verlag von Heinrich Veh erschienen:

Drei Stufen ins Verderben

€ 12,80
ISBN 978-3-942251-08-2

Der Tod ist der Sünde Sold

€ 12,80
ISBN 978-3-942251-11-2